加西亚家的女孩不再带口音

How the Garcia Girls Lost Their Accents

（美国）茱莉娅·阿尔瓦雷斯 著 林文静 译

译林出版社

图书在版编目(CIP)数据

加西亚家的女孩不再带口音 / （美）阿尔瓦雷斯（Alvarez, J.）著，林文静译. —南京：译林出版社，2014.5
（阿尔瓦雷斯作品）
书名原文：How the Garcia girls lost their accents
ISBN 978-7-5447-1320-7

Ⅰ. ①加… Ⅱ. ①阿… ②林… Ⅲ. ①长篇小说-美国-当代 Ⅳ. ①I712.45

中国版本图书馆CIP数据核字（2014）第012684号

书　　名	加西亚家的女孩不再带口音
作　　者	［美国］茱莉娅·阿尔瓦雷斯
译　　者	林文静
责任编辑	彭　波
装帧设计	赵　瑾
原文出版	Algonquin Books of Chapel Hill, 2010
出版发行	凤凰出版传媒股份有限公司 译林出版社
出版社地址	南京市湖南路1号A楼，邮编：210009
电子邮箱	yilin@yilin.com
出版社网址	http://www.yilin.com
经　　销	凤凰出版传媒股份有限公司
印　　刷	江苏凤凰通达印刷有限公司
开　　本	880毫米×1230毫米 1/32
印　　张	8.375
插　　页	2
字　　数	176千
版　　次	2014年5月第1版 2014年5月第1次印刷
书　　号	ISBN 978-7-5447-1320-7
定　　价	36.00元

译林版图书若有印装错误可向出版社调换
（电话：025-83658316）

目 录

第一部

1989—1972

心中的渴望

约兰达

上了年纪的舅妈们懒洋洋地坐在白色柳条扶手椅上，忽而展开扇子，忽而刷的一声把扇子合上。约兰达上一次返岛是五年前，现在除了又多了几位身穿灰色或黑色寡妇服的舅妈之外，这些老太太们好像没什么变化。

表妹们围坐在四周不那么舒适的餐椅上，她们有的穿草绿色连裤衫，有的穿紧身棉布裙，五彩斑斓。

蛋糕就放在餐桌上，小孩子们围在一起，吵着要哪一块。大人对他们的吵闹感到厌烦时，坐在露台远处的保姆们就会过来把他们一个个叫走。这些保姆都穿着浆洗过的白色制服。

大家到门口欢迎她之前，约兰达就知道她们会怎么说她：穿着一条破旧的黑色棉布裙、一件破旧的纯棉上衣、一双凉鞋，乱蓬蓬的黑发就用一根橡皮筋绑在脑后。像个传教士——表姐妹们会这么说——如同维和部队里的女孩，奋不顾身地满世界去做善事。

一个女仆从厨房向客厅偷看。她身材瘦削，皮肤呈棕色，身穿黑色制服，是厨房的帮手。这个女仆扎了一头小辫，在头上盘起来并用发夹别住。“卡门太太，”她叫的是这次招待约兰达的舅妈，“这里没有火柴。胡斯托去露辛达太太家取了。”

“上帝啊[1]，伊卢米娜达，”卡门舅妈责备道，“你们一整天都在瞎忙什么？”

女仆低头盯着身前交叉的双手，这姿势让约兰达想起一本书里的插画：那是写给文艺复兴时期的演员们看的。女仆交叉的双手就是书上某幅画里的经典姿势。那幅画旁边注着“请求的姿势”：两手在胸前交叉，靠近心房，同样交叉的双手代表一名男子向他的爱人乞求宽恕。

大伙看到约兰达了。表妹露辛达带头唱了一首欢迎歌，小孩子们也跟着一起唱，但唱跑调了。“美国小姐，欢迎你的到来！”约兰达皱起眉头，夸张地呻吟起来。当欢迎歌唱得差不多了，大家就一起拥上前拥抱约兰达，亲吻她，还有一两个小男孩装模作样地踢了几脚。

“你看起来很糟糕，”露辛达说，“太瘦了，头发也该修剪了。我这么说只是对事不对人。”露辛达向来直言不讳。她穿着名牌套装，头发吹得很蓬松，还用发胶定了型。露辛达看起来就像多米尼加某本杂志上的模特，但那副样子总让约兰达想到应召女郎。

“点蜡烛，点蜡烛！”小孩们嚷嚷着，像唱歌一样。

卡门舅妈双手高举，毫无疑问她这个姿势是从某个牧师朋友那里学来的。“那个小女仆把火柴给忘了。”

1　原文是西班牙语：Por Dios。小说中出现的西班牙语皆译成中文，并在注释中标出原文。——本书所有注释均为译注。

“那些帮工！一天比一天糟糕。”弗洛尔舅妈对约兰达说，并露出她那著名的微笑。表姐妹都称她们的弗洛尔舅妈为“政客”。因为不管遇到什么情形，她都能那样微笑。据说有一次，在一场不知是谁发动的革命中，一位年轻激进的叔叔和他的妻子半夜跑到弗洛尔舅妈家避难。弗洛尔舅妈就以那样的微笑在门口迎接他们：“你们来串门真令人高兴啊！”

“让我告诉你我家最近发生的一件事，”弗洛尔舅妈继续说，“我家的司机昨天开车送我去参加九日祭[1]。突然，那车猛地往前一颠，熄火了，就停在了大街上。我立马警觉起来，你知道，一辆大轿车在大学贫民区抛锚，指不定会发生什么事。我说：车停啦，这是怎么回事？司机挠了挠头说：我不知道，弗洛尔太太。有位好心人停下来帮忙检查了一遍，说：啊，夫人，你的车没油了。没油了！你能想象吗？”弗洛尔舅妈朝约兰达摇了摇头。“作为司机却不知道给车加满油！欢迎你回到这个小岛来！”她咧开嘴笑了，忽地打开扇子，扇面上那些美丽的鸟儿正展着银翅。

其中一个小女孩轻轻地拉着约兰达把她带到放蛋糕的餐桌旁，餐桌上铺着过节时用的白色花边桌布，还摆有浆洗过的餐巾。看到蛋糕呈多米尼加岛的形状，约兰达呆住了。“这是妈妈的主意。”露辛达的女儿解释说，笑容满面。

“我们要在整只蛋糕上点满蜡烛。”另外一个小女孩补充说。她长得和约兰达的某个表姐妹出奇地像。一定是卡门西塔的女儿。

“不是整只蛋糕，”一个年纪较大的男孩纠正她说，“只是在大城市上方点蜡烛。”

---

1 天主教教徒连续九天的祷告。

"在整只蛋糕上点！"卡门西塔的化身坚持道，"是不是这样？妈妈，是不是在整只蛋糕上点蜡烛？"她问一个妇人。看到那个女子上了年纪的面孔，约兰达反倒一时认不出她是谁。

"卡门西塔！"约兰达喊出声，"我先前没认出你。"

"我老了，却没变得睿智。"卡门西塔会用英语说俏皮话，她曾经在美国的寄宿学校读过两三年书。只有男孩才能留下来念大学。卡门西塔接着用西班牙语说："我们想以小岛形状的蛋糕欢迎你回来！"

"五根蜡烛，"露辛达数了数，"每根蜡烛代表你在外的一年！"

"是代表五大城市。"那个"万事通"男孩喊道。

"不对！"他妹妹反驳说。他们的母亲弯下腰来和他们商量。

约兰达跟舅妈、表姐妹们坐下等女仆取火柴归来。露台外面的墙上爬满修剪过的三角梅，傍晚的阳光从三角梅中穿过，越过棚顶，洒向紫的、红的花儿。卡门舅妈家的露台是家族聚会的地方。她是家族头人的遗孀，所以她家的房子最大。露台外面是精心打理过的花园，碎石小径在园中分岔。吃完蛋糕、喝完咖啡之后，表姐妹们将分头从不同的小径回各自的家。在那里她们将督导厨子们为丈夫准备晚餐。丈夫们玩够了就成群结队地回家。有一次，一个表弟吹牛说晚饭前的这一小时应该称为泡妞时间。他倒是乐意向约兰达解释，在这个时间段，随便哪个多米尼加男子在回家见老婆的途中都会先去情妇家。

"五年了，"卡门舅妈说，又叹了口气，"这次我们得好好宠一宠她。"——舅妈歪了歪头，表示已经跟其他舅妈及表姐妹合谋好了——“这样她就不会这么长时间不回来了。”

“这可不太好，”弗洛尔舅妈说，“你们四个女孩到那儿后都变了。”她微笑着，下巴往上抬了抬。

“你们四个女孩现在可好？”露辛达问，眼睛眨了眨。年少的时候每次暑假来多米尼加，约兰达四姐妹都会跟岛上的表姐妹们讲她们在美国的冒险故事，让她们好好惊讶一番。

约兰达用不太流利的西班牙语向大家汇报情况。每次她想说英语就被责备：“讲西班牙语！[1]”再多说几句，就能更流利地说西班牙语了，老太太们坚持道。是的，可是等回到美国，她就会发现自己突然不知道怎么用英语说某个词，或者像她母亲一样，讲英语的时候夹杂些常用的西班牙语词汇。然而这次，约兰达不太确定自己会不会再回美国。不过这是个秘密。

“确切地告诉我们，你待在这儿的这段时间想要做些什么。”加芙列拉说，她是蒙丁的俏媳妇。蒙丁是家族王子。加芙列拉肤色泛白，眼睛如同浪漫爱情片中女主角的一般黑，这样的面孔又令约兰达想起那个双手交叉在胸前的情人。但是，加芙列拉更令人眼前一亮，人也直率。“如果你自己没什么计划，相信我，你会收到很多无法拒绝的邀请。”

“任何一个小小的antojo[2]都要告诉我们！”卡门舅妈赞成道。

“什么是antojo？”约兰达问。

看吧！舅妈们说得没错。离开多米尼加这么多年，她快把西班牙语忘光了。

1　原文是西班牙语：En espanol!

2　《美洲西班牙语词典》的解释：墨西哥人用语，指首都以外地区的风味小吃。antojo的形容词是antojoso，意为“随心所欲的、任性的”。

“事实上，这个词不太好解释。”卡门舅妈和其他舅妈交换了一下眼神，像是在彼此试探——怎么解释呢？“antojo就好比你非吃某种东西不可的那种渴望。”

加芙列拉鼓起脸颊说：“卡路里。”

Antojo，其中一位年长的舅妈继续解释，是一个非常古老的西班牙语词汇。“你们的美利坚共和国还没成立前就存在的一个词，”她尖锐地补充说，“事实上，在乡下，你会发现有些村民仍然在用这个词，而且用的是它最初的含义。阿尔塔格拉夏!”她朝坐在露台另一边的一个女仆喊道。一个瘦小的老妪朝她们走来，她的头发在脑后紧紧地挽了一个髻。大家让她给约兰达解释什么是antojo。她把棕色的双手伸入制服的口袋里。

“你们知道的[1]。”阿尔塔格拉夏小声地说。你们应该知道这词是什么意思。

“快点嘛，阿尔塔格拉夏。”她的女主人催促道。

女仆遵从命令。“在我们乡下老家，说某人有一个antojo，意思是某位圣人渴望什么，使得他或她也跟着渴望什么。”

阿尔塔格拉夏退了下去，见女主人没再叫她，便转身走到椅子旁边。

“那我就告诉你们，五年之后我的圣人渴望什么吧，”约兰达说，“我特别想吃番石榴。也许这几天我去北边的时候能摘到一些。”

“你自己摘？”卡门舅妈一想到这就摇了摇头。

“这里可不是美国，”弗洛尔舅妈说，意味深长地笑了一声，“在多米尼加没有女子会单独出行。特别是在如今的世道。”

1　原文是西班牙语：U'te que sabe。

“她不会有事的，”加芙列拉用冷静而具权威的口吻说，“你要是借我们的车，蒙丁也能跟着去。”

“加布！”露辛达翻了翻白眼，“你是不是疯了？事态都发展到这地步了，还要开沃尔沃！”

加芙列拉举起双手。“好吧！好吧！我们家还有辆达特桑。”

“我不想让人跟着。”约兰达说。她静静地坐下，希望自己最终学会让人生摆脱传统的约束，就让那些巨浪般的规矩翻滚而去、撞击在别的海岸上吧——让别的女子循规蹈矩好了。她想做的事总是遭到诸多反对，现在她打算起来反抗。从眼角她瞥见伊卢米娜达端了一只银质小盘走了进来，盘子上放了一盒火柴。“我搭公共汽车去。”

“公共汽车！”所有人都开怀大笑。小孩们也上前凑热闹。“约兰达，亲爱的，你在美国待得太久了，”露辛达戏谑道，“你还不明白吗？”她大笑道，“悠悠爬上一辆公共汽车，和一群带着斗鸡、公羊还有猪的农民们挤在一起！”

大家又是摇头又是哈哈大笑。

“我能照顾好自己，”约兰达让她们放心，“但你们不断提到的其他麻烦事是指什么？”

“别听她们瞎说。”加芙列拉挥了挥手，像是为了赶走一只讨厌的苍蝇。她的手指又长又细，结婚戒指和订婚戒指绞在一起成为一枚粗大的戒指。“这样更方便。”她曾经解释说，并把戒指递给约兰达试戴。

“最近发生了一些小事。”卡门舅妈语气虽轻却不容反驳。她毕竟是家族的头人。

露台通往后花园，一个私家保安从那儿经过，身上的武器叮当作响，仿佛是在证实卡门舅妈的话。保安穿了件仿军装的土黄色制服，一支枪挎在肩上。如果约兰达没记错的话，曾经有一座高墙围着家族的整个院落。幼时的她相信这堵墙是用来抵御海水的，因为家族宅院都建在山坡上，万一遇上飓风，海水能涨到山坡那么高。

“世道变得不太平喽。”弗洛尔舅妈再次灿烂地笑了。在那本文艺复兴时期关于表演的书里，这样的怪笑也许会被加以这样的说明：“那位夫人被困在无法逃避的微笑中。”“你可知道，有关山里游击队的传言？”

加芙列拉皱了皱鼻子。“蒙丁说传言不过是传言。”

伊卢米娜达蹑手蹑脚地走到一圈人外头，把火柴递给她的女主人。露台的光线渐渐变暗，约兰达无法看到她那深色面容上的表情。

卡门舅妈站了起来，走向蛋糕。她开始点蜡烛，把用过的火柴放在伊卢米娜达拿来的盘子上。一根给圣多明戈，一根给圣地亚哥，一根给普拉塔港。孩子们请求为剩下的城市点蜡烛，但卡门舅妈说不行，因为他们会把蜡烛吹灭，然后当然啦，把蛋糕给吃了。点蜡烛是大人做的事。当蜡烛全部点燃，所有的表姐妹、舅妈和孩子们围在一起，用《生日歌》的调子唱起一首激昂的《欢迎你回来》[1]。

约兰达凝视着蛋糕。烛光映射出她所经城市的路线，从城市的北边穿过大山再到海岸。她身子往前一探，闭上了眼睛。她想要的东西太多了，很难从中挑选出一个愿望。自从和家人离开多米尼加后，她的人生度过了二十九个春秋，这一路上有太多的

1　原文是西班牙语：Bienvenida a ti。

站点。她和姐妹们过着波澜起伏的生活——婚结了又离、离了又结，家庭、工作，这当中有许多的错误转角。但是看看她的表姐妹们，家庭稳定，在家中享有权威。就让多米尼加成为我的家园吧，约兰达许愿。她头脑中浮现女仆们的样子，她们待在露台的尽头安静又神秘，阿尔塔格拉夏的双手放在大腿上。

等她睁开眼睛，准备吹灭蜡烛时，十几个小孩已经每人一小口气吹灭了所有的蜡烛。突然一阵掌声响起。沿着几个城市切开蛋糕的时候又引发了一场小争论。露辛达的两个小男孩想要圣地亚哥那一块，因为他们上周末刚去那里滑翔。露辛达的女儿和卡门西塔的女儿争着要首都的那块蛋糕，因为那是她们出生的地方。但其中一个女孩同意，如果她能得到拉罗马纳的那块就让出首都的那块，因为她家在拉罗马纳有一栋度假海景房。但是，当然了，拉罗马纳已经被弗洛尔舅妈的教女要了，她患有哮喘病，大伙得让着她。露辛达因为在一群吵闹的小孩中维持纪律而变得声音嘶哑，她把小刀递给约兰达："这是你的蛋糕，悠悠，你决定。"

通往山脚的路只有两辆小汽车那么宽，每到拐角处，约兰达都遵照嘱咐放慢车速，按响喇叭。刚刚拐过一个不好拐的转角，那边有座小圣坛，圣母玛利亚被三个混凝土做成的十字架围着，而十字架已被近日的雨水冲洗得发白。

她把达特桑汽车开到路边，享受着自抵达这个岛后独自一人的时光。每次家族聚会或外出都由某位慷慨的舅妈包揽，她们介绍某个地方的风景时就像在舞台表演一样，以为这样能赢得外甥女的赞赏。

周遭都是山，郁郁葱葱一片浓绿，天空异常明亮。微风拂过棕榈树，树枝沙沙作响，犹如人窃窃私语。山边这处或那处升起了袅袅炊烟——一个多米尼加村民和他的家人独自生活在这里。这些就是她这些年来不知不觉错过的。约兰达静静地站在那里，确定自己从来就不觉得美国是自己的家，从不。

第一次听到引擎声时，她以为是自己的车忘了熄火，但那声音越来越大，仿佛整个引擎就要散架了。后来她听到一群男人的声音。她迅速坐进车里，锁上车门，把车开到路上，抱住身体右侧。

一辆公共汽车从拐角处颠簸着驶来挡住了她的视线。汽车冒着尾气，司机不断按响喇叭且在致敬且在提醒。这是一辆旧军用车，车身的军用名字用颜色不搭的涂漆粉刷过了。车上的乘客到了最后一刻才看见约兰达，所有人都站了起来，男人们把头伸到窗外，发出嘘声，大声叫喊，并把瓶子伸出窗来招呼她。约兰达加快车速把他们甩在后面，噪音小且加满油的达特桑轻而易举地爬上了蜿蜒的高速公路。

汽车的收音机受到静电干扰，发出隐约而又模糊的声音，像是陷入一场车祸，在喊救命。用英语还是西班牙语？她心想。露辛达家聚会的前一天晚上她遇见了一位诗人，那人说不管一个人把自己的母语忘到什么程度，一旦陷入某种强烈的情感之中，就会开始用母语说话。他给约兰达举了一些例子，然后直视她的双眼问：你喜欢用哪种语言？

山上开始出现平坦地段，路变宽了，左右都有了小道。约兰达开始留意番石榴。木制的小摊位上堆了许多约兰达多年不见的水果：黄中带粉的芒果，罗望子的荚渗出不少果汁，小腰果用绳子串起来以防磨烂。还有一长条一长条的肉挂在肉摊上，苍蝇围着肉嗡嗡乱飞。很难相信电台评论员一直谈论的贫穷。这里看起来物品丰盛，除了番石榴什么都有。

过了小摊之后，约兰达来到一个大宅子前，它就像她们在首都的家一样。一堵混凝土筑成的高墙，约五百米长。一个保安站在铁门后面的岗位上——透过爬满花的铁门栏杆看去——像被关入一座诡异而又富丽堂皇的监狱。他身后是树荫下的车道，然后是一栋三层的农家别墅，房子四周都是宽敞的阳台。门口停了辆巧克力色的奔驰。也许车主人是为了躲避城里的是非而跑到农村的别墅来了。他们也许是约兰达家族的亲戚呢。十几个有钱人家之间多次通婚，因此族谱里有很多的家族姓氏是重合的。事实上，她的舅妈们给了她一张列有各位舅舅、姨妈、表弟、表妹名字的清单，这样她就可以顺道拜访他们了。每个名字旁边都详尽地写着约兰达必须记住的各个亲戚的情况：*那个亲戚有四季豆形状的游泳池，这个亲戚长得胖，那个呢，曾经当过大使*。约兰达离开大宅前把名单收进了汽车仪表盘旁边的贮物箱。她自己能行。

一个小村庄展现在眼前——第一座房子皱巴巴的锡皮屋顶上有几个波浪起伏的字：**阿尔塔米拉**。路的两边也有几座房子。阿尔塔米拉是约兰达小憩的地方，之后她将朝山下开，据说那山坡陡峭而且有点危险（她的舅妈们则警告说是“非常”危险），下坡路通往海岸。约兰达在一家小酒馆前停了车。这家店的屋顶是用茅草盖成的，下面有一些柱子支撑，地面是一层混凝土，房子正中间有一张长的野餐桌，一群苍蝇在桌子上方飞来飞去。

在店中间的一根柱子上钉着一张泛黄的海报，是棕榈橄榄油香皂的广告。一个金发女郎正尽情享受沁人心脾的沐浴，她头部后仰，欣喜若狂，嘴巴张着仿佛要大叫一声。

“你好![1]”约兰达叫道。

一个老妪从小卖部后面的棚屋里走了出来，边走边扣着破旧女式便服上的纽扣。她身后紧跟着一个小男孩，每次约兰达对他微笑，他就躲到老妪的身后。约兰达问他名字时，他恨不得钻进老妪的裙褶里去。

“请别见怪啊，夫人，”老妪道歉，“他怕生。”老妪指的是他怕那些开车穿过阿尔塔米拉前往北海岸海滩度假的人。“你的名字。”老妪重复道，好像刚才约兰达不是用西班牙语问他似的。小男孩咕哝了两句。“大声说！”老妪呵斥着，但声音里却流露出对小男孩的骄傲。“这个小不懂事的叫何塞·杜阿尔特·桑切斯·梅拉。”

约兰达笑出声来。这么小的孩子名字却这么长，居然用了多米尼加三位解放者的名字！

“我能帮你什么忙吗，”老妪问，“夫人？一瓶冷饮？一听可口可乐？[2]”通过老妪的声音所流露的骄傲，约兰达知道她想用店里最好的招待自己。

“让我告诉你我最想吃什么吧，”约兰达往老妪小屋后面的树瞧了一眼，“这附近有没有番石榴啊？”

老妪的脸皱了起来。“番石榴啊？”她小声地说，想了一秒钟，“哟，夫人，这附近都是番石榴树。但我最近好像没见过结果实的。”

“如蒙您允许——”何塞·杜阿尔特和一群不知从哪儿冒出来的小男孩一起在汽车旁转着圈，吹牛说他们坐过许多小汽车，听

1 原文是西班牙语：Buenas!

2 原文是西班牙语：Un refresco? Una Coca Cola?

到约兰达说番石榴，何塞立马蹦上前来，指着马路对面西边的山顶。“我知道那里有一林子的熟石榴。”他身后的小伙伴们点着头。

“那么就快去！”他奶奶跺着脚，像是想赶走一只动物，“给夫人摘一些去。”

几个男孩冲过马路，消失在山旁陡峭的小径中。何塞还没来得及跟上他们，就被约兰达叫住了。她也想跟着一起去。小男孩看了看他奶奶，不知道该怎么做。老妪摇摇头说：“夫人，你会感到很热的，你的漂亮衣服会被弄脏的。何塞能给您取来番石榴，要多少就取多少。”

“但是自己摘的话，味道会更好啊。”约兰达感到自己的声音有点烦躁。因为老妪似乎变得像她家人一样处处管着她。

那些跟在何塞后面的男孩再次把汽车围住。每个人都宣称自己能帮夫人保护车子。约兰达突然想到一个法子可以让这成为一种款待。“我们坐车去怎么样？”小男孩们欢呼起来。

这个主意还不错，老妪赞成。夫人如果坚持要去，可以走前面那条泥土路，再经过一条通向咖啡农场的马路。老妇朝南边的大房子指着。许多工人抄近路去那里干活。

小男孩们一个接一个爬进车里，六个小男孩坐在后面，何塞坐在约兰达旁边的位置。他们上了高速公路下面的一条颠簸小路，当车子驶入更加宽敞却人烟稀少的山村时，道路变得越来越颠簸。树枝刮着车身，小石子蹦起来撞击着汽车底部。约兰达想掉头，却没有掉头的余地。最后，随着扫过挡风玻璃的树枝发出咔嚓一声巨响，好像这个村子很不情愿地放开他们似的，车子终于冲了出去驶入平坦的人行道，他们也重见天日了。马路两旁都是番石榴树。男孩们先跑上前去，拉着树枝摇晃，不少番石榴掉了下来。

约兰达当场吃了几只，享受着略微凹凸的果皮拿在手上的质感，品尝着又脆又甜的白色果肉。男孩们望着她。

之后大家分头去摘番石榴。约兰达和何塞结伴，漫步走进石榴丛中。不一会儿，他们不得不弯下腰以防被头顶上方浓密的树枝缠住。每往约兰达的篮子里放一只番石榴，已经堆满的果实就会掉出来一只。

返程仿佛比去时的路途要远。约兰达开始担心他们是不是迷路了，之后，一个担心引发了另一个担心，她突然发觉已经有一小段时间没听到其他男孩的声音，也没看到他们的身影了。一张网状的树枝透着渐暗的天色。那个待在满是花的“监狱”里的保安浮现在约兰达的脑海中。番石榴树上的叶子沙沙作响，像是回应着舅妈的警告：你会迷路的，你会被绑架，你会被强暴，你会被杀掉。

就在前方，番石榴浓密的树枝不见了，那里有一条小路，汽车仍停在路的一边。能够直立真好。何塞把篮子放在地上，挺直了腰。约兰达看了看天空。太阳已快西下。

“其他男孩一定是去拾柴火了。”何塞观察了一阵说。

约兰达看了下手表，已经过了六点。以这样的速度，她不可能在天黑前赶到北部海岸了。她让何塞快上车，在停车的地点附近他们发现其他男孩丢在路旁的一堆番石榴。这么多的番石榴足够岛上最贪婪的圣人享用一辈子了！

他们飞快地把番石榴装进后备箱，爬上车，但车子没走多远就突然向前颠簸了一下。约兰达闭上了眼睛。她把脑袋靠在方向盘上，瞅了瞅何塞。何塞却在车里四处环顾寻找事故发生的线索。看来这孩子也不知道如何换爆了的轮胎。

太阳很快就落山了，夜幕也会很快降临，如同在美国，这里的傍晚稍纵即逝。约兰达向何塞解释说汽车的轮胎爆了，他们必须下山去找那个大户人家帮忙。照管那辆棕色奔驰的人肯定知道怎么换轮胎。

“如蒙您允许的话。”何塞主动说，夫人就待在车里，他将很快从米兰达家带一个人过来。

米兰达，米兰达……约兰达往后靠了一下，从车柜里拿出舅妈列的清单，果不其然，他们的名字就在里头。米兰达姨妈和亚历山大·米兰达姨父在阿尔塔米拉的宅邸。小注解详细说明亚历山大姨父就是那位有一匹套着英式马鞍的马、教你们四姐妹骑马的姨父。“好的。”约兰达告诉那个男孩，“我跟你说，”她指着手表，“如果你能在这根针走到这里时赶回来，我就给你——”她伸出一根手指头——“一美元。”男孩的嘴巴张大了。不一会儿，他已经蹦下车，往米兰达家的方向跑去。约兰达也下了车，往前走了一步，直到那个男孩消失在路的拐角处。

番石榴树林另一边的马路上，约兰达听到树枝被拨开、踩断的声音。两个男子冒了出来：一个又矮又黑，另一个身材瘦长但肤色较浅。他们穿着破旧的工作服，衣服上沾着一块块汗渍，满脸疲倦，裤腰上挂着大砍刀。

一见到约兰达，两个男子就来了精神，接着他们看到了她身后的汽车。黑脸男子先开口说：“是你的？”

“出了什么问题吗？”他又问了句。高个男子好奇地打量着约兰达。现在他们都站在她眼前，堵住了任何她所能逃跑的道路。他们俩——她也打量着他们——都很强壮，如果她转身逃跑，他们肯定能抓到她。她一动也不能动，腿好像突然间被砸进脚下的土里去了。她想解释说她到那边的大户人家吃晚餐，刚才不过是出来遛弯，这样这两个男的就知道这里有人认识她，如果他们试图绑架她，会有人来找的。但是约兰达感觉自己的舌头仿佛变成了一块被塞进嘴里的破布——她说不出话来。

两个男子交换了一下眼神，黑皮肤的男子又开口道："小姐[1]，你还好吧？"他盯着她看。他个子没有约兰达高，但给人的印象是很强壮，长得虎背熊腰，如同一块没雕好的木头。他的同伴则又瘦又高，浅棕色的皮肤和浅棕色的眼睛十分相配。如果是在别的地方，约兰达会认为他相当迷人，但在这么一条荒无人烟的马路上，加上夜色渐浓，他的帅气看起来也很危险，好似让她掉以轻心的诱饵。

"我们能帮到你吗？"矮个儿重复问了一遍。

长得帅的那个知情地笑了，两个又长又深的酒窝看起来就像嘴巴两边的裂口。"美国人，"他对黑皮肤的男子说，"听不懂。"[2]

黑皮肤男子眯着眼，仔细瞧了约兰达一会儿。"美国人吗？"他问约兰达，好像不太确定她的身份。

约兰达害怕得不知所措，但现在眼前有了一条出路。她双手交叉放在胸前——此刻能感觉到自己的心跳——点了点头。承认自己是美国人让她打开了话匣子，约兰达开始说话，用英语说了几句，先是道歉，接着是一大堆的解释：她为什么会独自一人出现在这条路上，她很想吃番石榴，不知道怎么换轮胎。两个男子盯着她，不明白她在说什么，他们被她的胡言乱语制伏了。唯有

---

1 原文是西班牙语：Senorita。

2 原文是西班牙语：Americana, No Comprende。

当她提到米兰达的名字时，他们的眼睛才亮了一下。她有救了！

约兰达模仿打气的动作。黑皮肤男子看了看同伴，同伴耸耸肩，两人都搞不懂是什么意思。约兰达向他们招手，示意他们跟着她。她终于把双脚从泥土中拔了出来，就像把根往上提——现在她能够走到车子那边了。

三个人站在车前盯着没了气的轮胎看了一会儿，两个男子朝轮胎踢了几脚，好像惩罚它坏了小姐的好事儿。他们在人行道上蹲了下来，低声交谈着。约兰达带他们到车子的后面，他们把备胎取下，开始调试千斤顶，又从箱子里拿出工具，同时把大砍刀放在路边，不让它们碍事。头顶上方的天空已经出现紫色暮光。太阳碎在了山顶之上，洒下金黄透红的余晖。

换好备胎，两个男子把爆胎放入后备箱，收拾好工具，把钥匙交给约兰达。

"我想给你们一点什么。"她开始说话，但说的是英语。约兰达翻了翻钱包，抽出一沓纸币，把它们卷起来递给两人。

矮个男子举起了手，约兰达看到他刚才在人行道那边刮伤了手，手掌上有处干了的血迹。"不用，不用，小姐。我们很高兴能帮上忙。"

约兰达转向高个男子。"请收下。"她说着把钱往他手里塞。但他也朝地面看着——伊卢米娜达的姿势，何塞的姿势。她飞快地把钱塞进他的口袋。

两个男子拾起他们的大砍刀，像士兵扛枪一样把砍刀扛在肩上。高个男子指着那个大户人家。"一直走就是米兰达家。"[1] 他清晰地说出每个词。约兰达往他手指的方向看去。在白昼的

---

1 原文是西班牙语：Directo, Mirandas。

余光里，她几乎看不清眼前的路。似乎番石榴树都长到马路上来了，在周遭密密地编织它那浓密的枝叶。

约兰达想跟两个男子都握握手。矮个男子起先把手缩了回去，好像不想弄脏她的手，但最后他在裤子上擦了擦，把手递给了她。他的皮肤又粗又干，犹如树皮。

约兰达爬进车里，两个男子站在路边等了一会儿看轮胎是否正常。她把车开到路上，缓缓地驶下山。当她在后视镜寻找他们时，他们已经消失在番石榴林子的黑暗之中。

在她前方，车灯照出一个小男孩的身影。约兰达侧身为他打开车门。车上方的灯照了下来，男孩的脸上满是泪痕。他轻轻抱着一只胳膊。“那个保安打我。他说我在撒谎。说没有哪个当地人会这个时候开车去摘番石榴。”

“别发愁，何塞。”约兰达轻轻拍了拍男孩。她能感到他那单薄衣衫下肩膀处的骨头。“你还是能得到一美元。你完成你的任务啦。”

但是他的羞愧似乎抹掉了得到一美元的喜悦。约兰达试着让他别想这事，问他想用这一美元买点什么，他最想要什么，想着下次来多米尼加，她能够带来属于他的antojo。但何塞·杜阿尔特·桑切斯·梅拉一言不发，直到约兰达让他在小酒馆前下车并给了他几美元，他才嘀咕了一声“谢谢”。

从车前灯发出的亮光中，约兰达分辨出老妪站在黑暗门口的身影，她挥着手说再见。然后她看到了靠近餐桌上方的那根柱子，那个为棕榈橄榄油香皂做广告的女子，她的皮肤发出亮丽的白光；她的头仍然后仰，嘴巴仍然张着，好像正呼唤着远方的某人。

亲吻

索菲娅

尽管四姐妹结婚后有了自己的家庭，平时也不能常聚，但每当父亲过生日，四姐妹总会回娘家为父亲贺寿。她们相聚一堂，不带丈夫或未婚夫，也不把工作带回家。因为这也是传统的一部分：女儿们自个儿回娘家。公寓太小了，容不下所有人，父亲争辩说。女儿们在娘家不就过一个晚上吗？她们的丈夫不会有事的。

女婿们也宁愿不去岳父岳母家，但他们对岳父大人的趾高气扬感到恼火。“他什么时候才会意识到你们已经长大了？你们是跟我们睡在一起！”

“看在上帝的分上，他都快七十岁了！”女儿们为自己的父亲辩解。她们都是多情女子，但她们的忠诚就如同根一样，深深地扎入与那位老人朝夕相伴的过去。

因此每年11月的某个晚上，女儿们就回娘家当父亲的小闺女。在狭窄的起居室里，在深色、过于庞大的家具包围下（这些家具是从她们小时候住的旧房子那边搬过来的），她们再次变成孩子，生活在一个更小、更单纯的世界里。门口会上演一个夸张的场景。父亲张开双臂，讲着蹩脚的英语欢迎她们：“这是你们的家，你们决不要忘记。”进屋后，母亲则对她们碎碎念，说她们衣冠不整，头发又长又乱，面带倦容，瘦骨嶙峋，妆化得太浓，等等。

喝过几杯酒后，父亲开始念叨如果他不能活到下一个生日，那么应该做些什么。“行了，爸爸。”女儿们哄着他，好像他这么说纯属谦虚，而她们不得不劝他继续活着。吹过蜡烛吃完蛋糕之后，父亲开始分发沉甸甸的信封，信封里貌似塞了衬垫，里面确实塞了好几百美金，十块钱的，二十块钱的，还有五块的，都同一面朝上叠得整整齐齐，最上面的一张纸币上签着父亲的名字，还有女儿们的名字。为什么不写支票呢？过后女儿们会在卧室里闲聊，边纳闷边数着钱以确保父亲没有对谁偏心。父亲是不是做了非法的勾当所以藏了这么多纸币？父亲是不是在他的诊室里贩毒或帮人堕胎？——女儿们不相信会有这样的事发生，但如此猜想对她们的大脑而言是一种妙极的小刺激。

在餐桌旁，女儿们总是假装谢绝父亲的红包。“不要啦，爸爸，今天毕竟是您的生日。”

父亲就告诉她们他在老家挣的钱还要更多。老家的革命失败了。他的弟兄们大都被杀害或被收买。他逃到美国来。现在他所代表的是所有的兄弟姐妹，他的打拼全都是为了女儿们。父亲从未当着女婿们的面给女儿们钱。“他们可能会误会。”有一次父亲说。尽管女儿们都不知道父亲具体指什么，但她们都明白他是想告诉她们：“不要带你们的丈夫回娘家为我贺寿。”

但是这一年，他的七十大寿，小女儿索菲娅想在她家为父亲贺寿。她儿子夏天才出生，她不想在11月份带着四个月大的宝宝和小女儿在路上奔波。不过，她也不想成为唯一缺席的女儿，自从六年前她和丈夫私奔后，这可是她和父亲首次言和。事实上，老父亲也去看过她两次——或者确切地说，是去看他的外孙。索菲娅生了个儿子，这是件大事。家族两代人中，这是首次有男婴诞生。事实上，大家打算以外公的名字——卡洛斯——来给孩子命名，而且中间的那个名字必须是索菲娅的娘家姓。老父亲经常开玩笑说，现在他的名字将在这个新的国家延续下来，本来这是他从未指望过"家里女眷"的事。

父亲两次来访都是整天守在摇篮旁，跟小卡洛斯说话。"查尔斯五世，查尔斯·狄更斯，查尔斯王子。"他列举着著名的查尔斯们以唤起宝宝基因里的雄心壮志。"查理曼大帝。"他也这样温柔地哄着宝宝，因为宝宝骨骼大，粉红色的皮肤上长着金黄色的体毛，眼睛蓝蓝的，跟他那位德国父亲一样。加勒比海人对男性继承者以及日耳曼民族外貌特征的偏爱在宝宝外公这里得到了体现。现在家族有了高贵的血统，也就不用担心某个女儿将来没选好夫婿了。

"你是在美国出生的，将来能当总统哦，"当外公的继续低声絮叨，"你可以登上月球，也许等你活到我这个岁数，连火星都能登上。"

他这般大男子主义哄小孩的话勾起了索菲娅对父亲的敌对情绪。他对着宝宝无休止地絮叨是多么令人讨厌，而且旁边就站着他的小外孙女，眼睛睁得老大，她的小弟弟只有洋娃娃一般大小，可就因为他是个男孩，就能做所有的事情，为此她感到伤心。"让他打住吧，求你了。"索菲娅叫她的丈夫出面。奥托是所有女婿中性格最开朗、最和善的一个。"他是军营参谋。"他的姨子们调侃道。奥托向岳父走去。两个男人深情地望着这个新诞生的

"维京人"[1]。

"你将来会像你父亲这般伟大。"当外公的说。这是岳父大人第一次称赞家里的女婿。此时的奥托才不想破坏和老人的关系呢。"他是个好孩子，是吧，爸爸？"奥托的德国腔饱含着对儿子的爱。他用手轻拍着岳父的肩膀。现在他们成了朋友。

岳父和女婿是和好了，但和自己女儿的关系还是有些紧张。他刚到家时，女儿在门口拥抱了他，可他身子绷得紧紧的，礼貌地将她推开了。"让我放下这些沉重的行李袋，索菲娅。"即使是索菲娅还住在娘家那会儿，他也没再用昵称"菲菲"称呼她。他总是看不惯这个标新立异的小女儿，而她的私奔令他们之间的隔阂变得更加严重。"我不希望家里有放荡的女人。"他警告过所有的女儿。这样的警告一般是趁大家都在的时候说的，即使当时只有一两个女儿犯错，家中所有女眷都应该得到额外的管束。

女儿们不得不在那个冷漠无情的年代忍受父亲的这种态度。她们成长于60年代末。当时，天天穿牛仔裤、戴圆形大耳环、嗑一点药、和同学上床被认为是对军事工业复杂境况的政治性反抗。但是奋起反抗自己的父亲则完全是另一回事。即使现在她们已经长大成人，但提及身体快感时，还是得放低声音以防父亲听到。职业女性也是如此，四姐妹中有三位的学位证书还挂在墙上呢。

只有索菲娅没拿到学位。她总是走自己的路，虽然她也看不起自己的选择，认为是无意中这么做的。四姐妹中，她被认为相貌平平，高个子，大骨骼，五官也不精致。然而，她的男友"从不间断"，姐姐们虽然是在笑话她，但也透着惊奇和些许的嫉妒。

---

1 "维京人"原指北欧海盗，公元8世纪到11世纪一直侵扰欧洲沿海及英国岛屿；小说中主要指婴儿的长相像欧洲人。

她们钦佩她，总向她咨询有关男人的问题。老三曾和索菲娅共用一个房间。她喜欢看自己的小妹在房间里到处走动，铺床，梳头，用发夹夹头发，然后在被单下面放松自己，好像里头有谁等着她。在黑暗中，菲菲浑身散发着清新、健康、干净的体香。这令老三感到欣慰，因为她自己在对待男人的问题上总是犹豫不决并感到恐惧。妹妹在黑暗房间里的呼吸就像一只强壮而又驯服的动物守在她的床边，时刻准备着保护她。

最小的女儿却最早离开了家。她念大学时因为爱上某人辍了学。她找到一份当秘书的工作，之所以还住在家里是因为父亲曾威胁她倘若搬出去住，将跟她断绝父女关系。假期的时候她去哥伦比亚是因为她当时的男友也去那，既然不能和男友在纽约一起过夜，她也就不得不长途跋涉到异乡去跟他共度良宵。可是在波哥大，他们发现一旦尝了禁果，一切都变得没有意思。就这样，他们分手了。在街上，她遇到一位旅客，一个来自德国的小伙子，就是这样。这个女人长大之后身边没有男友的日子没超过几天。她和那个德国人坠入了爱河。

在回家的路上，她把避孕用的子宫帽丢在了肯尼迪机场的第一个垃圾桶里。她不敢掉以轻心。但父亲能看出一些名堂。几个月以来，他一直盯着她。有一次他借口“找指甲刀”，翻了她的抽屉，在那里找到一叠情书。那个德国小伙工整的笔迹写下了一些不可言传的事情——枕边的情话在航空邮件薄薄的蓝色信纸上得以再现。

“这是什么意思？”父亲当着索菲娅的面晃着情书。当时四姐妹正坐在餐桌旁闲聊，父亲走了进来，用情书抽打着自己的腿，绑着情书的丝带松开了。父亲解开丝带后又发狂地一圈圈捆上，好像这样就能约束小女儿的不端行为。

“把信还给我！”索菲娅叫了起来，朝父亲扑去。

父亲举起信件，高过两人的头，宛若自由女神举着那象征自由的火炬，但他忘了女儿已经和他一般高了。她把他的手臂掰下来，紧紧抓住信件，仿佛这些情书是她的孩子，而父亲却要把孩子从她怀中抢走。这看起来更像是一场血缘之争而不是浪漫情事引发的暴怒。

一开始父亲被吓住了，但紧接着他的怒火再次燃起。“他已经夺走了你的贞节吗？这是我想知道的。你们到棕榈树后面做那档子事了吗？你让家族的名声蒙羞了吗？这就是我想知道的！”父亲在小女儿面前疯狂地尖叫，问题一个接一个，也没留时间让索菲娅回答。他的脸气得通红，她却一副泰然自若的样子，这更加显得可怕。索菲娅的脸就像一轮苍白的月亮，在父亲一阵阵怒火的狂潮中拉得越来越长，而父亲仿佛就要淹没在自己的暴怒之中。

索菲娅的三个姐姐都担心地站了起来，一个按住父亲的胳膊，像护士般劝解他，另一个拍着他瘦小的后背，仿佛他是发烧的孩子。“别这样，爸爸，消消气儿。别急，我们来谈谈。我们毕竟是一家人。”

“你是妓女吗？”父亲质问女儿。因为靠得太近，他的唾沫星子溅到了女儿的脸上。

“关你屁事！”她恶狠狠地低声说了一句，像是一只龇牙低吼的野兽要扑上去撕咬他，“你没有权利，你根本没有权利翻我的东西、看我的信！”泪水从她的双眼哗哗地流了出来，鼻孔都张大了。

父亲因为吃惊，嘴巴张成了一个小小的O形。轻轻地，索菲娅站直身子离开了客厅。以往索菲娅发脾气，通常会怒气冲冲地离家出走，几个小时后又回到家里，怒气全消，给全家人都买了可笑的礼物，比如冰箱贴，有着圆眼珠子的填充小动物。

但是这次，大家听见她在楼上打开又关上抽屉，在床和衣柜之间来回走动。楼下，父亲从这个房间到那个房间焦躁地踱来踱去，另外的三个女儿围住了他，而家里的另一股强大势力——好像她拥有全世界所有的时间——整齐地收拾着自己的衣物，打包，并且永远地离开了这个家。她不知想了什么办法独自一人去了德国，让那个男人娶了她。父亲雄心壮志希望家里能出总统和天才，结果这个德国无名小卒竟是位世界级的化学家，这对父亲无疑是当头棒喝。不过索菲娅并非小心眼的人。她才不在乎奥托是干什么的，当时她就出现在他家门口，把自己献给了他。

“我能像其他任何一个人那样爱你，”她说，“如果你也能这样对我，我们就结婚吧。”

“进来，我们谈一谈。”奥托当时是这么说的，或者故事里是这样讲的。

“你答应还是不答应？”索菲娅说。当时好像是下着雪的深夜，有人站在他家门口，一阵冷风吹了进来。“我不能让她挨冻呀。”奥托事后吹嘘。

“你当然不能！”索菲娅的大手往他肩膀上一拍，任何人都能看出他俩在黑暗中行周公之礼是怎样的一幅情景。度蜜月的时候，他们去了希腊旅行，索菲娅像其他新嫁娘一样给父母和姐姐们寄来明信片。“我们玩得很开心。多么希望你们也在场。”

但是父亲仍在报复自己的小女儿。连续几个月，大家都不可以当着他的面提起索菲娅的名字，尽管他不断叫每个人“索菲娅”，又很快纠正自己。索菲娅的女儿出生时，母亲开始抗议父亲的做法。让他自己一个人带着怨恨进坟墓吧，她要去密歇根（奥托后来搬到了那里）探望自己的第一个外孙女！

在最后一刻，父亲后悔了，跟着一起去，他本来也可以待在家里不去的。做客期间，父亲一言不发、一脸严肃，不管索菲娅和姐姐们怎么努力，想让他也聊几句。将她扫地出门还没有如此的冷淡来得糟呢。但是索菲娅在努力。第二年老爸的生日聚会上，她带着小女儿回了娘家。"惊喜！"这有寻求和解的意思。父亲起初只想和索菲娅握握手。但妻子的监视令他取消了握手的念头，木木地拥抱了索菲娅一下，然后抱起了孩子。以后的每一年，索菲娅都来为父亲贺寿，以女性的方式修修补补、安抚着受伤的心。但在社交场合掩盖之下的伤口还是裸露着。父亲仍然拒绝去女儿家。父女俩也很少说话；父亲用和女婿们讲话的语气和索菲娅打着哈哈。

不过现在是他的七十大寿，而且他也同意在索菲娅家庆生。为小卡洛斯举行的洗礼仪式是在早上，而晚上的大事件是为老卡洛斯举办生日派对。小女儿把散居各处的人都召集到中西部过周末可不容易。但真正不易的是索菲娅今年怎么才能够让所有丈夫都参加派对。丈夫们都会来，姐妹们开着玩笑。索菲娅认为这是小卡洛斯的功劳。这个小男婴为家族的其他男子打开了大门。

但小女儿最想做到的事是和父亲和好如初。她将为父亲举办一个让他终身难忘的派对。几周以来她一直策划着他们将吃些什么，睡在哪里，搞哪些娱乐活动。她不停地打电话咨询姐姐们的看法。姐姐们也大都同意她的想法：一支乐队，纸帽子，气球，写有"世界上最伟大的父亲"的徽章。每件事都安排得既搞笑又夸张，但她们知道父亲喜欢这样。索菲娅一时间还闪过念头想请人来跳肚皮舞或者请一个女孩从蛋糕中突然冒出来。但是老三——她因为离婚风波变成了一位女权主义者，说她认为如此上不了台面的娱乐会令人不快。老三赞成的是请一支乐队来表演，倘若非要请人跳肚皮舞，那么派对的费用就由没闹离婚的姐妹们来承担，既然她们如此不尊重女性。索菲娅极其耐心地筹备一场令大家都心满意足的周末聚会。大伙将在她的家里庆祝父亲的七十大寿而且能玩得开心，每想到这点，她都激动不已。

派对当天晚上，全家人在乐队和客人到来之前吃了晚餐。每个女儿都为两位卡洛斯干杯。女婿们叫老卡洛斯“爸爸”。小卡洛斯穿着长长的白色洗礼袍，宛若一个小女孩。小宝宝整个晚上都在号啕大哭，弄得他母亲不得安生：一边得为家人准备晚餐，一边还要哄着他。电话响个不停，老家的亲戚来电贺寿。女儿们的敬酒一直被打断。即使是这样，四个女儿以各自方式的敬酒令老人泪眼婆娑。

这天晚上父亲看起来老了，已经度过的七十年岁月一一显露出来。也许是酒喝得太多，他的肤色显得暗淡，那花白的头发、眉毛和胡须不自然地显露出来。不过，收到礼物时他变得稍微活跃了一些，女儿们送的小仪器、书以及摆在桌上的纪念品，附着的卡片写着“给世界上最好、最亲爱的爸爸”等一长串字，每张卡片老人都想大声念出来。“不要念，爸爸，这些都是隐私！”女儿们插嘴说，围在他身边，不想让自己过分的热情昭示于众人面前。母亲送了父亲一块金表。老三调侃说公司让雇员们退休就是这么做的，母亲生气地看了她一眼，她赶紧闭嘴。还有来自男士们的礼物——女婿们送了皮带和信用卡卡包。

“这些都是我真正需要的东西。”父亲和蔼地说。他把女儿们送的生日卡片叠好，装入自己的口袋稍后再细看。女婿们都知道父亲正嫉妒地注视着他们，想从他们身上看出一些事不关己或只专注自身的迹象。至于他的女儿们，即使是敬过酒，送过礼物，而且在小外孙女的帮助下把礼物搬到了别处，还是感到父亲正等着她们送些其他的东西。

但是今天的派对还有很多节目，这样就能确保他得到今后漫长而又孤寂的有生之年所需要的东西。乐队来了，三个中年男子，每个乐手都留着波浪式发型，头发抹得油亮。乐队叫"丹尼和他的男孩们"，他们在壁炉旁竖起一块写着他们名字的牌子。一个乐手弹手风琴，另一个拉小提琴，还有一个玩着不同的乐器：沙球、三角铁和鼓。他们演奏着电影主题曲、波尔卡舞曲，还有一些大家都熟悉、能跟着一起哼的曲子，而一些老曲子则都献给"爹地"或"他可爱的夫人"。父亲喜欢这个乐队。"选得不错。"他祝贺奥托。小女儿本来就喝了不少酒，现在听到这话一下子就来了气。她眯眼看着笑眯眯的丈夫，一只手放在臀上。这么几个月漫长的策划，奥托有伸过一根手指头吗！

客人们来了，很多人都说路上是怎么迷路的：郊区很暗，道路就如迷宫般错综复杂，都是些死胡同。奥托的那些未婚同事开始环顾房间，试图找出他们听说过的那个最近离婚的姐姐。但是屋里并没有那个像索菲娅吹嘘得那么美丽、有趣且才华横溢的三姐。奥托的朋友多半都喜欢索菲娅，他们在这拥挤的房间里要找的是她才对。

一个心形大巧克力蛋糕放在自助餐桌上，上面插着七十一根蜡烛，多出的一根意味着好运气。外孙女和女儿们已经数过蜡烛，它们对角插在心形蛋糕上，大家开玩笑说这样蜡烛可能就吹不灭了。过后，她们又点燃一支不会熄灭的火焰之箭。餐柜就在蛋糕旁。等到午夜时分乐队再次演奏《祝您生日快乐，爹地》时，大家已经尽情地吃喝过了。

整个晚上大家都在做游戏。为了尽兴，乐队玩起了抢座位的游戏，两把餐椅弄坏之后，他们就不再玩了。特别是老三，好像失了控，每次抢座位都坐在男人的大腿上。父亲坐着一言不发。他不敢苟同地看着整个场景。

事实上，那天晚上夜越深，父亲就越发沉默寡言。被自己的女儿女婿，还有这些时髦、高谈阔论的朋友们围着，他好像意识到自己不过是一个坐在他们屋里的老人，吃着他们的烤羊肉，打扰着他们的生活。女儿们几乎都在自己的心里听到了他的这些想法。他，曾经掏钱给她们去矫正牙齿，送她们到收费昂贵的学校纠正口音，现在对她们来说却毫无用处。这屋里的任何一个人都比他强，甚至是乐队里那些长不大的蠢男人——想想吧，他们就靠演奏《生日快乐歌》来维持生计！他们怎样才能挣到足够的钱给自己的女儿们买漂亮的衣服，他们怎样才能在女儿们放暑假时送她们去欧洲旅游，使她们不至于感到无聊！这世界上还有成熟男人吗？他的每个女婿都像个小孩；他看得清清楚楚。甚至奥托，那个有名的科学家，也只是个拿着铅笔的小男生，做着长长的除法。他甚至为新女婿感到难过——他已经看到这个女婿将会被他强势的二女儿弄得精疲力竭。老二让丈夫帮她挠后背，就算她半夜起来抽烟，他也没意见。但是他不必为他的女儿们担心。反而是自己的妻子现在更让他担心。妻子就坐在那里，像个又瘦又漂亮的女孩，每次听到献给她的歌，就对大家报以羞怯的微笑。八个月或九个月，他算好了她会为他守寡的时间，然后她就会改嫁，靠他留下的人寿保险和新的丈夫一起共度余生。

老三想到一个游戏可以让父亲一起玩。她拿来一条婴儿用的柔软包巾，遮住父亲的眼睛，带着他坐在屋子正中间的椅子上。女人们都拍起掌来。男人们坐了下来。父亲假装不明白女儿们要做什么。“该怎么玩这个游戏，孩子她妈？”

“你自己搞定吧，爹地。”母亲笑着说。她是家里唯一按美国人的习惯叫他的人。

“准备好了吗，爸爸？”大女儿问。

“准备妥当了。”他的口音很重。

“好的，现在，猜猜这是谁。”大女儿说。她总是头头。家里女儿比较多的情况下一般都由老大发号施令。

父亲点了点头，眉毛上扬。他抓紧坐着的椅子，一阵激动，有些害怕，就像有人要问一个男孩一些问题，而他知道这些问题的答案一样。

大女儿向三女儿示意，老三蹑手蹑脚地走进女儿们围成的圈，轻轻吻了一下父亲的脸颊。

“爸爸，这是谁？”大女儿问。

他高兴地咯咯笑着，一开始说不出话来。他先前喝多了。“是孩子的妈。”他用羞怯的声音小声地说。

“不对。错了！”所有的女人都喊出声来。

“卡拉！”他猜是大女儿。他是按长幼顺序来猜的。

“错啦！”更多人叫了起来。

“桑迪？悠悠？”

“你猜对啦。”三女儿说。

女人们都鼓起掌；有些人笑弯了腰。大家都喝了不少酒。老人也玩得很开心。

“好，现在有另外一个人向您走来。”大女儿再次主持游戏。她把食指放在嘴上，意味深长地瞟了每个人一眼，轻轻地绕着老人转了一圈，从后面在老人的额头上亲了一下，然后悄悄地走回原先站着说话的地方。“爸爸，这个人是谁？”她问道，一副事不关己的样子。

“孩子的妈?”他的声音有些上扬，显得敏感，然后又变得确定，“就是孩子的妈。”

“不要把我算在里面。”他的妻子在沙发那边说，她因为筋疲力尽而坐在那里。

父亲绝不会猜屋里的其他妇女。那会显得非常不自重。此外，她们那些美国名字既拗口又难记。不过，他还是在女儿们的掩饰下得到了屋里每个女子的吻。每次父亲都按长幼顺序猜：“卡拉？”“桑迪？”“悠悠？”有时候他也改变一下顺序，先猜三女儿再猜二女儿。

索菲娅一直都在卧室照看儿子，起居室很吵，儿子整个晚上都在闹。她回到起居室，扣好胸前的纽扣，加入游戏。“噢。”她翻了翻白眼，“这里开始变得荒淫了，哈！”她嘲弄地扭着屁股，所有的男人都笑了。她让自己的女性朋友都加入游戏，吹着口哨让自己的小女儿亲了一下外公的鼻子。所有女人都亲了亲父亲的脸颊。二女儿在父亲的大腿上稍微坐了一下发出咯咯的声音。每次父亲猜错，小女儿都笑得最大声。但很快她就发现父亲从来就没猜到她的名字。她付出了这么多，可是他却没把她当女儿看。真可恶！这次轮到她了，她要让他知道这就是她！

索菲娅迅速扎进游戏圈，在老人的耳朵上来了个法式热吻。她的舌头在他的耳窝里转了一圈，轻轻咬了一下他的耳垂，然后回到人群中。

“噢——哇哇，”大女儿笑着说，“爸爸，这人是谁？”

老人没有回答。整个游戏过程中他都面带微笑，现在却笑意全无。他坐直身子，变得警惕。很长一段时间的停顿。所有人都向前倾着身子等父亲说出通常的猜测：“孩子的妈？”

但是父亲没有说出母亲的名字。他摘下蒙眼布，好像那布条是某个带有传染病的身子，而他可能因此而被感染。婴儿包巾掉了下来，堆在他的椅子旁。他黑着脸，在公共场合他的快感被自己的一个女儿唤起，他为此感到羞耻。他看遍在场的人，凝视的目光变得畏缩了。在小女儿的脸上，他看到了那个泰然自若的得意表情——当她从他的手中夺过情书时，他记住了那个表情。

“玩够了。”父亲以低沉、愠怒的声音命令道。而且可以肯定的是，他的派对也就这么玩完了。

四个小闺女

卡拉、约兰达、桑德拉、索菲娅

母亲仍旧叫她们“四个小闺女”，尽管最小的女儿已经二十六岁，而最大的女儿下个月就三十一岁了。在她们的记忆里，母亲总是叫她们“四个小闺女”，而且大女儿还记得那是从第四个女儿出生那天开始的。之前，母亲肯定叫她们“那三个小闺女”，再之前就是“那两个小闺女”。不过，即使是大女儿，她曾经是家中独女，也不记得母亲曾用别的方式称呼她们，除了“那四个小闺女”。

母亲按自己的衣服款式用不同颜色的布料做成衣服给她们穿，所以有时候父亲会开玩笑，叫她们“那五个小闺女”。没人真正知道他是否因为没有儿子而心里偷偷地感到不快；父亲总是吹嘘说“好公牛产下好母牛”，这时母亲会拍拍他的臂膀，而四个分别穿着黄色、淡蓝、粉红和白色衣服的女儿趺趺撞撞、蹦蹦跳跳地在他们身旁边跑边咯咯笑。陌生人会这样数着：“一——二——三——四个女孩！ 没有儿子吗？”

“没有，”母亲心怀歉意地说，“就四个闺女。”

四个闺女穿一样的礼服、校服、内衣裤，用同样的牙刷、床单，穿同样的睡裙，用同样的塑料杯、毛巾、刷子以及梳子。只是大女儿穿着黄色睡裙洗漱，二女儿穿着淡蓝色校服上校车，三女儿穿着粉红色内衣睡觉，小女儿的衣服则全都是白色的。小女儿长大一些时，曾羡慕地看着粉红色。母亲试图说服三女儿白色才是最好的颜色，四妹之所以想要粉红色是因为她还年幼，不知道什么是好的。但是三女儿并不傻，根本不听这些。她总是相信自己已经得到了最好的颜色，因为粉红色才是女孩子的颜色。“你们这些丫头会让我发疯的！”母亲说，但四姐妹早已习惯了母亲口头上的威胁。

母亲设计这种颜色模式是为了节省时间。四姐妹年龄如此相近，她不能纵容每个孩子，任由其个性发展，她可不想等三女儿变成假小子的时候，她得去买红色的牛仔服，或者当她的大女儿发现自己具有拉美血统时，得为她买件墨西哥农妇裙。四姐妹长大后批评母亲怎么可以如此省事。小女儿声称整个颜色体系带有流水线的意味。大女儿后来成了儿童心理学家，在一篇自传性质的论文里斥责母亲说，“当时我也是其中一员”，意指整个颜色体系削弱了四姐妹的身份区别能力，令她们永远弄不清楚彼此的个性界限。大女儿还暗示说母亲属于一种轻微型肛门滞留性格。

母亲不明白这些心理学言论，但她知道自己被批评了。下次四姐妹都在场时，她趁机小哭了一场，说她已经为四姐妹耗尽了心血。四姐妹于是一起称赞母亲把四个年龄如此相近的女孩带大是多么不容易，她已经做得很好了，然后往父母的杯子里倒葡萄酒，父亲就拍着母亲的臂膀，满怀深情地说：“好母牛喂养出小母牛。”接着，母亲就开始讲她最爱讲的关于大女儿卡拉的故事。

尽管母亲经常把四姐妹的名字弄混，或者以通用的昵称“猫咪”称呼她们，或是混淆了她们的生日、职业，或是忘了哪个女儿配哪个丈夫或男朋友，但是在某些特殊的场合，若是某个女儿在场，母亲总爱讲起关于这个女儿的故事给大家听，这是母亲吹捧女儿的一种方式。上次她讲大女儿的故事是在卡拉结婚的时候。母亲喝过香槟后有些微醉，在乐队稍作停顿之际抓起麦克风，给参加婚礼的客人们重述那个关于红色运动鞋的故事。在餐桌旁抹了一会儿眼泪后，母亲开始讲述。卡拉当然对这个故事非常熟悉，也跟她那位分析学家丈夫剖析过：这个事件属于未解决的童年问题。不过这个故事从未让她感到厌倦，因为这是她的故事，母亲每次讲起这个故事，卡拉就知道当时她是最受宠爱的女儿。

“当然啦，你们都知道那个红色运动鞋的故事吧？”母亲笼统地问坐在餐桌旁的人。

“噢，不要啦，”二女儿呻吟道，“不要再提了。”

卡拉怒视着她。“听听这消极的反应。”她朝丈夫点点头，好像是在确认他们刚讨论过的某些问题。

“听听那喋喋不休的絮叨。”二女儿边反驳边翻白眼。

“听我讲故事。”母亲抿了一口酒，放下酒杯时用力太大，酒洒在了她的手上。她抬头望着天花板，仿佛回到了还在多米尼加的日子。那倾盆的大雨！到处都在漏水，漏啊，漏啊——没有什么屋顶能在梅雨季节撑下去。“你们都知道我们刚结婚那会儿实际上真的很穷吧？”父亲点点头，他记得。“而你们大姐”——故事总是这么讲，好像提到的这个女儿并不在场似的——“你们大姐想买双新的运动鞋。她快让我发疯了，日以继夜，她就想要运动鞋，非运动鞋不可。不管怎样，我们都入不敷出了，更别提买运动鞋了！要是你们姐妹都知道我们当时过的是怎样的日子就好了。言语是无法形容的。家里有你们四个——不对，那时候只有三个——三个小闺女，却没有什么收入。”

“呃，”父亲插嘴说，“当时我有工作。”

“你们父亲有工作。”母亲皱了下眉头。一旦开始讲故事，她可不理会插嘴。“但那少得可怜的工资付房租都差点儿不够。”父亲皱起了眉头。“然后我父亲，”母亲吐露说，“帮我们解决了困境——”

“只是向他借了一次钱，”父亲向女婿解释，“每分钱都还清了。”

“只是借了一次钱，”母亲继续说，“不管怎样——重点是，长话短说——我们没有钱买运动鞋这样的奢侈品。噢，她令我发疯了，日以继夜，我要运动鞋，我要运动鞋。”母亲模仿能力不错，每个人都笑了，抿了抿自己杯里的酒。卡拉的丈夫充满怜爱地抚摸着卡拉的脖子。

“但是好心的上帝总是给予，”虽然母亲并不是非常虔诚，但她喜欢让故事变得有宗教意味，“碰巧下一个街区有一位很不错的夫人也有一个小女儿，年纪比卡拉大一些，身材也胖一些——”

“胖一些。”父亲鼓起腮帮，扮了个猴子脸表示是怎么个胖法。

“那个小女孩的祖母从纽约给她寄来一双运动鞋作为生日礼物，但祖母不知道孩子已经长大了，所以那双小运动鞋并不合脚。”

父亲一直鼓着腮帮，因为三女儿每次朝他望去都咯咯笑个不停。三女儿总是不胜酒力。

母亲等着三女儿控制住自己，又严肃地朝父亲看了一眼。“所以那位好夫人把运动鞋给了我，因为她知道卡拉一直吵着要运动鞋。然后你知道怎么样？”一桌的人都在等着她自问自答。“这双运动鞋正好是卡拉的尺码。上帝总是给予啊。”母亲说，点着头。

“但是卡拉大小姐不喜欢白色运动鞋。她要的是红色运动鞋，她要的是红色运动鞋。”母亲像刚才二女儿朝大女儿翻白眼一样，眼睛朝上一翻，“你们能够相信吗？”

“嗯，”二女儿说，“我相信。”

“充满敌意，没错吧？”卡拉说。她丈夫在她耳旁低语，两人一起笑了起来。

“让我讲完。”母亲说，感到下面有些异议。

小女儿站起身来，给每个人都倒了些酒。

三女儿把酒杯倒放，看到父亲又为了她鼓起腮帮就敷衍地笑了笑。她脸颊苍白，眼皮耷拉着，手托着脑袋。但是母亲太投入了并没有责备她走神。

“我告诉你们大姐，要么就穿这双白色运动鞋，要么就别穿！可是，你们大姐也发脾气了，那个卡拉。她把鞋朝屋里一扔，大声喊道，就是要红色运动鞋，要红色的。”

四姐妹在自己的座位上动了动，迫切地想听到故事的结局。卡拉的丈夫爱抚着卡拉的肩膀，似乎那是一只乳房。

母亲加快了速度。“所以你们父亲，就是他把你们给宠坏了。”——父亲在座位上咧着嘴笑——“他拾起运动鞋，然后背着我，低声跟卡拉说她会得到她想要的红色运动鞋。后来我发现这双红色的运动鞋了。原先白色的运动鞋就在浴室的地板上，用我的指甲油涂得通红！”

“为孩子的妈干杯！”父亲羞怯地说，举杯敬酒，“为红色运动鞋干杯。”

“真是经典。”分析学家丈夫说，朝自己的妻子眨眨眼。

“红色运动鞋嘛。”卡拉摇了摇头，强调“红”字。

“主啊！”二女儿呻吟道。

“总是给予的。”母亲补充说。

“红色运动鞋。”父亲说，试图再博大伙一笑，但大家都累了，而且三女儿说她有点想吐了。

约兰达是四姐妹中的老三，后来当了大学教师，虽然这并不是她的本意。研究生毕业后的几年里，她在问卷调查和所得税表格的职业一栏写下“诗人”，后来又改成“作家/教师”。最后她承认自己几年来并没有写下多少作品，所以对家人宣称她再也不是一位诗人了。

私底下，母亲有些失望，因为她总是希望她的悠悠能够出名。她所讲的关于三女儿的故事失去了那个迷人的预言般的结语：“而且，当然啦，她成了一位诗人。”但是母亲试图说服三女儿做一个快乐的无名小卒总比当一个悲伤的伟人好。约兰达还是像当初一样识破母亲试图让她相信白色比粉红色更好的劝说，这次也没有相信母亲的话。

三女儿去城里朗诵自创的诗歌时，母亲也常常去参加；她就坐在前排，女儿每念完一首诗，她就鼓掌，而且还会站起来喝彩。约兰达感到非常尴尬，所以她试图向母亲隐瞒她的朗诵会，但不知怎的，母亲总是会发现这样的聚会并且出席，就坐在第一排的正中间。即使母亲乖乖地坐在观众席上，她的在场也令约兰达很在意。约兰达常朗诵献给情人的诗，关于帷帐情事的十四行诗，而且她知道母亲并不相信她的女儿们已经涉足性事。不过，母亲好像也没有注意到诗歌的主题，或者即使注意到了，她也把那些情爱场景归于悠悠丰富的想象力。

“我这个闺女总是想象力十分丰富。”母亲对坐在自己身旁的人吐露说。三女儿已经很久没有写诗了，在最近的一次朗诵会上，坐在母亲身边的是三女儿的情人。母亲不知道身旁这位英俊、头发银灰的教授认识自己的女儿；她还以为对方就是某个对女儿的诗歌感兴趣的听众。“我的四个女儿当中，”母亲告诉约兰达的情人，“就属悠总是爱写诗。”

“悠，或者悠悠，是她的昵称。”母亲解释，“她抱怨说要大家叫她的全名，可是当你有四个闺女的时候，你得找条捷径。想象一下吧，四个小闺女呢！”

“真的吗？”情人说。虽然约兰达已经告诉他关于家里的情况以及她那些私底下被叫的绰号——悠、乔、悠悠，没有谁比他更清楚捷径的好处了。约——兰——达，她一遍遍地训练他叫她的名字。他想象，这对父母是讲究责任、循规蹈矩的老一辈，四个女儿听起来却似乎非常狂野。四个女儿都离过婚，包括约兰达。大女儿是儿童心理医生，第一次婚姻破裂后嫁给了一直跟她约会的分析学家。二女儿一直吃药减肥。当全家人发现小女儿怀孕时，她就和一个德国男人私奔了。

“但是那个悠啊，”母亲继续说，指着和其他朗诵者坐在一起的约兰达，他们正等着音响调试以便开始朗读，“那个悠总有非常丰富的想象力。”嗡嗡的说话声不时被试音打断，然后是一个轻微的爆破声——说“试音”时靠麦克风太近了。约兰达注视着母亲和情人非常专注地谈话，越发不安。

“是的，悠悠总是喜爱诗歌。哎呀，我记得有一次我们去纽约旅行。那时她还不到三岁。”母亲正为她要讲的故事预热。情人注意到这位母亲的眼睛像极了她女儿夜里温柔地看他的双眼。

“试音。”一个声音在屋里炸了开来。

母亲抬头一看，以为诗歌朗诵开始了。情人挥手示意还没开始，他想听这个故事。

“我们去了纽约，洛洛和我。他去那开会，所以我们决定顺便度个假。自从第一个孩子出生之后，我们都没度过假。我们当时很穷。”母亲压低声音，“不知道用什么词来形容我们当时的困境。但是后来我们逐渐过上了好日子。”

“这样啊？”情人说。他小心翼翼地说出这个词，已示足够的鼓励又不会打断母亲的故事。

“我们把闺女们都留在家里，但是那一个”——母亲再次指向约兰达，约兰达正睁大眼睛看着自己的情人——“那一个当时头发掉光了。我们带她去纽约请专家诊断。结果只是神经过敏。”

情人知道约兰达肯定不想让他知道她的身体曾经有过那样的缺陷。她甚至不喜欢当着他的面拔眉毛。沐浴过后马上穿上浴袍。做爱的时候要熄灯。其他的时候，她就絮絮叨叨说着圣母、身体的圣洁还有性欲是永恒的愉悦。有时，他抱怨说觉得自己陷入了妇女解放拥护者和天主教女圣徒之间。“你听起来就像我的前夫。”她指责道。

“有一天下午我们上了一辆拥挤的公共汽车，”母亲摇着头，回想着当时那辆公交车是多么拥挤，“我都无法告诉你是如何的拥挤。就像塞满了沙丁鱼的罐头，连一根棍子也塞不进去了。”

“真的？”

“你不信啊？”母亲面露责备之意。情人点着头表示他相信。“我还是继续讲吧。那车太挤了，洛洛和我都六神无主了。我确定洛洛带着悠，而洛洛却认定她跟着我。不管怎样，长话短说，我们到站下车时彼此对望。悠在哪里？我们同时发问。与此同时，公交车轰隆隆地开走了。”

“哦，我告诉你，当时我俩就像两个疯子一样跟在汽车后头跑！那时是高峰期。每个人都回头看我们，以为我们正在逃避警察的追捕还是什么。”想起那阵狂跑，母亲变得气喘吁吁。情人等着她追上记忆中的公交车。

“试音？”一个变了调的声音响起，不是很确信的样子了。

“差不多跑了两个街区，我们挥手示意司机停车，这才上了车。然后，你是不会相信我们所发现的。”

情人知道最好不要猜。

“我们发现那个悠被一群人围着，就像耶稣和长老们。”

“真的？”情人微笑着，远远地向约兰达致敬。约兰达在他所在的当代文学系担任讲师，很受欢迎。

“她甚至都没有意识到我们已经下了车。她身边围了一圈人，都在听她朗诵一首诗！事实上是我教她的一首诗。你也许听过？就是那个写了一只黑鸟的诗人。”

“史蒂文斯？”

母亲歪着头。“我不太确定。不管怎样，”她继续说，“想象一下吧！三岁大的孩子已经能够吸引一群人。当然啦，她成为了一位诗人。”

“你刚才不是指坡吧？埃德加·爱伦·坡？”

“是的，就是他！就是他！”母亲喊了出来，“那首诗是关于一位公主的，她住在海边或是别的什么地方，让我们试试。”她开始朗诵起来：

许久许久以前，什么……什么……

在一个……什么海边

住着一位你可能忘不了的公主

她的名字就叫安娜贝尔·李……

母亲抬起头，意识到安静下来的听众们正看着她。她的脸红了。情人低声轻笑，碰了碰她的胳膊。讲台上，主持人已经介绍过诗人了，等着坐在前排的白发女士把话说完。“献给克莱夫。”约兰达念道，开始朗诵她的第一首诗，“《帷帐六节诗》。”克莱夫害羞地朝母亲微笑，而母亲却对自己的女儿自豪地笑着。

至于桑德拉，母亲不再讲关于她的故事了。母亲说想忘记过去，但实际上她想忘掉的只是最近一小段的过去。然而，母亲知道大家都能听进去拒绝之词，所以她用疲倦的声音说：“我想忘记过去。”

母亲最后一次讲有关二女儿的故事，不是在某个庆典场合而是向芒特霍普医院的高级心理医师坦德曼恩大夫解释，说她为什么会和丈夫带着女儿来这家私人医院。

“一切都是从疯狂节食开始的。”母亲开始说。她折了又折手中的舒洁面巾纸，把面巾纸叠成越来越小的方块。坦德曼恩大夫注视着她，做着笔记。父亲安静地坐在窗户旁，眼睛随着园丁移动，园丁一块接一块地修剪着草坪，草坪上细长的刈痕颜色越来越深了。

“你能想象出她想把自己饿死吗？”母亲一点一点地捏面巾

纸，“所以她发疯了也不奇怪。”

“她有些精神衰弱，”坦德曼恩大夫看着父亲说，“你女儿并没有患临床性质的精神病。”

“临床性质的精神病，这是什么意思？”母亲生气地皱着眉头，“我不明白这些跟心理学有关的谈话。”

“意思就是说，”坦德曼恩大夫开始解释，低头看了一眼文件夹以确保说对名字，“意思就是说桑德拉并没有患上精神病，也不是精神分裂，她只是有点精神衰弱。”

“有点精神衰弱。”父亲小声嘀咕。在中间一排的草坪上，园丁停了下来，除草机仍轰隆隆地响着。他吐了口痰，耸耸肩，擦擦嘴，又开始除草。草末从发动机后面的白色球状袋子里喷了出来。父亲觉得他应该说点让人心情愉悦的话。“你们这地方不错，草坪都很漂亮。”

“唉，洛洛。”母亲伤心地说，把剩下的面巾纸捏在手心。

坦德曼恩大夫等了一会儿，以便这个做丈夫的需要回应妻子。接着，他问母亲：“你刚才说一切都是由她节食开始的？”

“一切都是因为她那疯狂的节食开始的。”母亲重复了一遍，好像找到了自己正在读的一本书当中的位置。“桑迪想跟那些骨瘦如柴的模特一样。她是个美人坯子，那个小闺女，我猜她自己也知道这点。我们家有四个小闺女，你知道的。”

坦德曼恩大夫写下四个女儿，虽然当他大声问父亲“没有儿子吗？”，父亲已经告诉他了，但他还是含糊地记下：“四个女儿。”

母亲犹豫了一下，瞟了丈夫一眼，好像不太确定他们可以对这个陌生人透露多少内情。“我们养四个女儿都遇到了一些麻烦——”她眼睛朝上一翻示意她所指的那种麻烦。

“你意思是其他女儿也精神衰弱吗？”

“因为她们都遇到了坏男人！”母亲对大夫生气地皱眉，仿佛大夫就是其中一个前任女婿，“不管怎样，这说得通，心碎了，精神崩溃了。但这个闺女不一样，这个孩子，她疯了。”大夫举手表示不赞成。但是母亲忽略了这个手势，继续讲她的故事。

“其他三个女儿长得也不难看，你别误会。但是桑迪，桑迪五官精致，有着蓝色的眼睛，奶桃色的皮肤，所有优秀的特征都长到她身上去了！”母亲张开双臂表示那个小闺女是多么俊俏，肤色多么白，眼睛多么蓝。面巾纸碎屑掉到地板上，她把碎纸屑从地毯上捡了起来。“你知道吗？我的曾祖父娶了个瑞士姑娘，所以家族有白种人的血统，而那个桑迪继承了这个血统。可是想象一下吧，矛盾的是她想让自己的肤色变得更深一些，以便能够融入她的姐妹之中。”

“这是可以理解的。”坦德曼恩大夫说。

“这叫做疯狂，疯狂才是，”母亲生气地说，“不管怎样，后来节食占了上风。她姐姐结婚时，桑迪连结婚蛋糕也不愿意尝，一口都不吃！”

“她们相处得好吗？”坦德曼恩大夫眼睛朝上瞄了一下，自顾自地写着。

“谁？”母亲不赞成地眨眨眼。这男人问了太多的问题。

“孩子们，”坦德曼恩大夫说，“她们之间的关系亲密吗？她们之间相互竞争吗？”

“孩子们吗？”母亲对如此疯狂的心理学谈话一直皱着眉头。“她们是姐妹。”她解释。

“有时候她们也打打架。”父亲补充说。虽然他一直朝窗户外边看，但是大夫和妻子说的每句话他都没漏掉。

“有些时候她们也打打架，”母亲接上话，她想快点把故事讲完，“桑迪一直在减肥。起先，她看起来不错。起先，她允许自己稍微丰满一些，她骨架匀称所以不会有赘肉。瘦那么几磅没关系。后来，她读研去了，我们有好一阵子没见到她。每次我们给她打电话，她的声音都好像变得越来越遥远了。这并不是因为距离。我没法解释清楚，”母亲说，“当母亲的总是知道。”

“后来有一天我们接到一个电话。是系主任打来的。她说她不想吓到我们，但是我们能否马上过去一趟。我们的女儿在医院里，身体虚弱得什么都做不了。她所能做的就是读书。”

父亲正计算园丁修剪草坪的速度。要是那个男人没有停下吐痰并擦额头上的汗，每一块草坪需要两分钟的时间。

母亲试图打开大腿上的面巾纸，但是面巾纸已经破烂不堪。“我们搭最早的飞机过去，等我们到了那里，我都认不出自己的女儿了，”母亲举起她的小指头，“桑迪就像一枚牙签一样。而且这还不是最糟的。她不愿意放下手中的书，读啊，读啊，读啊，整日整夜地读书。”

父亲所看的窗外的景象模糊起来。

母亲朝他望去，纳闷他正想些什么。“她列了许多要读的书。我们在她的日记里发现的。每读完一本，她就把书名从书单上画掉。最后，她告诉我们她为什么不能停下。她已经不剩多少时间了。她必须把人类所有伟大的著作都读完，因为不久”——母亲鼓起勇气说了出来——“不久她将不再是人。”

在接下来的一阵沉默中，母亲听到远处除草机发出的嗡嗡声。

“她告诉我们她正要被赶出人类这个物种。她将变成一只猴子，”母亲的音调都变了，“猴子，我的孩子啊！

“她体内的其他器官都已经变得跟猴子的一样，只有她的大脑还留着，所以她能感到大脑的转动。”

坦德曼恩大夫停下不写了。他在手里掂量着笔的重量。“我所理解的是，你们把她委托给我们照看是因为她节食。但这些情况你们先前没说。”

“只是有点精神衰弱。”父亲轻声嘀咕，坦德曼恩大夫无法听到他在说什么。

母亲再次控制住自己的声音。“如果她读完了所有伟大的著作，也许她就能记住自己还是人时的一些重要事情，所以她读个不停。不过，她还是担心有些大思想家的作品没读完，她就走了。”

“弗洛伊德，”大夫说，在他的便笺上列了一些名字，“达尔文、尼采、埃里克松。”

“但丁，”父亲沉思低吟，“荷马、塞万提斯、卡尔德隆·巴尔卡。”

“我告诉她别再读了，吃点什么吧。我告诉她这些书会让她发疯的。我做了所有她爱吃的饭菜：豆子米饭、意大利千层面、青椒蘑菇奶油鸡。还做了她最爱的番茄酱浇红鲷鱼。她说她不想吃动物。她说，在她的时代，她会是那只鸡，那条红鲷鱼。进化达到顶端时就会倒退。如此种种，”母亲对这样的想法不屑一顾，“告诉你吧，她说的都是些疯话。”

“有天早上，我到她的屋里想叫醒她，发现她躺在床上，看着她的双手，”母亲举起双手，再现当时的情景，“我叫她的名字，桑迪！可她一直摆弄着双手，这面看看，那面看看，目不转睛地看着。我对她尖叫想让她回应我，可是她看都不看我一眼。她没有任何反应，却发出那些可怕的声音，仿佛她成了一只动物。”母亲发出咯咯声、呼噜声让大夫辨别那是什么动物发出的声音。

突然间，父亲的身子向前一倾，他看到了什么重要的东西。

“然后我的桑迪对我举起双手，”母亲继续说，她把手转向坦德曼恩大夫，再转向丈夫，丈夫的脸正贴着窗户，“然后她尖叫起来，猴爪，猴爪。”

父亲从椅子上跳了起来。窗外，一个身材苗条的漂亮女孩和一个粗壮健硕、身穿白衣的妇人从草坪穿过。那个妇人指着花和树丛里的叶子想把女孩哄进楼里。草坪尽头，那位园丁擦着额头，把除草机掉了个头，开始割新的一排草。他的背后留下一道深色的刈痕。女孩朝上看着，在空荡荡的天空中发疯地寻找她听到的飞机声。护士警觉地注视着她这些错乱的举动。最后，那个女孩看见一个男人朝她走来，旁边跟着一只拴着链子、不断怒吼的动物。那只动物吃着草，袋子般的肚皮鼓了起来。女孩突然发出尖叫，惊慌失措地朝楼里跑去，而她的父亲正在楼里，站在窗户旁，朝她挥手，可她没看见。

在医院里，母亲一只手贴着玻璃，另一只手敲着玻璃。她扮了个鬼脸。摇篮对着她，但那个皱巴巴的小婴儿却没有朝外婆看。相反，婴儿的眼球转动着，好像还不太确定该怎么使用自己的眼睛。她的嘴唇皱起又松开，皱起又松开。母亲确定这孩子是在朝她微笑。

“看看那个宝宝。”当上外婆的母亲对她身旁的一个年轻男子说，他正看着隔壁摇篮里的婴儿。

年轻男子看了看另外一个宝宝。

“她都已经会笑了。”母亲吹嘘起来。

年轻男子点了点头，微微一笑。

“你们家的宝宝正睡着。”母亲稍微带点批评的语气说。

“婴儿总是爱睡。”年轻男子解释。

“有些小孩是这样，”母亲说，“我有四个小闺女，她们从来不睡。”

“四个闺女哪，没有儿子吗？”

母亲摇摇头。“我猜就是这样的血脉吧。这一个也是闺女。你说是不是啊，小猫咪？”外婆问她的外孙女。

年轻男子朝他的女儿微笑。“我的也是闺女。”

母亲祝贺他。“好公牛产出好母牛。”

“嗯？”

“这是以前我每生下一个女儿，我丈夫都跟我说的一句话。好公牛产出好母牛。我还记得菲菲出生的那个夜晚呢，”外婆低头看着外孙女解释说，“也就是你妈妈。”

年轻男子一边端详着自家的女婴，一边听着这位老妇人讲故事。

“我生那个小闺女比生其他孩子困难得多。有趣的是她最后一个出生，也是最小的一个。在产房整整熬了二十四个小时。”母亲眉毛一扬以作停顿。

年轻男子吹了声口哨。“您那是生第四胎，二十四个小时确实也太长了。是难产吗？”

母亲仔细打量了年轻男子一会儿。他是医生吗，她想，怎么对生小孩的事知道这么多？

“二十四个小时啊……”年轻男子摇了摇头，思忖着，“我们的孩子只用了三个半小时就生出来了。”

母亲抬头盯着年轻男子。我们的？男人哪！现在他们打算声称自己也能生孩子了。

“但是我跟你说，那个菲菲，我们给她取这个小名是对的！

索菲娅，那是她的本名。我那当诗人的女儿说索菲娅是很久以前掌管智慧的女神。我们天主教徒并不相信这个。但索菲娅确实是个聪明的孩子。我的意思不是说她会读书，而是说她很聪明。”母亲敲了敲她的太阳穴，又敲了敲玻璃。“聪明，聪明。”母亲对着宝宝说。她摇着头，沉思自语：“那个菲菲，她看起来像一出生就是来找麻烦的，不过麻烦最后总是转变成她的运气。”

“那个晚上她终于出生了，她父亲走了进来，我知道他有点失望，特别是等了那么长时间。我就说，我也没办法啊，洛洛，宝宝一出生就是女的。他就说，好公牛产出好母牛，仿佛这都是他的功劳。他筋疲力尽，都快倒下了，所以我让他回家睡觉。”

年轻男子打了个哈欠，笑了起来。

“他看起来一副快累死了的样子，所以连窃贼破门而入都没听到声响。那个窃贼把我们家偷了个精光。甚至我的鞋子，还有我的内——”母亲突然想起就这么说出来不雅。“所有的衣服都被偷了。”她羞怯地补充。

年轻男子假装有些惊慌。

“但这就是我所说的运气——警察抓住了窃贼，归还了我们所有的衣物。”母亲敲着玻璃。“小猫咪。”她哄着宝宝。

“真幸运哪，”她对年轻男子说，“那个菲菲的运气总是不错。更别说她有幸”——母亲放低声音说——“遇见了奥托。”

年轻男子回头看了看。奥托？谁给一个可怜的孩子取名叫奥托呢？

“你想想，”母亲继续说，“菲菲大学没念完就辍学了，然后随教堂神职人员去秘鲁旅行，路上当然有人监护，要不然我们也不会让她去。我们不相信这里所宣扬的自由。”母亲的目光越过婴儿室，皱起了眉头。玻璃另一边，差不多有六个宝宝在各自的摇篮中，在细长护栏的保护下，睡得正香。

“不管怎样，她在秘鲁的一个集市碰见了这位叫奥托的德国男子，奥托一句西班牙语都不会却想买个斗篷。她帮他讨价还价，然后他几乎没花什么钱就买到了斗篷。哦，就这样，他们一见钟情，飞鸿传书，现在他们就在这里，为人父母了！你能说这不是幸运吗？”

“是很幸运。”年轻男子说。

“你也会是幸运的，不是吗？”母亲对着她的外孙女咯咯地笑了起来，然后对年轻男子吐露：“她会长成一个小天使的，粉嘟嘟的，一头金发。”

“她们还这么小，说不准呢。”年轻男子边说边对他的女儿微笑。

“我说行，”母亲宣称，“我可有四个闺女呢。”

“妈妈总爱和一些帅小伙搭话。”桑迪笑着说。她盘腿坐在菲菲家起居室的地板上。刚当上妈妈的菲菲坐在奥托的躺椅上，宝宝靠在她的肩膀上睡着了。卡拉趴在沙发上。在她脚边，约兰达认真地织着一条小毛毯，是粉红色、淡蓝色和黄色混搭的，中间有块白色的方形。大清早，一家人就聚在菲菲的家里准备过圣诞节，圣诞节就在宝宝出生后的一周。丈夫们和父母还在寝室里睡觉。四姐妹穿着睡裙懒散地坐着，向彼此诉说自己真正的生活境况。

桑迪解释说她和母亲本来在候诊室，后来母亲却不见了。“我发现她在婴儿室窗口旁跟一个肌肉美男说话——”

“这么说不礼貌，”约兰达说，“就叫他男士吧。”

“你能不能别插嘴？”桑迪的眼泪几乎夺眶而出。一个月前从芒特霍普医院出来后，她动不动就掉眼泪，因此不得不在包里带着抗抑郁药和纸巾。她在屋里找她的包。“这位女诗人怎么对语言这么该死的敏感呢。”

“我不再写诗了。”约兰达有点受伤地说。

“你们这些人，真讨厌！”卡拉说，俨然成了仲裁者，“现在可是圣诞节。”

刚当上妈妈的索菲娅转向二姐，抚摸着姐姐的头发。这是一年里全家人聚在一起的时光，她希望所有人都和睦相处。于是她换了个话题。“你们能来医院看我，真是太好了。我知道你们就是这么喜欢医院。”她补充说。

桑迪低头看着地毯，用手挑着线头。“我只是想忘记过去，你们知道的。”

“那是可以理解的。”卡拉说。

约兰达把婴儿毯搁在一边，脸上露出类似姐姐刚才动怒时的表情，泪眼蒙眬。“对不起，”她对桑迪说，“这周我过得太糟糕了。”

桑迪摸了一下约兰达的手。她看着姐妹们。克莱夫，她们都知道，又回到他妻子身边去了。“他可真是个卑鄙小人。这样的事情，他已经干了多少回了，悠？”

“约兰达，”卡拉纠正说，“她现在希望大家叫她约兰达。”

“你什么意思？现在希望大家叫她约兰达？那本来就是我的名字，你们不知道吗？”

“你干吗发这么大的火？”卡拉的镇静具备专业素质。

约兰达眼睛转了一下。“少来你那套注意细节的心理治疗了。”

火药味又开始变浓，菲菲赶紧转换话题。她摸了摸正在织的毯子。“毯子真的很漂亮。你写给宝宝的那首诗，我听了都快哭了。”

“那你还在写嘛！”卡拉说，“我就知道，我就知道，你不想听到这个，”卡拉为了表示和解，称赞起约兰达来，“你很棒，约兰达，真的。我把你的诗都收集了起来。每次在杂志上读到什么，我就想，上帝啊，悠写的比这好多了！你要相信自己。你对自己太苛刻了。”

约兰达闭口不语。她正想着自己这个喜欢发号施令的姐姐：卡拉倾向于把所有的赞扬都跟自我改善的呼吁交织在一起。相信你自己。相信你自己。对你自己好些。不知怎的，这样的话令她的称赞变得像以前母亲那种“建设性”的批评一样。

卡拉转向桑迪。“妈妈说你正跟某人见面，”当大姐的小心措辞，“是真的吗？”

“什么意思？”桑迪有些防备地抬起头来，意识到姐姐的意思是指男人，而不是心理医师，于是补充说，“他人不错，但是我不知道——”她耸耸肩，“是我在精神医院认识的。”

那个男的去那里做什么？这个问题悬在半空中，在场的姐妹没人敢问。

“那么，跟我们说说婴儿室的那位魅力男吧。”菲菲请求道。每次姐姐们就要触及沉重的话题时，这位新妈妈总是转换成她喜欢的话题——她刚生下的女儿。宝宝的每个细节——吃了什么，拉了什么——仿佛都是一种跳跃式的进化。当然，不是所有的新生儿都会对他们的母亲微笑吧？“你是在婴儿室碰到那位男士的吗？”

“我吗？”桑迪笑，“你是说我们的妈。她还缠住人家，邀请他到医院的咖啡店吃午餐呢。”

“妈妈太有新意了。”约兰达说。她注意到自己织错了，只好拆掉下面一行黄色的。

菲菲拍着宝宝的背部。“然后她开始抱怨我们！”

“我们一起吃了午餐，”桑迪继续说，“妈妈滔滔不绝地说上帝是怎么把你和奥托从地球两个相反的地方带到秘鲁碰面的。”

“上帝？”卡拉脸部扭曲着。

“秘鲁？”菲菲的脸也像姐姐的一样扭曲着，“我从来没去过秘鲁。我们是在哥伦比亚相遇的。”

“在妈妈的版本里，你们是在秘鲁相遇，”桑迪说，“然后一见钟情。”

“第一天晚上就共度春宵。”卡拉戏谑道。四姐妹都笑了起来。“妈妈的版本可没有这部分。”

“我已经听过那个故事的多个版本，”桑迪说，“都不知道哪个版本才是真的。”

“我也不知道，”菲菲边说边笑了起来，“奥托说我们可能是在新泽西的一个灰狗汽车站认识的，但是所有这些关于我们在巴西或者哥伦比亚或者秘鲁相遇，如此激动人心的故事，我们听过之后也不得不信了。”

“那么是不是在第一天晚上呢？”约兰达问，她的毛线针朝半空中指着。

“我听到的是第一天晚上。”卡拉说。

桑迪眯起眼睛。“我听到的是大约过了一周之后。”

宝宝打起嗝来。四姐妹彼此对望，笑了起来。“事实上——”菲菲把放在宝宝背上的手指一根一根伸直，又一根一根弯下去，“是在第四个晚上。不过我一见到他就知道会发生这样的事。”

“你是爱他的？”约兰达问。菲菲点了点头。自从克莱夫走了之后，约兰达对完美结局的爱情故事上了瘾，好像那是她织毛毯时漏掉的一针——她爱上第一个男子时就犯下的错误，要是能找到这个错误的针法，也许她就能把毛毯拆了，把约翰、布拉德、史蒂文、鲁迪这些她曾经爱过的男子一一解开，然后重新来过。

大家停顿了一会儿，听着宝宝柔和的呼吸，等着某人拾起话头。

“不管怎样，妈妈跟那个男子说你们有很长一段时间飞鸿传书，”桑迪帮约兰达把拆下来的毛线缠成线团，不时停下来讲母亲的故事，“自从他们在秘鲁邂逅之后的好几个月，好几个月。”桑迪学着母亲转动眼球的样子。她是个很好的模仿者。她的三个姐妹都笑了。“奥托在德国做科研，但他每天都给她写信。”

“每天！”菲菲大笑，“我倒希望是每天。有些时候我等了几周才盼到信。”

“但是后来，”约兰达学着广播剧中那种预示着凶兆的语调说，“后来她爸爸发现了这些情书。”

“妈妈没提到这个情节，”桑迪说，“故事又短又美：他每天给她写信。去年的圣诞节她去看他，他就求婚了，然后他们今年春天就结婚了，现在呢，他们为人父母了！”

“一、二、三、四。”卡拉开始数数。

菲菲咧嘴笑了。“别数了，”她说，“宝宝确实是在婚礼之后的九个月零十天才生下来的。”

"感谢上帝，还多了十天呢。"卡拉说。

"我喜欢妈妈的版本，"菲菲笑道，"她怎么没提起爸爸发现情书的事？"

桑迪摇摇头。"大概她忘记了。你也知道她一直说要把过去给忘了。"

"噢，爸爸没权利乱翻我的私人信件。"菲菲的声音变得有点烦躁。宝宝在她的肩头动了起来。"他宣称自己当时是在找指甲刀，或是别的什么。在我的抽屉里找，哈？"

约兰达模仿父亲打开一只信封的样子。她滑稽地模仿着父亲的眼睛由于惊恐而睁得老大。她抓住自己的喉咙，甚至还学吸血鬼德拉库拉伯爵的口吻使这一刻更加戏剧化。不过，她模仿得可不像。"'你的信期到了没？'这个男人说这话是什么意思？"

桑迪附和道："你信期到了没有，关奥托什么事？"

宝宝哭了起来。"哦，宝贝，这不过是在讲故事。"菲菲哄着宝宝。

"我们要跟你断绝关系！"桑迪模仿父亲说，"你玷污了家族的名誉。滚出这个家！"

"别再让我们见到你！"约兰达指着门说。桑迪躲着挥舞的毛线针。一团白色的线球滚到门边去了。其他两姐妹笑弯了腰，努力控制这样的闹腾。

"你们这些人可真是入魔了。"菲菲站起身来哄着哭闹的宝宝入睡。"这样的故事也不能拔掉心中的刺，"她温柔地补充，"你们也知道，爸爸和我之间并没有和好如初。"

索菲娅的三个姐姐扬起眉毛对望着。她们的父亲自从两天前来到这之后，一句话也没说。他还是没能原谅菲菲"跑到棕榈树后面去干那档子事”。她们年纪还小的时候，姐妹们常开玩笑说她们情愿当贞女也不愿跑到树林里去找一棵棕榈树。

“我知道，这并不容易，”卡拉是家里唯一的心理医师，总爱摆出一副能够理解别人的样子，“但是真的，要相信你自己。你已经赢得他们的心了，菲菲，他们都来你家了。妈妈已经对宝宝爱不释手，爸爸不久也会回心转意的。瞧，他不是也来了吗？”

“你的意思是妈妈把他拖过来的，”菲菲满怀爱意地低头看着宝宝，恢复了好心情，“嗯，宝宝又漂亮又健康，嗯，这点才是重要的。”

漂亮又健康，约兰达沉思着，这就是她想跟克莱夫达到的境界，所有的事情都美好、健康，而不是每次克莱夫离开她，他们之间那种萦绕心头的强烈情愫就令她筋疲力尽、忧心如焚。“我不知道他为什么这么做！”她大声对姐妹们说。

“传统观念，”卡拉说，“你知道他比当妈的责任更大。”

桑迪看着约兰达，她明白约兰达指的是谁，所以努力让妹妹的情绪变好。“瞧，如果肌肉美男不是你的菜，外面还有好多鱼呢，”她说，“我只是希望那个魅力男还没结婚。”

“什么魅力男？”卡拉问她。

“什么男？”母亲问。她站在起居室的入口，扣着家居服上的纽扣，她这条裙子布满鲜花、色彩绚丽。这是从她们孩童时代母亲就养成的习惯，给自己买彩虹般的衣服，这样就没有哪个闺女会指责她偏心了。

“就是那个您在医院钓到的男子。”桑迪挑逗地说。

“你什么意思，钓到？他是个不错的年轻人，很巧的是他女儿和我的小猫咪同一时间出生，”母亲伸出双臂，“来这儿，咪咪。”她满怀深情地呼唤着，从菲菲的手里抱过宝宝。母亲踩到了毯子。

桑迪摇摇头说:“上帝啊,您怎么听起来就像在该死的动物园呢。”

“注意你的语言。”母亲心不在焉地指责道。然后,仿佛这些话就是一种爱慕,她哄着自己的外孙女:“你的语言。”

男人们慢慢地起床吃早饭。先是爸爸对所有向他问好的人严肃地点了点头。他后面跟着奥托,后者不住地对大家说圣诞快乐。奥托的眉毛、络腮胡子都是掺着白色的金色,人又长得胖胖的,性情也好,看上去像极了年轻版的圣诞老人。分析学家拖着脚步跟在最后面。“看看这些妇人们。”他吹了声口哨。

母亲抱着宝宝在房间里来回走动。

“看看她们,”奥托咧嘴笑道,“一道风景!三位国王看到的是什么呢!”

“四个小姑娘。”父亲小声嘀咕。

“五个。”分析学家纠正说,朝母亲眨了眨眼。

“六个,”母亲纠正他,朝怀里的宝贝点了点头,“我们六个小闺女,”她对宝宝说,“而且我很确定!哎呀,你出生前的一周,我做了一个奇怪的梦。我梦见我们都住在一个农场上,还有一只公牛……”

屋里安静下来,洋溢着一片睡意。大家开始听母亲讲故事。

乔——约兰达

约兰达，这个名字在西班牙语中的昵称是“悠”，用英语发音则被误念为“乔”，“悠”连着念两遍就成了“摇摇乐”玩具——或者当需要从架子上给自己选一个个性钥匙链时，只有“乔伊”[1]可选——约兰达站在三楼的窗户旁注视着一个男子拿着网球拍穿过草坪。他用网球拍碰了下灌木丛，一两朵野鸢尾花晃了几晃。

“不要。”悠在窗旁咕哝着，若有所思地用食指在头上画着头线。这是私底下让她骄傲的：她的头发在额头上方某个点分开，朝两边拱起，与脸颊形成半圆，最后构成一个完美的心形。“大夫，不要弄乱了那些花。”她朝他拇指般大小的背影晃着手指。

那个男子停了下来。他朝空中扔了一个假想的球，打算将球抛出地平线。球越过地平线。他朝球走去，前往网球场。

他身穿白色短裤、白衬衫，这样的装扮让他看起来像个男孩……一个好男孩……缺乏爱心的富翁的独子。父母都是富翁，

1　“约兰达”英文拼写为“Yolanda”，西班牙语的昵称为“Yo”，用英语发音是“Joe”，“摇摇乐”的英文是“yo-yo”，“乔伊”的英文是“Joey”。

悠设想着。父亲叫科翁，是织果公司的大亨[1]。悠穿的内裤松紧带稍稍紧了紧。

科翁妈妈是——悠环顾房间——围巾、镜子、肥皂，还有雨伞——雨伞业界的大亨。空中的一朵乌云懒洋洋地朝她飘来。那个男子仍无休止地玩着假想的网球。悠微笑着，欣赏着自己的咒语。

一位雨伞业界的大亨不太对劲。悠再次环顾四周：打字机、红挎包——听起来不错。但科翁爸爸不是生产红挎包的大亨。一阵微风将白色的窗帘吹了进来，落在她的两边，像是两只鬼魂般的臂膀拥抱着她。一位房地产大亨……

一个美妙的新世界刚刚被创造出来。亚当走在花园里，正要去找个打网球的伴儿。悠站在三层的窗户旁，吻着她的手指，向那个男子送去飞吻。"亲亲、亲亲"她在窗边发出嘶嘶声。她的愿望是：撕开他的白色衬衫，像超人撬开门一样将他的胸膛掰成两半，放夏娃出去[2]。

夏娃真可爱，有一个心形的头线，穿着白色丝薄女裤。

"一开始……"悠开始说，远处的景色启发了她。四层楼下的医生缩成了孩子般大小，坐在草坪上。"大夫，一开始我是爱约翰的。"

她认出了确凿无疑的闪回镜头：坐在窗边的女子，有着过去的女子，心中满是记忆、欲望，还有碎片。今天她要怎么回想就怎

1 作者在此玩文字游戏，"大亨"的英文是"tycoon"，缩写为"coon"，"织果公司"是内衣裤制造商，英文为"Fruit of the Loom"。

2 此处为主人公约兰达的幻想，她发挥着自己的想象力，根据《圣经·创世记》编排着故事。

么想吧。不管怎样她都无法自控。

开始的时候，我们彼此相爱。悠微笑着。那是一个美好的开始。他来到我家门前。我打开门，眼神流露出一个问题：你想不想舍弃世上芸芸众生走进这里？他回答说：非常谢谢你，这正是我要说的。

那是创世伊始，一条河从悠悠家的窗口流过，河的两岸种着松柏、柳树、大株的凝水蕨类植物、稠密的花梗和棕榈树。想象中的庞大动物在泥泞的河底下疾走。夜晚时分，当这对恋人躺在床上，辨认出白羊星座、巨蟹星座还有双子星座的时候，他们听到了动物交媾发出的快活的叫声。

"我爱你。"约翰说，欣喜万分，动物的叫声让他激情勃发。

约兰达却担心着。一旦开始用言语交流，他们就不知道应该说些什么。

"我爱你。"约翰重复道，要她跟着这么说。

约兰达亲吻着他闭着的双眼，希望这样能够表达她对他的爱。

"你爱我吗，乔？你爱吗？"他请求着。他只想听到她的肯定回答，并不想要别的。

悠顺从了。"我也爱你。"

"我将永远爱你！"他说，一副滥情的样子，"嫁给我吧，嫁给我吧。"

一只野兽在河边号叫。星座上的山羊被人的声音惊动，从空中离去。

"一。"约翰将约兰达的大拇指朝他的方向弯下。"二。"他举起她的食指。"三。"他亲吻着食指指甲。

“你所需要的就是爱。”收音机播放的音乐如同哀号，也许它也处于饥渴之中。

“四。”她跟着数了起来，弯下自己的第四根指头。“五。”他们异口同声地数着。

他俩的手合在一起，手掌对着手掌，仿佛一同祈祷着。

“爱，”歌声饥渴地咆哮着，“爱……爱……”

“约翰，约翰，你是一个池塘！”约兰达逗着约翰，骑在他身上，称他为梅里特池塘。

约翰仰面躺着，他刚刚说仰望天空时你会意识到自己所做的一切真的不重要。

“约翰，我的爱人，躺在池塘边，玩得很开心。”约兰达说着俏皮话，脸紧挨着他凹下去的肩膀。

他抚摩着她的背。“而你是只小松鼠！你知道吗？”

约兰达坐了起来。“松鼠这个词不押韵，”她解释说，“关键是要和我的名字押韵。”

“乔——兰——达？”他咬文嚼字地说，“什么能跟乔——兰——达押韵？”

“那就用‘乔’好了。雌鹿、獐鹿、水牛[1]，”她说出押韵的词，“好啦，现在，你试试。”她用这样的语气说话，那是从母亲那里学来的，若想在人生中再次得到美好的东西，用这样的语气说话准行。

“我亲爱的乔。”约翰开始说，但由于找不到押韵的词而当场卡住。他短促地咳嗽几声，支支吾吾，然后狂笑起来。最后，他

---

1 主人公约兰达说出的这些词，英文分别是“doe”，“roe”，“buffalo”，这些英文词词尾都押韵。

讲了些废话："我亲爱的，甜美的小松鼠，对我而言你比世界上的金子还要重要。"他因自己这么无意中押出来的韵而沾沾自喜。

悠坐起身来。"得分是C-！"她从他身边滚到草坪上，"你是从哪里学来这些华而不实的话的？"

约翰感到受伤，坐了起来，撣掉裤子上的草屑，仿佛那些草屑是讨厌的悠的小化身一般。"不是每个人都能像你这么该死的富有诗意！"

她轻轻地咬着他的腿，顽皮地表达歉意。

约翰抓住她的肩膀将她拉起来。"松鼠。"他原谅了她。

她皱起眉头。什么都好就不能是松鼠。她的肩膀似乎长出毛来。"我可以是别的什么吗？"

"当然了！"他用手一扫，仿佛他拥有地球上的一切，"你想成为什么？"

她避开他，审视着地平线：树木、岩石、湖泊、草、杂草、鸟、天空……

他的手从她背后伸过来，拥住了她的肩膀。

"天空。"她试着说出。说出来之后发现是对的："天空，我想成为天空。"

"这可不行。"他让她转过来面对他。她第一次注意到，他的眼睛是和天空一样的蓝色。"你自己定的规则：必须和你的名字押韵。"

"我"——她指着自己——"和'天空'押韵！"

"但和'乔'不押韵！"约翰对她摇摇手指。他的眼神由于欲望而变得柔和。他用嘴压住她的嘴，想让她把嘴唇张开。

“‘悠’和西班牙语的‘天空’[1]押韵。”悠的言语掉进约翰那又黑又安静的嘴里。“天空”，“天空”，这个词回响着。然后，悠发疯似的跑回她的母语中，这样只会一门语言的约翰就赶不上她了，即使他努力尝试也没用。

“你需要的是一位该死的心理医师！”约翰的话从他的舌尖自顾自地跑了出来，宛如自杀者的自我了断。

她说倘若她真有心病，他也不必如此。

“心理医师，”他继续用嘲弄的语气说，“心理医师，心理医师！”

她说就算他们有不同之处，也没理由让她觉得坚持自我是疯狂的。倘若一再逼迫，他便变得和她一般疯狂。我的老天！她想。我说话的方式开始像他一样！一再逼迫！她笑了起来，对他还心存爱意。“好的，好的，”她让步了，“我们都疯了。那么，我们都去看心理医师吧。”她皱着眉头，为了令他信服，她不得不采用他的语言。

他把她表示和解的手推开。她才是疯狂的，不记得了吗？他才不想去见心理医师呢。

为了说服他，她默默地吻着他，但她觉察他并没有信服。

“我爱你。难道这还不够吗？”他抵制道，“我爱你胜过一切。”

“看吧！你才是发疯的！”她揶揄道。

她已经开始不再信任他了。

---

1 原文是西班牙语：cielo。

因为每次做爱之前，他都要削好铅笔、叠好衣服。因为他吃饭时总将刀叉叠放，每吃一口她做的菜都说就是这个味，好像这些菜本来就应该是这样的味道——烤宽面条像煎蛋的味道，布丁像冰糖的味道。因为他指责她对别人的话想得太多搞得自己快发疯了。因为比起言语，比起他对她的信任，他更相信真实的世界。

但这一次是因为他写了张赞成/反对的清单，而且她发现这实际上是张赞成/反对/乔/妻子的清单。第一个赞成项是聪明；第一个反对项是聪明反被聪明误。第二个赞成项是激情；第二个反对项是疯狂，后面加了个问号。

“这是什么意思？”她手里拿着他算计好的清单在门口问。

“紫罗兰，那是什么呢？”自从她开始见佩恩大夫后，他就称她为紫罗兰。一开始，悠告诉他大夫的名字和收取的诊费时，他有些犹豫。“从口袋里掏钱的痛！”心理医师的名字就成了他俩之间的笑话。但是为了讨个吉利，悠私底下还是称他为佩恩大夫[1]。

“你到底为什么写了这么一张清单列出和我结婚的好处与坏处？”悠随着约翰走进他们的寝室，他开始脱衣服。

“别这样，紫罗兰——”

“不要再这样叫我！每次你这么叫，我都感到厌烦。”

“玫瑰是红的，紫罗兰是蓝的。”这次他不是数数，而是吟诵，为了避免两人在同一房间里发脾气。

“你真的得这么做才能决定是爱我的吗？”她大声念出清单上列的好处和坏处，边念边摇头，每次约翰要抓走清单，她就躲

---

1 佩恩的英语是“Payne”，和“疼痛（pain）”谐音。

开。“看起来好像是好处比较多。你干吗娶我？”

“我的方式是列清单。我也可以跟你说说‘词语’的好处与坏处——”

“词语？”她拿着他的清单猛拍了他一下，“词语？我不总是说，不要讲出来，不要讲出来？是我一直努力避免因为‘词语’而争吵。”

“我之所以列清单是因为我感到困惑。是的，我，困惑！”

约翰伸手想抓住她的胳膊，不是出于欲望，而是想看看她有多生气。她看出了他的意图，把他的手推开。

“啊，别这样，乔。”他的说话声变得温柔；他打好领带，把夹克披在椅背上。

她说“不”，但声音温柔得像是在说“好吧”。“不——”这个词使得她的嘴张开，双唇柔软又可口，好像已经准备好了让他咬上一口。

“来吧，亲爱的，看看我们晚餐吃些什么？”约翰哄着。他握住悠的手，把她拉到自己的身边。

“浇糖意大利面加奶浆肉丸，还有蜂蜜菠菜，亲爱的。”她嘲弄地叫了一声，开玩笑似的要挣脱他。

他把她拉到身边，游戏般地把嘴压在她的双唇上。

她则嘴唇抿紧，牙齿紧闭，上排紧扣下排，宛如一座钙化的城堡。

他把她拉近。她张开嘴想喊，不，不！他用舌头撬开她的嘴唇，把她的言语塞回喉咙。

她吞下自己喊出的话：不，不。

这些言语敲击着她的肚子：不，不。这些言语啄着她的肋骨：不，不。

“不！”她叫出声来。

"乔，这不过是个吻。亲吻，老天！"约翰摇晃着她，"克制下吧！"

"不！"她尖叫起来，使劲把他推开。

他放开了她。

约翰和乔躺在床上，所有的灯都关了；因为天太热了，开着灯或四处走动都让人受不了。约翰的手滑到她的臀部，有节奏地敲了敲。

"太热了。"悠说，想制止约翰。

他想迁就她，于是玩味起一个新的绰号。"今晚不要是吗，约瑟琳？"他侧着身子对着她，在黑暗中辨认出她的轮廓。他从她的下巴到额头来回地画心形。他亲吻着她的下巴以示爱意。"好美。你可知道你的脸庞就像一颗完美的心？"每次他想跟她做爱都会这么说。

可是这个拥有完美之心的人觉得太热了。"我正流着汗，"她呻吟了一声，"不要。"

他的手却不管不顾。中指在她的双唇上画着心形。小指头在她右侧乳房上画着心形。

"约翰，求你了！"她觉得他的指尖像是滚动的汗珠。

"约翰，求你了。"他模仿着。他那黏糊糊的手指在她的右乳上写下"约翰"，似要在她身上留下他的烙印。

"约翰！今天太热了。"她求他明白这一点。

"约翰，今天太热了。"他跟着叫唤。酷热和融化了的欲望使他变得令人生厌。

她用手盖住他的嘴。他无视这个反抗的动作，反而亲吻她潮湿的手心。他的双眼为欲望所遮蔽，他朝她滚了过去，身体发出像是硬从黏糊糊、光秃秃的床垫上离开的声音。床单从床角垂了下去，蔫蔫地堆在地板上。

约翰的右手在她的肋骨上弹着，嘴在她的双乳上吹气。

“讨厌！”她边朝他喊，边从床上跳了起来，“操！”他逼她说出在这世上她最讨厌的一个词。她绝不会原谅他的。

“绝不？”他边说边生气地想在黑暗中抓住她的胳膊，“绝不？”

她的心折叠，展平，再次折叠。两片心瓣颤动，闪烁，然后打开。她的心飞到空中花簇般的云朵里去了。

“绝不！”她的声音像是扇了他一记耳光。“绝不！绝不！”她希望自己当时不是裸着身子。光着身子说这么绝对的话有些奇怪。

他带了一束花回家，她知道这花了他不少钱。花是蓝色的，她猜是鸢尾花。她最爱用“鸢尾花”这个词给花儿取名，所以它们必须是鸢尾花。

但是当他把花递给她时，她听不懂他在说什么。

他发出一些干净清晰的声音，但对她而言这些声音毫无意义。

“你想说什么？”她一直问。他和善地说着，用的却是她从未听过的一种语言。

她假装听懂了，使劲地闻了闻花。“谢谢你，爱人。”说到“爱”这个字时，她的手特别痒，她担心自己会把花掉到地上。

他很开心地说了些什么，还是她无法辨别的声音。

“别这样，爱人。”她对着他的双眼说道。她准确地说着，像是正对着一个外国人或任性的小孩说话。“约翰，你能明白我说什么吗？”她点点头以让他明白如果他说不出话来就点头表示。

他摇了摇头，表示不明白。

她用双手稳住他，试图将他紧紧固定在她的世界里。“约翰！”她请求道，“求你了，爱人！”

他指着自己的耳朵，点了点头。不是听不见声音。他能听见她说话的声音。“嗯啊嗯啊。”他的嘴唇慢慢动着，发出每个音节。

她想他正在说我爱你吧！“嗯啊，”她模仿他说，“嗯啊嗯啊嗯啊嗯啊。”不管他用哪种语言说，也许就是这意思，我也爱你。

他指指她，又指指自己。“嗯啊？”

她拼命地点头。心形的发型，肋骨上方的心脏，还有衣袖上所有的心形图案，像巨蟹座的钳子一样在空中闪烁。也许现在他们能重新来过，在默默无语中重新来过。

悠离开丈夫时，写了张字条：我去娘家住段时间直到我的脑袋/心想清楚。她修改留言：我需要一些空间，一些时间，直到我的脑袋/心/心灵——不，不，不，她不想再这么自我分裂了，一个“悠”里头住了三个人。

约翰，她开始写道，然后在“约翰”前面画了两个小三角形。她在斜线上写亲爱的。她读过一本分析字迹的书，里头说这种书写风格表示自我肯定。亲爱的约翰，听着，我们都知道它不管用。

“它？”他可能会问，“它是指什么？”

悠把这个含糊的代词画掉。

我们无法再相处下去了。你明白这点，我也明白这点，我们都明白这点，噢，约翰，约翰，约翰。她的手不由自主地写着，直到整张纸上都是“约翰”这个名字。她把纸条撕碎，像举行婚礼时撒五彩纸屑一般往自己的头顶上方扔，“约翰”下雨般洒了一地。她给他写了个简短的便条，走了——然后加上——回娘家。她想签上名字“约兰达”，但她的真名听起来再也不像是自己的名字，所以她潦草地写上他叫她时用的名字，乔。

她的父母都很担心。她说的话太多了，喋喋不休，没完没了。她连睡觉都在说话，吃饭时也说话，尽管教了二十七年书，她已养成咀嚼东西时闭上嘴巴的习惯。她现在说话是打着比方的，让人猜谜似的。

她慷慨激昂地说着，母亲这么对父亲讲。父亲咳了一声，很是苦恼。她引用了著名的诗句，经典著作的开篇语句。一个人怎么可能记住这么多？母亲问闷闷不乐的父亲。母亲诊断说她是被自己的声音给迷住了。

她引用弗罗斯特的诗句；她用错了史蒂文斯的话；她解释里尔克对爱情的描述。[1]

“你能听见我说话吗！”佩恩大夫把手放在嘴边做扩音器状，像是在很远的地方叫喊着，“你能听见我说吗？”

她对着大夫引用鲁米的话；她唱起《玛丽有只小绵羊》，还跟《咩，咩，黑羊》混起来唱。

大夫认为她最好能住进一间私人病房，这样他就能注意她的一举一动了。这是为了她好：一天二十四小时的看护，还有不错的花园，艺术课和手工课，网球场，友好的、和善的护士，没人穿制服。她的父母在文件上签了字——“这是为了你好。”父母对她

1 约兰达在此列举的这些人分别是美国诗人罗伯特·弗罗斯特（1874—1963），华莱士·史蒂文斯（1879—1955），德语诗人莱内·马利亚·里尔克（1875—1926）。

重复那位好大夫的话。母亲抱着她，一个便衣护士准备着注射器。悠引用了原版《唐璜》里的话，然后立马用英语把那个关于囚犯的片段翻译了出来。

护士给她打了一针。几个月来这是悠第一次安静下来，然后她就哭了。护士用一小块药棉揉着她的胳膊。“亲爱的，请别哭。”母亲请求她。

“让她哭吧，”大夫建议，“这是个好迹象，一个很好的迹象。”

“泪水啊，泪水，”乔又开始吟诵了，“无穷无尽的绝望深处涌出来的泪水。”

“别担心，”大夫劝慰惊慌的父母，“不过是首诗。”

“但是人类因为缺乏在那里所发现的东西而日继死去。”悠好像又在引用某人的话，但又像是引错了，沉溺在自己的意识洪流中。

悠的情况有所好转。她对大夫抱有幻想。他能挽救她的身体/心/心灵：把这些斜杠去掉，使她再次成为完整的约兰达。她跟他谈着成长、恐惧、转变中的自我，以及女性的精神探索。她跟他说出一切，除了她正爱上他这一点。

准备好见父母了吗？他问。

准备好见父母了，她回应。

父母走进屋里，一脸高兴的样子。为了试探她好些了没，他们问她有关食物、大夫、天气，以及她在工艺治疗课上制作的那个瓷烟灰缸的问题。

她把烟灰缸递给母亲。

母亲哭了。“我不该哭的。”

“这是个好的迹象。”悠引用医生的话，随即自觉不妥。又引用别人的话了，不妙。

父亲走到窗边，望着天空。“你什么时候回家呢？”他背对着悠问。

“她好了就回！”母亲把悠额头上的头发拨开。

那个心形又出现了。

“我爱你们。”悠一时兴起说出了这句话。几个月以来第一句自己说出的话却是最老套的，不过这又何妨。这是她的真心话。“我确实爱你们，确实如此。”她唱歌般说着。母亲看起来有些担心，仿佛咬到了一口酸的东西，可她本以为是甜的。

“怎么啦，悠？”母亲拍着悠的手问，“我们原以为你和约翰很幸福。”

“我们说的不是同一种语言，仅此而已。”悠想让一切变得简单。

“唉，约兰达。”母亲用西班牙语叫她的名字，她那纯正的、圆润的、精神的名字“约兰达”。但是过后，不可避免的是——像地心引力，像日夜更替，像背着上帝小口地咬苹果——她的名字跌落下来，变得不纯正了，被分裂成若干个绰号——“可怜的约兰达”——这是另一个绰号。“我们爱你，”母亲大声地说，代表这份爱来自父母两人，“你说是吧，孩子她爸？”

“你说什么，孩子她妈？”悠的父亲转过身来。

“爱她。”妻子厉声说。

“那是当然的啦。”父亲朝母亲和悠走来。

“爱是什么？”悠问佩恩大夫，脖子上的皮肤刺痛发红。她对某些词有突发性过敏反应。她不知道是哪些词，直到这些词已从嘴边说了出来，那时已经迟了，她的嘴唇肿了起来，皮肤发痒，眼睛盈满过敏反应的泪水。

大夫端详着她，闻着自己的手指。“乔，你觉得爱情是什么呢？”

“我不知道。”她试图直视他的眼睛，但她担心若是这么做，他会看穿的，会的。

“哦，乔，”他安慰道，“我们不得不经常重新定义对我们重要的事情。但不知道也没关系。当你发现自己重新再爱的时候，你会知道爱是什么的。”

“爱。”悠喃咕着，像是在试探现在说出这个词会不会过敏。果然，胳膊上长出一块难看的疹子。“我猜你是对的，”她感到发痒，“只是不知道我的词汇库里这个最重要的词是什么意思，令人感到害怕！”

“难道你不认为这样活着充满挑战吗？”

“活着。”她重复道，像是旧病复发，她又引用了别人的话。她的嘴唇火辣辣的。“活着”、“爱”，现在每次使用这些词，她都得付出代价。

悠的手指在窗户的金属护栏上画着医生的轮廓，仿佛她正在虚构这么一个人。也许她将再次尝试写作，不是什么鸿篇巨制，就是一首好玩的五行打油诗之类的。她将为这首诗取名《尼斯的球拍》，用“球拍”还有大夫的姓“佩恩”这两个词玩双关语的文字游戏[1]。

她的内心深处一阵骚动，可是这个地方她够不着，没办法

---

1 英文单词“racket”有球拍的意思，也有“喧闹”的意思。

挠痒。

“消化不良。”她咕哝着，拍拍肚子。或许不是，她想，也许是一种性格现象：8月的一个下午在这家私人医院整洁的绿草坪上，真正的约兰达复活了。

她的肚子疼得厉害。她在自己的病号服上画着大圆圈，意思是“我——饿——了”。但她体内有什么东西一直活蹦乱跳的，如同一只飞蛾在灯罩里乱扑腾，看来不是饥饿这么简单。

它飞了起来，双翅猛扇，从她的气管直冲而上，令约兰达干呕不止。多么悲惨！在她这样的年龄死于心碎引发的心脏病。她想笑，却笑不出来，相反，她感到有双翅膀如同扇子一般在她的喉咙底部展开。这双翅膀让她张开嘴巴，就像她正朝远处尖声叫出某人的名字。一只巨大的黑鸟冲了出来；它栖息在她的化妆台上，就像悠的第一本英语诗歌集里那只乌鸦的蚀刻版画。

她伸出双手对那只黑鸟示好。

黑鸟不理睬她，宛若哲学家一般看着窗外渐黑的天色。慢慢地，它的翅膀举起又落下，一个个巨大的弧形出现又消失，出现又消失，一上一下，一上一下。她的头发被吹到脸上。飞尘被撵到屋角。窗帘在窗边飞扬。

黑鸟朝窗口飞去。“噢，我的上帝！纱窗！”悠记得自己停顿了一下，她想到了信念。“要有信心。”她劝自己，这时黑鸟的影子如烟似云，又如缥缈之物般轻而易举地飘过纱窗。一飞到窗外，它便为自己新发现的自由欣喜不已，黑色的喙和小小的脑袋低垂在拱起的翅膀之间。

突然，它停在了半空中。快乐和惊讶同时写满了展开的双翼。它朝草坪上晒太阳的男子俯冲下去。嘴先落地——一种黑暗而又私密的情结，一种人格障碍在这个世上放飞——黑鸟俯冲而下。

“噢，不，”悠哀号一声，“不，不是他！”8月的某个下午，她独自站在窗边，已经想过要远离任何她可能带来破坏的人和物。然而现在，黑鸟却冲向那个男子，本来她最不想让这个人受到自己言语的影响。

当黑鸟的嘴撕破男子的衬衫和胸膛时，悠尖叫起来；草坪上那个白色的人影倒在了血泊之中。

饱食一餐后，黑鸟飞了起来，朝北边一团团滚动的乌云飞去。

悠猛撞纱窗。那个男子朝上看，猜想是哪扇窗户传来的声响。“谁在那里？”

“你还好吧？”她叫喊着，这是来自天堂某个无法确认的声音。

“谁在那里？”他站了起来，抓起沙滩巾。血已经凝结成一条又长又红的长方巾。“是谁？”这种拖拖拉拉的猜测令他恼怒。

“一个秘密的崇拜者，”她的声音颤抖着，“上帝。”

“是希瑟吗？”他猜。

“约兰达，”她低声自言自语。“悠。”她冲他喊。她想，谁是见鬼的希瑟？

“哦，乔！”他笑了，挥舞着网球拍。

她的嘴唇一阵刺痛，皱了起来。哦，不——她觉得自己认出了过敏源——该不会是我自己的名字吧！

绿色的草坪整洁而又安静。

“爱。”悠清晰地发音，让这个词的全部力量在她的嘴里释放。她决定治好这样的过敏症状。对于这些不愉快的词语，她要增强自己的免疫力。她用双倍的药剂让自己振作。“爱，爱。”她飞快地说着，脸成了一个发痒的心形。“爱。[1]”甚至用西班牙语说出这个词，她的手背上也会长出疹子。

在胸腔里，她的心成了一个空空如也的巢。

“爱。”她字正腔圆地说出这个词，像往自己的嘴里放入一枚蛋。“约兰达。”她放入另一枚蛋。

她抬头看着雨云。他的网球游戏就快泡汤了，没错。空中没有一处蔚蓝。所以她说“蓝色”，搜寻着一个合适的词跟上“蓝色”。“哭泣……为什么……天空……”每说出一个词，她的信心就随之增强一分，于是她大胆地往下说，“世界……松鼠……艰难……爱……够了……”

词一个接一个从她口中说出，就像远处雷声的轰鸣，有形状，也有深度。悠继续说：“医生、岩石、工作服、运气。”好多词语。对于这个世界的描述是说不完道不尽的。

---

1 原文是西班牙语：Amor。

有关鲁迪·埃尔门赫斯特的故事

约兰达

我们轮流当最狂野的女孩。一个接着一个，然后在假期的夜晚待父母就寝之后，我们四姐妹就向彼此供出自己的罪状，我们会一再检查客厅以确保“海岸上没有摩尔人[1]”。这是老家岛上的方言，意思是岸边没人。小妹菲菲当野女孩时间最长，桑迪因为相貌好看并且有许多机会，所以跟菲菲不相上下。卡拉作为负责任的大姐，做了几次疯狂的事。但她总是宣称自己所做的一切都是为我们铺路，因此卡拉总是喊着“出于好意”的口号犯错，不过她做的那些事绝不像菲菲的那么刺激。我们每次一喊“哇，菲菲，你怎么能这样！”菲菲便像坏女孩一样对着我们咧嘴笑，学着阿尔卡一赛尔脱兹消食片的广告词说：“试试看吧，你会喜欢上的！”

有那么短暂的几年，年少轻狂的我在姐妹中享有狂野的名声。我猜这都是从我去寄宿学校念书开始的，那时我有很多追求者，尽管这些求爱的人没有一个能坚持到和我发展为实质性的

1 摩尔人是非洲西北部阿拉伯人与柏柏尔人的混血后代，他们时常入侵邻近的一些国家，所以很多人都害怕摩尔人。此处作者借指父母。

关系，但我的姐妹们把数量误认为是放荡。在过去的那些日子里，我是属于某位老师所认为的“活泼的性格”。我不得不查字典才明白这个词的含义，知道老师并不是说我有问题之后才感到安心。那时候我对英语仍然一知半解——啪的一声翻开字典才能弄清楚我是不是被辱骂了、被表扬了、被讨厌了，或被批评了。交谊会上来自预备学校的那些腼腆的男生长着讨人喜爱的纤长手指，一脸害羞。我能让他们开怀大笑。我能让他们相信他们真的能跟一个女孩谈上话。每星期六下午或星期天做完礼拜之后，我都有来访者。来自我们兄弟院校的一群小伙子会离开他们的宿舍，走下山来，到我们的客厅闲逛，或偷偷带一根烟到我们这里抽，或偷喝一口酒。在我们宿舍的前台，他们得报出一个女孩的名字，有不少小伙就指名找我。这并不是因为我特别有魅力，而是因为我比较活泼。

念大学时，我的活泼消失殆尽。我会跟某些男子见面，聊天，他们也会来找我，但每当我的心开始伸出爱慕的触角，他们就离我而去。我无法吸引他们。我念大学那会儿是60年代末，大家都把上床这事当成家常便饭。那时的我已然是个堕落的天主教徒；我们姐妹十年前来到这个国家，现在都已经变得非常美国化了，所以真的，我也没有什么好的借口。我为什么没跟鲁迪·埃尔门赫斯特上床还真是个谜，他可是相当坚持的。我在这里主要探讨的是我们在英语课上如何学会解读彼此写的诗歌和故事的一些细节，我就是在那里遇见鲁道夫·布罗德曼·埃尔门赫斯特三世的。

鲁道夫·布罗德曼·埃尔门赫斯特三世是在课堂开始约十分钟后才走进教室的。我呢，则是第一个到教室的，在研讨桌旁选了一个靠近门口的位置，不过遗憾的是由于桌子是圆的，不管坐哪都会被看到。其他同学溜达着进了教室，有些魁梧帅气的男生，他们是本土人，身穿牛仔裤、T恤衫，一提到鲜为人知的文学作品，他们就露出熟悉内情而又冷嘲热讽的表情，从这些我明白了他们的与众不同。这个班的女生则不像教育专业或社会学专业的那般亲密。我进行创作已有一段时间，但自从我说服爸妈让我转到这个男女同校的大学念书之后，这还是我的第一堂英语课。

在研讨桌旁就座后，我取出笔记本以及老师要求或推荐读的每一本书，把它们叠放在面前，好像这些东西是我的证书似的。大多数学生都相当淡定，并不急着买教材。教授走了进来，是位年轻的男子，穿着高翻领绒衣和夹克，符合时下教授们的着装模式；当时他快获得终身教职了，所以特别积极，发了很多讲义，说了不少诸如可以不拘泥于他的教学大纲之类的话，又给了我们他家里的电话号码和办公室电话号码。接着，他开始点名，说出一些绰号和玩笑以记住大多数学生的名字，点到我的名字时他念错了，却又虚情假意地朝我微笑，我认得这样的微笑——对“外国留学生”一闪而过、以示本土人友好的微笑。我深切地感到自己在这个教室格格不入。似乎唯一和我有共同点的那个人就是缺席的鲁道夫·布罗德曼·埃尔门赫斯特三世，这个人同样也有个别扭的名字，而他之所以格格不入是因为他当时不在场。

教授正跟我们讲如何在我们这个创作班学写作，一个年轻的小伙走了进来，姗姗来迟。他是那些男生中的一个，刚刚度过青春期，原本长着青春痘的脸现在留下了痘痕，一副男子汉、坏男孩的样子。我们班的这些美女若找情侣肯定不会找这样的小伙。他的嘴角挂着一丝讥讽的笑意，双眼流露出——用一个有一段时间我很少听到的短语来形容——色迷迷的眼神。这样的小伙会让你心碎。但倘若光听他的名字，你是不会知道这些的——

我就是这样凭名品人、望名生义，这是身为移民的失败。我推断他之所以迟到是因为他刚从奥地利的某个男爵领地嗖嗖地飞奔而来。

教授暂停授课。“我想你就是鲁道夫·布罗德曼·埃尔门赫斯特三世吧？”大家都笑了起来，小伙子也笑了。一开始我就很欣赏他，居然能够如此入场，既不脸红，也不跌跌撞撞，也没有把书或口袋里的物品掉一地。他能够承受住玩笑，一副讥讽而又自信的样子，大家也不会觉得笑他是恶意的。那小伙子环顾四周，我用一叠书为自己画出地盘之后旁边还有空位。他走过来坐下。我觉得他上下打量着我，也许正想着我到底是谁，竟敢闯入英语专业生的圣殿。

继续上课。教授开始解释他对大家的期望，要修这门课应该如何表现。过后，他发给我们每人一首小诗，叫我们写下感想。这个名字如同头衔般的小伙倚过来，问我能否借他一张纸和一支笔。我感到很荣幸。我从笔记本里撕下几张纸，在包里翻找另外一支笔。我抬起头，一脸的歉意。“我没有多余的笔。”我低声说；连低声细语也要说完整的句子，透露着我对这个国家的文化仍然陌生。这个小伙看我的样子好像在说我才不在意什么笔呢，我当时也傻傻地认为他确实就是这么想的。他目光如炬，我感到自己脸红了。“没关系。”他嘴唇动着却没有发出声音，我只得看着他的嘴唇判断，他的嘴巴噘起像是朝我飞吻。那时的我并不知道什么是性奋，不然我会把从脊椎直达双腿的一阵哆嗦当成那种亢奋。他转向旁边的一位同学，那个人也没有笔。借笔的话就此传开了。谁有多余的笔？都没有。那天班上笔头稀缺。

我低头翻看自己的包。我是个准备过度的学生，这一点人尽皆知；我肯定有备用的文具。在包的底部，我摸到了什么，拿出来一看，是一根小小的铅笔头，那原本是圣诞节时母亲送我的印有字母组合的铅笔。一盒红色的铅笔，妈妈说这是“我的颜色”，上面用金色字母刻着“我的名字”：乔琳达。（母亲想找到我的真名，约兰达，但铅笔公司还是把“约兰达”换成了美国南方人常用的名字“乔琳达”。）这支铅笔上原先刻的就是“乔琳达”。实际上，这支铅笔已经用了很久，只有字母“J”的那个钩还在。我们家没有扔东西的习惯。我总是在一张纸的两面都写满字。我把找出来的笔递给这个小伙。他接过去，举起铅笔似乎在说：“看看我们拿的是什么？”他周围的兄弟轻声低笑。一根削了这么多次还留着的铅笔头，我感到了自己的寒酸。下课的时候，在他转身还我铅笔之前，我飞也般地溜走了。

那天晚上有人来敲我宿舍的门。我已经穿上了睡裙在写作业，一首关于爱情的十四行诗。为了让自己正确地发音，当时的我戏剧性地大声朗读着自己的作品，所以突然有人敲门让我感到十分尴尬。我问是谁。鲁迪？这个名字我并不认得。“就是向你借铅笔的那个男生。”声音透过紧闭的门传来。我想，奇怪，都晚上十点半了。可我一时想不到应对策略。“我吵醒你了吗？”他想知道我何时才会开门。“没有，没有。”我边说边抱歉地笑了笑。对于这个在课堂上令我尴尬的男生，我发誓绝不再跟他说话，可是我一直被教导要礼貌待人，这一点自然而然地显露了出来。我为自己找借口不让他进来。“我正在做作业。”这个借口对他而言无效。我们俩在门口僵持了好一会儿。他越过我的肩膀朝里看，希望我邀请他进去。“我只是来还你铅笔。”他拿出铅笔，手心现出一支红色的铅笔头。“就是还那个呀？”我说，揭穿了他的谎言。他咧嘴一笑，酒窝在他的嘴角边像个圆括号，仿佛他的微笑成了我俩之间的秘密。“嗯。”他说，眼里又露出那种专注的目光，他又越过我的肩膀看了看。我从他的掌心取回那支铅笔，庆幸它已经被削成了铅笔头，而他就看不到边上刻有我名字的金色字母。“谢谢。”我边说边换了个站立的姿势，摸着门把，轻轻移动了一下，这是表示“要关门了”的礼貌提示。

他说话了。“我们找个时间一起吃个午饭，好吗？”

“当然了，我们可以一起吃午饭，看看什么时候。”我之所以如此强调“什么时候”是因为我跟他是不可能有什么发展的。我并不信任这个男生。我不知道怎么读懂他。在我所知的所有有关人类行为举止的词汇中，找不到哪个词来形容他。第一节课就迟到十分钟。我竭尽所能为他找铅笔，他却加以取笑。晚上十点半，他出现在我的宿舍门口就为了还我的铅笔，还请我一起吃午饭。

“明天上课前一起吃饭怎么样？”鲁迪说。

“我们明天没课。”

“那我们不就能尽情地享用一顿午餐了吗？”他回答，反应够快的。我不禁佩服起来。“好吧，”我摇着头说，“明天，一起吃午饭。”

第二天我们一起吃了午饭，一直聊到晚饭时刻，还一起吃了晚饭。我记得这就是大学里男女开始谈恋爱的方式——那些执着的马拉松式的开始。对某人过于投入之后再回到小小的宿舍，本应很难专心写作业。可我却这么做了，回到自己的宿舍后我继续写十四行诗。那是一首专门探讨爱的本质的十四行诗，整首诗里我都在描述自己的幻想。我想象着鲁迪是怎样听我念诗，看着我翕动的双唇，以致我无法注意到自己在说些什么。他是怎么噘起嘴唇，仿佛与每个词吻别。他的手是怎么护着我瘦小的后背，带我从餐厅里那群吵闹的男生身边经过。如果说对于有些人，我们欣赏他们富有新意的词语，对于另一些人，我们欣赏他们离奇有趣的想法，那么对于鲁迪，引人注目的则无疑是他那性感独特的身材。他就是那样的男生——亲吻你的耳背却让你感觉像是刚刚享受了不同凡响的云雨之欢。

隔天，鲁迪没有上交他的十四行诗。下课后，我收拾课本时听到他跟教授说他思路堵塞没有任何灵感。教授还是通融的，那是60年代，没有创作灵感是可以理解的。鲁迪可以等到周一再交他的十四行诗。周末的大部分时间，我们都腻在一起，就为了写他的这首十四行诗，实际上是我写了几句后觉得不合韵律删掉了，鲁迪接着又想出一些句子来。这是我和别人合写的第一首情色诗；当然，我并不知道诗歌的情色之处，直到鲁迪向我解释每个词的双关含义。“枝头尽显春意”，这是最后一句。意思是春天使得树木迸发出绿叶；草坪上新开的番红花因为亢奋而勃起[1]。听到这些，我很吃惊。当时我还是个处女，还没有百分百明白做爱是怎么一回事。无论什么人都不该把这些写进诗里，因为我把内心深处的情感和崇高的思想都给了诗歌！我心想鲁迪怎会如此胆大，竟然这么遮遮掩掩跟我调情，而我，很显然，一直以来都为词语及其含义入迷。我无言以对；如我所说，对于这样的诱惑，那时的我还没学会一些应对策略。我已经坠入情网。

我记得那些周末的夜晚，我俩之间的告别是多么依依不舍。先是我注意到时间，午夜、凌晨一点、一点半，然后说：“好了，我要睡觉了。”鲁迪就会应答：“我也要去睡了。”但接下来，他还是坐在床尾我的写字台旁一动不动。宿舍房间很小。如果你想站起身来打开柜子，就得越过书桌，这样才不会扑倒在床上。“我也

1 原文用了几个跟性爱有关的词来描述春天万物生长的情景。

要去睡了。”他又像往常一样面露讥笑，那样的笑容总让我觉得自己很傻。最后，我脱口而出：“你得回去了，鲁迪。”他没有回答说“好”还是“不要”，也不说“抱歉待了这么久”。他就那么色迷迷地看着我，站起身来，仿佛他并不打算出去而是到来。这里的“到来”包含其原意以及我刚学到的新含义——从寒冷的外面来到屋里跟身边的女子共度春宵。我们站在门口。然后，他靠了过来，吻了吻我的耳背以示告别。

就在那个周末，还是在如以往一般你侬我侬的告别中，我知道了他是怎么取了这么一个奇怪而又霸气的名字。在德国，他有位素未谋面、脾气暴躁的老祖父，他留给未出生的孙子一笔托管基金，条件是这个孙子必须以他的名字命名。“要是你是个女孩，那该怎么办？”我问道。

“那我就不会这么有意思了。”鲁迪说。这次的亲吻从耳背移到脖子上。我们告别时他绕着我的脖子吻了一圈，我浑身发抖。

再次上写作课时，没人明白我那首歌颂爱情的十四行诗是什么意思，反而是鲁迪的诗征服了全班同学。突然间，我觉得周围不仅仅全是英语专业的学生，而且还都是比我更有经验的人。几百次，几千次，我咒骂着自己的移民出身。倘若我也是在康涅狄格或弗吉尼亚出生的，我便会明白大家拿1969这个年份的最后两个数字开玩笑是什么意思；我也会跟人做爱或吸食大麻；我也会有晒日光浴的父母，在圣诞假期带我去科罗拉多州滑雪；我也会说一些类似“少废话”之类的俚语，而不觉得自己是在模仿别人。

从那年春天开始，我和鲁迪不断约会。除了一起上课，我们还一起吃饭；周末他还叫我去他的宿舍参加在客厅举行的派对。

他的宿舍就在隔壁。两栋宿舍楼由一间地下休息室连接起来，每逢周末，这里就会在保安的监视下举行一些安分守己的派对。真正的派对是在男生宿舍里举行的。大多数男生会从一间宿舍到另一间串门，吸点大麻，大口喝酒。也有玩得过火的聚在某些房间嗑迷幻药，吞云吐雾。烛光摇曳，香气袅袅，却盖不住刺鼻的大麻味。音响轰鸣着甲壳虫乐队、鲍伯·迪伦、妈妈爸爸乐队演奏的音乐[1]。这样的氛围对我而言是颓废糜烂的，之前我的约会经历不过是参加交谊会，招呼预备学校的男生在客厅坐坐。我会到鲁迪的宿舍去，但只抿一两口他用纸杯倒给我的酒，大麻这样的东西我不敢碰。我倒不是担心大麻会影响我的心绪，而是害怕吸了大麻之后在药力的影响下不知道鲁迪会如何对我动手动脚。

对于我的担心，鲁迪嗤之以鼻。他说，首先没有我的同意，他不会对我做什么。“你要是强行怎么办？”我问道，我也不是十足的土包子。“老天哪。”他说，摇了摇头，难以相信自己会对我做出那样的事。“我不会他妈的强暴你！”我的心被伤到了。从来没人这样对我说话。我父亲要是听到一个男的在他女儿面前说出如此肮脏的话，他会让这个人滚蛋以保住我的清誉。当然，过后我也得不停地解释周六晚上都已经大半夜了为什么还会待在男生宿舍里，而且那个男的还一手拿着烟，一手拿着盛廉价酒的纸杯。

过了一段时间，鲁迪兄弟的房间里聚集了一堆男生和他们的女友。鲁迪和我挪回他的房间。他的床，也就是放在地板上的一张床垫，上面铺着印有美国国旗的床单，尽管我不是土生土长的美国人，但我觉得这么做大为不敬。我们双双躺在床单下，

---

1 妈妈爸爸乐队是60年代享誉全球的加州民谣组合。

拥抱，亲吻，鲁迪的手拨弄着我的裙子。但若是他的手再往下游走，我就会挪开身子。“不要，”我会说，“别这样。”“为什么不要？”他会挑衅地问，是讽刺也好，勾引也罢，抑或是恼羞成怒，一切取决于他喝了多少酒、吸了多少大麻、处于什么状态。我的回答五花八门，取决于自己当时的焦虑，鲁迪把我的拒绝称为焦虑障碍。而实际上我主要担心自己会怀孕。“摸了几把就会怀孕？”鲁迪讽刺道。“啊，鲁迪，”我请求道，“不要那样说。”

“你是什么意思，不要那样说？事实就是事实。这不是什么该死的诗歌课。”

假如鲁迪把做爱当成写诗，也许事情会更快地朝他期望的方向发展。但那个男生对于交欢的描述没有丝毫诗情画意。即使我已经开始感觉到身体的快感，他所用的词汇也总让我失去兴趣。倘若鲁迪这么说，温柔的小姐，躺在我这张又大又柔软的床上，让我抚摩你那宝贵而又美丽的身子，我可能就会有所感觉并跟上他的节奏。我可不想在自己的初夜和一个满口都是“上床、嘿咻、搞、操、干”的男子粗俗了事。

最初鲁迪确实对我相当有耐心。他不得不向我解释他所写的十四行诗里众多我并不知晓的言外之意，用他的话说那些根本都是扯淡，不过他肯定意识到了什么。对我而言，阴道、子宫和卵巢都是同义词。通过图表，他给我介绍生理结构；他画了个小小的卵子从沙漏中流下进入子宫那个黏稠的口袋。他问我上次月经的日期，然后算出可能什么时候排卵，一个月里的某个晚上是否安全。“你不会怀上孩子的”——他所有的推算最后都得出同一个结论。但我还是不想和他上床。

“为什么？你是怎么啦？你是性冷淡还是有别的毛病？”

现在的我变得患得患失。先前我一直担心自己会怀上孩子或者一旦跟男人睡觉就会受到上帝的惩罚，现在我开始发愁是不是我的成长环境导致了某些重要的神经折断。“我只是觉得现在还不是时候。”我说。

“天哪，我们已经处了一个月了，”鲁迪说，“什么时候才算合适？”

“快了。”我允诺道，像是真的知道合适的时间。

但这个“快了”并没有加快进度。我们已经发展到——我留下过夜，早上醒来却一动也不敢动，担心吵醒鲁迪，让他又来了劲儿，结果一大清早又要开始讨论为什么现在不行。我察看着房间，他的宿舍和我的一般大小。在他的床边我可以看到沙漏模样的垫子。我摸了摸自己的肚子确保自己仍然完整。在床对面空心砖砌成的墙上，鲁迪挂了个布告板。还有一些滑雪班的锦旗、在山顶滑雪时拍的全家福。他的父母看起来相当年轻，穿着休闲装——一家人看起来就像同班同学一样。我那来自传统世界的父母每次周末开家长会时，都令人尴尬——父亲留着络腮胡子，穿着三件套，头戴软呢帽，母亲穿着为了来学校看我们而特意买的外套，所有的一切都过于矫饰。名牌皮包，名牌女鞋，这些她一回家就会收进衣橱里的塑料袋中。难怪鲁迪没有焦虑障碍，难怪他高中时长青春痘却没半点对于自身的怀疑，难怪他的名字没有对他构成威胁。他的父母都鼓励他和女孩交往，但要小心。他告诉过父母自己正和“一个西班牙女孩”交往，然后回来跟我说他爸妈认为结识来自其他文化的人应该很有趣。他父母如此看待我，似乎我对他们的儿子而言是一堂地理课，这令我生厌。但那会儿我理屈词穷，甚至不知如何对自己解释为什么会因他们的评论而烦恼。

春假前我和鲁迪的父母见过一面，讽刺的是过后不久我就和鲁迪分手了。放春假的前天晚上，鲁迪和我又在他的床上嬉戏。鲁迪开着灯，坐在他的床垫上，背靠着墙。他一丝不挂——我，穿着一件老式长袖法兰绒睡袍，鲁迪把这袍子称为修女服。月光和灯光透过窗户照进来，鲁迪的身子被光和影优美地勾勒出来。我确实对他很有感觉，但除了他的身体，我渴望更多的东西，可是当时我确信这些东西鲁迪是给不了我的。他说他已经失望透顶了。他说我很残忍。他说我并不明白男人和女人不同，男人的性需求若无法满足会很痛苦。他想是该放手的时候了。我泪流满面，请求道：我只是想两人做爱之前能够感觉到彼此是认真的。"认真的！"他扮了个鬼脸，"那么乐趣呢？乐趣，你懂不懂？"我纳闷地问"乐趣"和此时此刻大家撕破脸有何相干。"你意思是说性并无乐趣可言？"鲁迪正对着我，好像他最终明白了问题的根源。"当然，"我撒谎说，"如果不是乱来的话，是有乐趣。"但他摇了摇头。他已经看穿我了。"你知道，"他说，"我原以为你激情澎湃，毕竟你来自西班牙嘛，虽然是受些扯淡的天主教教育，但实质上你是很开放的，不会像那些来自预备学校跳沙龙舞的小妞一般忸忸怩怩。但是老天，你比该死的清教徒还糟糕。"我被伤透了心，站了起来，往睡袍上套了件大衣，收拾好我的衣服，离开了鲁迪的宿舍。其实我心里是有点希望他会追过来，说他真的爱我，不管多久他都会等我。

但他没有溜进我的房间，钻进我的被窝，在无尽的空寂长夜紧紧抱住我。夜不能寐。我看到在这个国家等待我的将是冷寂的一生。我将难以找到能够理解我这种奇怪地集天主教和不可知论、拉美裔和美国风格于一体的人。倘若我是在填充玩具的传统下长大，那么我会抱着玩具熊或玩具狗、玩具兔，整个晚上让咸咸的泪水落在破烂的玩具上。而我所做的与此迥然不同——即使是现在的我已背弃了天主教信仰，但我还是做了一些类似在考试前天晚上做的事，祈求好运的降临——我打开抽屉，拿出藏在衣服里的十字架，把它放在枕头底下过夜。这个大十字架对我而言是条“安全的毯子”，来到这个国家这么多年，它一直伴我入眠。许多个夜晚我都和它相拥进入梦乡，后来上面的耶稣脱落了，我不得不拿根橡皮筋把耶稣绑上去。

鲁迪隔天并没有来找我。他和父母离开的时候，我撞见了他，那时我从宿舍出来，要打车去汽车站，然后搭车去纽约见我父母。我感到鲁迪的眼睛一直看着我，但我又困又伤心，没看他一眼。主要是他父母在说话，一字一句地说着，仿佛我听不懂本土人说话似的；他们夸我英语说得“没有口音”，又说我父母肯定为我感到骄傲。大家说再见的时候，我瞟了鲁迪一眼，后来我已经走到寒冷的户外，可他还在宿舍以刚才的眼神看着我。

假期过后，我没怎么看到鲁迪。上课时他也没坐在我身边。写作课上他所写的诗变成不可理喻的直白，充满爱意，露骨的情诗。他是不是在试图告诉我他真的爱上了我？那为什么他再也不来我的宿舍？我心里开始为他找各种借口。他可能来过，但我不在，他又不敢留字条。上课时他是太害羞了才没坐在我身旁。不敢，害羞！鲁迪·埃尔门赫斯特三世！当我们爱上一个不该爱的人时，常常是多么自欺欺人。

当然，本来我也可以找他当面说清楚对他的感觉。我多么害怕和一个称男女交欢为“操”的男子做爱。但我还是习惯于男女谈恋爱时男方主动的模式。所以我保持冷漠，我等待着，我幻想着，误导着自己。鲁迪递给我的诗评简短而无意义，可我却一遍遍地读着，试图读出其中的双重含义。“好”，或“这行我读不懂”，或“细节写得不错”。对于他的诗，我写的诗评则是长长的赞美。我变得越来越深居简出，为了避免以前的不快或是担心突然碰见他。不过我们也很少撞见对方，偶尔碰面，他总是亮出那酷酷的讥笑，随意地招呼我一声："最近怎样？"而我呢，由于百感交集，假装没看见他。

就要举行春季舞会了。我不知道自己为什么还觉得鲁迪肯定会让我当他的舞伴。这个舞会是学年结束时在校园举行的一次浪漫活动，而我幻想着这将是我俩和好的完美时刻。我在心里演绎着这一场景。我们会整晚跳舞。我会跟他回到他的寝室。我们会做爱，我的初夜，摆出鲁迪以前告诉过我的各种姿势，我们上床、嘿咻、搞、操、干——几乎所有鲁迪用来指代性交的同义词都用上了。

事实上，那一天，舞会的那个晚上，我一直都在期待。舞会就在两栋宿舍楼中间的客厅举行，所以，当听到乐队开始奏乐时，我恍恍惚惚地走下楼梯，站在一个可以看到别人但别人看不到我的平台上观望着。楼下各色人等都有：保守的兄弟会男生穿着燕尾服，他们的舞伴穿着花哨的礼服；新式的嬉皮士们穿着印第安风格的花格衣裳、牛仔裤以及运动鞋，也许是为了显摆，还系着一个格格不入的领结。我看到大家个个花里胡哨，舞动着，灯光闪烁，乐队不停地演奏。他们好像都投入到某种节奏中，可我却感受不到那种氛围。接着我看见鲁迪走进客厅，一手拿着杯子，毫无疑问，杯里盛满了酒之类的东西。如果只是看到他那熟悉的身影，我的心会怦怦乱跳，可紧贴着他的那个人也随即进入了我的视线。我很难分辨出她的长相，也看不出她是谁，但从他俩相倚相拥的姿势，我知道，首先他写的诗里的那个挚爱就是她，其次他床上的那个挚爱也是她。才跟我分手几周！我被击垮了。自我俩相识以来，这是我第二次飞奔离去；我跑上楼，初次见面时我也是飞也般地逃出教室，现在的逃离仿佛是为当初的故事画上一个句号。

这个故事还没有结束。一个真正的故事总是有个未了的结局。大约五年之后，我在纽约的一所研究生院工作。我还成了个诗人，放荡不羁的文化人，诸如此类。我也有过一两个情人。我还懂得了避孕。我猜自己背弃了沉重的天主教教义后，灵魂与罪恶的问题也得到了解决；我放弃了永生的灵魂，换来的却是郁郁寡欢。现在的我时髦而低俗，读了太多卡洛斯·卡斯塔尼达、里尔克以及罗伯特·布莱的作品[1]，和一名男子一起嗑迷幻药，因为他宣称是我过去非常重要的伙伴。有天晚上，我接到了鲁迪的电话。他父母就住在下一个街区，而他从校友录上得知我就在邻近的一所大学工作。他可以过来看我吗？当然了，我说。什么时候？今晚，他说。今晚，现在已经九点三十分了。他还是耍着过去的伎俩。但我因这个男子的坚持折服了。好吧，我说，过来吧。

他来了。带了一瓶昂贵的葡萄酒。在门口，我友好地拥抱了他，但他抱了好一段时间。我感到紧张，语无伦次。他那副坏男孩的样子总是会让我又变成活泼的乖女孩。我让他坐在屋里仅有的一把椅子上，开始问他毕业后这五年的情况。他频频叹息，伸了伸腿，玩弄着指关节。最后，他打断我，说，嘿，耶稣基督，我已经等了五年了，而你看上去好像还没有过焦虑障碍这一关。我们就直接干吧。我把他轰了出去。他还是这样，什么都不做，只想着和我上床，对此我仍然反感。不管是不是天主教徒，我仍觉得这是一种罪过——阔别五年，突然带了瓶价格不菲的葡萄酒出现在你面前，断想你会唯他是从。这个抛弃我的男子，就是他

---

1 卡洛斯·卡斯塔尼达，美国作家，出生于秘鲁；里尔克，德语诗人，作品富含布拉格地方色彩及波希米亚民歌风味；罗伯特·布莱，美国“深度意象派”代表诗人。

让我在性欲萌动时总被自我怀疑的噩梦困扰。我看着他坐上自己的车走了，有那么一会儿，我的内心又闪现过去的那种自我怀疑。

那瓶葡萄酒，他留在了吧台上。家里有个便宜的螺丝锥。念研究生时我们买了大罐的法国葡萄酒，这些酒罐要么是塞着木塞要么是旋着盖子。我慢慢地使着螺丝锥。我不太在行。每次把螺丝锥猛拉出来时，木塞就蹦一下，但塞子仍留在瓶颈。终于，我看到螺丝锥的尖顶插到木塞的底部了。我用双腿夹住酒瓶，用尽力气猛拉，结果被我弄碎的木塞是拉了出来，可这昂贵的波尔多葡萄酒也洒了我一身。“真没用，”我想，“这一身肯定是洗不掉了。”我把酒瓶举到嘴边，猛喝一口，仿佛我是个堕落的野女人，刚刚赶走了一个令人不满的情郎。

第二部

1970—1960

定期发生的革命

卡拉、桑迪、悠悠、菲菲

这三四年来，爸爸妈妈忙着办绿卡，可我们四姐妹却坐立不安地盼着回老家。后来爸爸被叫去接受询问，一场革命就爆发了，虽然不是什么大革命，但革命终究是革命。

爸爸回到纽约后开始背对美国的效忠誓言，说："孩子她妈，我放弃了！老家没什么希望了。我将成为一名多米尼加裔美国人。"说着，爸爸举起右手，宣誓维护美国宪法，然后我们一家全都留在了美国。

我们四姐妹又哭又闹，哀号着要回老家去。都说美国给予的是最好的，可我们却不觉得。我们用的是二手货，在一个个充满乡土气息的天主教社区辗转租房，穿的是廉价衣服，看的是图像晃动的黑白电视。我们被拘禁在这些郊区的鸽子房里，还要跟老家的女孩一样守着严格的规矩，可这里却没有小岛一般的生活来做补偿。接着还发生了一些古怪的事情。卡拉遇到了一个变态。在学校，诸如"美籍西班牙妞"、"别国血统的美国妞"总是冲我们劈头盖脸而来。桑迪的一个女性朋友让她试用丹碧斯卫生棉条，结果被妈妈发现了。还有很多诸如此类的事情，所以没过多久妈妈就给我们就读的私立小学写信（我们读的都是女校），我们来这些学校念书是想结识一些“正经的”美国人。

结果我们在学校结交了一班美国精英分子，那个姓胡佛的女孩，那对姓黑尼斯的双胞胎，那些司各特家的女孩们，以及那个叫里斯的小屁孩，他们每周都收到爱心包裹，真是让人难以置信。你不至于笨到问：“嘿，你和那个制造真空吸尘器的小伙子有什么关系？”[1]（你只要看看玛德琳·胡佛朝你皱鼻子的样子就知道他们有一腿。）不管怎样，我们确实认识了一些“正经的”美国人，但实际上他们和我们玩不到一块。

我们自己也是名声在外，而这几乎全是基于有钱人家女孩的推测和我们自己的缄默。加西亚·德拉托雷这个姓氏对他们而言并没有任何意义，但那些衣着用品都是名牌的美女们猜想，和所有在寄宿学校念书的第三世界的学生一样，我们肯定富得流油，而且跟某个独裁者还有些渊源。我们的优势是带有邪恶和神秘的味道，而她们的优势则是女式连袜裤的包装袋、糖果包装纸、吸尘器罩以及舒洁面巾纸盒子上面大家全都认得的品牌。

不过，嘿嘿，就如妈妈所言，我们也许是离开了水的鱼，但至少我们已经逃离了进退两难的境地，现在有了一丝希望。去波士顿的预备学校得坐很久的火车，火车上有男士。我们伪造了妈妈的签字，到处找乐：周末的舞会，周末的足球赛，周末的雪雕展。我们可以跟别人接吻而又不让自己怀孕。我们可以抽烟，而且也不会有哪位舅妈因为闻到我们身上的气味而大呼小叫。我

1　这里作者玩着双关语的文字游戏，原文“the American corp”既可以理解成一群美国人，也可以理解成“美国公司（corporation）”的缩写。原文“the Hoover girl”中的“Hoover”实际上是真空吸尘器的一个品牌；“the Scott girls”中的“Scott”是专门制造纸巾的商家；“the Reese kid”中的“Reese”是糖果生产商。

们开始喜欢上了美国青少年的美好生活，很快，天哪，老家岛上的生活变得过时了。老家那里的人总是成群结队，外出必须有人陪同，还有一些讨厌的男孩——一副大男子主义的样子，趾高气扬，衬衫的纽扣解开，露出毛茸茸的胸膛，脖子上挂着金链子和金十字架。离开老家两年后，我们已经不仅仅是适应了美国这么简单。

当然，我们的变化让爸爸妈妈开始担心女儿们会被美国化。老家的动乱已经平息，爸爸在布朗克斯开的诊所也开始挣钱。显然他们会做出下一个决定：暑假时把我们四姐妹送回老家，这样我们才不会与祖国失去联系。这个决定隐藏的目的是将来我们都要嫁给老家的男子，因为大家都知道，要是哪个女儿嫁给美国人，那么孙子孙女们将咿咿呀呀说着英语，而且还会认为多米尼加就是个晒日光浴的地方。

每年，我们四姐妹都抵制这个暑期计划。我们不介意去那里待两周，但是在岛上待整个夏天？“你们有什么更好的事情要做吗？”妈妈问。当然有了，要是她和爸爸答应的话，我们确实有更好的事情可以做。可是对于他们而言，去打工就免谈了。（老板雇用少女的目的只有一个。别管他的名字是不是叫胡佛。）暑期是家人团聚的时刻。家庭团聚的欢乐时刻，整个小岛上的人都是一家子，这边一个堂兄，那边一个堂妹，到处可见对我们噘嘴献吻的兄弟姐妹。

冬天的时候，每当我们举止鲁莽，爸爸妈妈就会旧话重提，威胁说：“也许你们现在需要的就是回老家待一段时间，这样才能帮你们步入正轨。”我们会立马变乖，或者假装自己很乖。有些时候父母增加筹码：不仅仅是那个表现不好的人会被送回老家，四姐妹必须一起回去。

到了三个年纪较大的姐妹念大学的时候——我们读的当然仍是同一所女子学校——我们设计了一种精密复杂的代号和地下活动系统，就像爸爸当年和他们的地下组织密谋反抗独裁者一样。爸爸妈妈一般是在周五或者周六十点左右赶在总机关闭之前给我们打电话。我们轮流“值班”接他们的电话。但爸爸和妈妈就像是有特异功能的巫师。他们首先要找的总是不在场的女儿，被告知那人不在的时候，他们就说要跟另外一个也不在场的女儿说话。因此当第三个，也就是值班的女儿被叫去接电话时，听到的第一个问题总是：“你两个姐妹去哪了？”她们在图书馆学习或者在什么什么室向别人请教微积分。我们的大多数事都能瞒过长辈，但有时也被他们逮个正着，我们当中的一个就负责应对怒发冲冠的父母。

有一次菲菲正好被逮到在浴室里抽烟。（她每次抽烟都打开花洒，好像抽烟是件吵闹的事，而这样的喧嚣必须用流水声掩盖。）

有一次卡拉正好被逮到试用除毛膏。（妈妈大发脾气，说一旦走上那条路就无回头之日——毛发会越来越稠密，越长越丑。按她的说法，去毛好像跟酗酒或吸毒无异。）

有一次悠悠被捉到拿了本名为《我们的身体我们做主》的书进屋。（妈妈说不清书里令她困扰的东西。我的意思是这本书里没有男性。所有的图片都在赞美女性以及她们的身体，所以严格地说，不是她所知道的那种性爱。但是书里头的女性都在探索“她们的身体是什么”，还有一整个章节都在讨论女同性恋。这些东西——妈妈边看图片边说——令人感到羞耻。）

有一次桑迪被逮个正着，那是周日清晨，某位叔叔或阿姨顺道来看望我们。（她周六晚上去上微积分辅导课还没回来。）

这是定期发生的革命：不断发生的小冲突。我们只有主动出击并获取胜利，我们的暑期——假使不是我们的人生——才由我们做主。

去年暑假我们如同以往坐船回老家。出发的前一天晚上，我们四姐妹边收拾行李边聊天，直到深夜还没睡。桑迪给她的男友打长途电话，她背对着我们，低声细语说着“我也是”等等。我们模仿着隔天就将见到的舅妈（姨妈）、舅舅（姨父）、表兄妹们，个个昏昏欲睡。也许通过这种方式，我们算是跟这些影响我们整个暑假的人扯平了。我们拿他们的名字开玩笑，把它们音译成英语，于是这些名字听上去就变得可笑。孔查舅妈成了海螺舅妈，亚松森舅妈成了升天舅妈；蒙多舅舅成了世界舅舅；帕洛玛，我们的模特儿表妹，变成了鸽子[1]，因为讨厌她，我们还给她加了姓氏，准确地说，给她这只鸽子加了脚趾。

午夜时分，妈妈穿着绒毛拖鞋和短袜，戴着一顶卷发帽在客厅冲我们的房间叫喊。“闺女们，别闹了，”她说，“明天你们还有一个早上可以收拾东西。现在你们需要美美地睡一觉。”

我们的脸转晴为阴、闷闷不乐，再次确定这次的旅程是被逼迫的。

妈妈接着开始了动员讲话，跟我们说家庭和根的重要性。最后她终于回屋睡觉去了，或者我们这么认为。我们放低声音，继续聊天。

菲菲举起一袋青褐色的大麻烟渣。“好吧，表决一下，”她

1 四姐妹在此玩西班牙语和英语的谐音游戏：孔查（Concha）对应海螺（Conchshell），阿松森（Asuncion）对应升天（Ascension），蒙多（Mundo）对应世界（World），帕洛玛（Paloma）对应鸽子（Pigeon）。

说，“我是带它去呢还是不带。”

“不能带。”卡拉说。她穿的睡裙风格跟妈妈的形成鲜明对比。事实上，卡拉整个人都裹在棉布睡裙里。一条黄色丝带绑在她头发上。“要是我们在海关被抓住，麻烦可就大了。而且记住，既然世界舅舅在政府里工作，我们的事，所有的报纸都会报道。”

“卡拉，你做事真是谨慎，”桑迪嘲讽道，“首先，既然世界舅舅是贵宾，我们就不用接受海关检查。保安会迅速让我们加西亚·德拉托雷家的千金们通过。”她夸张地挥着手仿佛是在阿瑟国王的宫廷里召见我们。

“你可以试试把大麻塞进高洁丝卫生巾里。”悠悠建议，心想若是岛上的生活太枯燥，抽点大麻叶卷的烟也不错。岛上的堂妹们曾建议她说，不管你想藏什么，只要在东西上方堆上一层卫生棉，海关工作人员就会不好意思细查了。

“谁还用高洁丝？”菲菲问，“丹碧斯也行吗？”

“那些人大概不知道那是什么玩意儿。”桑迪从盒子里头取出一根。她模仿着一场检查，撕掉棉塞的包装纸，试图咬掉棉塞的末端，就像我们的舅舅抽雪茄一般。

我们捧腹大笑，本来妈妈走后我们一直忍着不敢大声说话。很快，客厅传来脚步声。菲菲手里还握着那包大麻，趁着门还没被打开，她随手把它扔到了一个书架的后面。第二天早上，我们忙着最后的收拾以赶上中午的飞机，把这包大麻给忘了。

在岛上还没度过三周，妈妈就来电话了。卡门舅妈轻轻地走到游泳池边告诉我们，妈妈已经从纽约赶来，准备跟我们长谈。舅妈承认说，是的，出了点乱子，但她答应了妈妈不会向我们透露。舅妈是极其虔诚的人，我们知道她一旦许下承诺，你是无法从她那里打听到什么的。她以安慰的方式劝告我们“审视下自己的内心”。

那天晚上我们反省自己最近和表妹们犯下的过错直至深夜。

“我能想到的，”悠悠第一个说，“就是他们拆看了我们的信件。”

“也许是我们的成绩单？”菲菲说。

“或者是电话账单。”桑迪补充。她的男朋友住在加州的帕洛阿尔托。

“他们让我们这样提心吊胆，真不公平。”卡拉的脑袋上别着各种发夹，像在做什么实验。回到老家，她就变鬈发了，每天晚上都要烫一烫，把脑袋当作卷轴卷发。

“审视你们的内心。”桑迪模仿巫婆的声音说。

“我审视了，我审视了，”菲菲开玩笑说，“问题不是找不到让我担心的事，而是我发现了太多。”那天晚上接下来的时间，我们就对咯咯笑着被过度监护的表姐妹们坦承我们在那勇敢和自由的国土上是如何没规矩的。

我们压根没有想到那包丢在书架后面没剩多少的大麻。妈妈有一个来自老家的女仆，她跟我们一起住在美国。她，普米提瓦，发现了这包东西。普米自己也用大麻举行萨泰里阿教的宗教仪式，把粉末和液体调制成某种东西以消除疼痛或者赶走和自己竞争的女人。但是为什么姑娘们的房间里会有这么一包大麻，这对她而言是个天大的谜团，所以她把它交给了女主人。

后来我们根据普米交代的情节重新梳理了一下：妈妈的第一

反应是生气，因为我们违反了不能在卧室吃东西的规定。（大麻也能当食物？）但是她打开袋子闻了闻，伸进一根手指，捏了一点尝尝，又让普米也尝尝看，结果两人哑然失色。这可怕而非法的大麻最近的新闻上可是经常报道的！妈妈很确定这就是大麻。她整天忧心忡忡想要保护我们的贞洁，因为我们的青春期是在这狂野而又放荡的美国国土上度过的，可到头来一不留神，堕落就从别的孔钻了进来。

妈妈马上联系了佩德罗叔叔，他是心理医生，人称“爱心大叔”，在杰克森高地行医。我们姐妹如果遇到麻烦，母亲总是向佩德罗叔叔咨询。他确认了那包东西就是大麻，还让妈妈自由联想我们可能还做了什么。发现大麻四十八小时之后，妈妈就到了老家，我们都成了瘾君子、道德败坏的小三儿，甚至就快生下私生子了。妈妈还抱着一丝希望，希望大麻是某个工匠或者房客落在那里的。她是来查明真相的，这消息得先瞒着爸爸，他要是知道了肯定会死于心脏病突发。

一切突如其来，我们毫无准备。起先，卡拉企图败坏佩德罗叔叔的名声，揭露他总是在我们做心理治疗后过久地拥抱我们，而且还拍我们的屁股。“他是个好色之徒，”她指责道，“而且，对于草叶，圣人彼得知道什么呢？”

“草叶？”妈妈怒容满面，“这是大麻。”

卡拉闭了嘴。

我们还没想到一个更好的应对策略，菲菲就承认了那包大麻是她的，让我们所有人惊讶不已。“也是我的。”悠悠声称。“我也有份。”卡拉和桑迪插嘴道。

妈妈看看这个，又看看那个，每句“是我的”都在确认又有一个闺女变坏了。她挂着圣母玛利亚般悲伤的面容，看着犯错的孩子们。“你们所有人都有份？”她那低沉而又吃惊的声音问道。

菲菲走上前。“我告诉您是我把大麻放在那里的，是我做的，而她们”——她指着我们——“她们与此无关。”

严格地说，她讲得没错。大麻是她的。我们其他三个只在男友卷个烟卷的时候吸上几口，或者朋友聚会时每个人轮流吸一口。但是菲菲一个人承担所有的责备，我们还是觉得很意外，因为按照惯例，我们总是有福同享有难同当。菲菲一个劲儿地向妈妈道歉，跟妈妈争论说我们其他几个不应该跟她一起受罚。奇怪的是，妈妈同意了。她叫我们不要跟爸爸说起这件事，除非我们想一辈子被软禁在老家。妈妈自己可能也在酝酿一场小的革命，所以她不想揭发自己的女儿，否则会让自己惹人注意。

最近，妈妈开始展开翅膀，去上房地产和国际经济管理的再教育课程，梦想拥有家庭之外更丰富的生活。她仍然谆谆教导我们严守传统道德规定，但她自己已经在一点一点地啃食禁果了。

不管怎样，妈妈同意我们三个年纪大的暑假一结束就回各自的学校。菲菲要么选择在岛上卡门舅妈的家里待一年，要么选择回美国，但不能去寄宿学校念书了。她必须和爸妈一起住在家里，去当地的天主教学校念书。

菲菲选择留在老家。她觉得待在老家像表姐妹们一样处处有人陪同，也比跟爸爸妈妈待在家里好——一方面跟父母朝夕相处，时刻受限；另一方面彼得·潘就紧跟在自己的屁股后面。“另外，我想体验下在老家的生活。或许我会喜欢这里的。”菲菲为她的选择辩解。她是四姐妹中最小的一个，对老家的了解是最少的，因为大约十年前，我们突然逃离了老家。“而且在美国我并不开心。”

“你正处于青春期，老天啊！”卡拉决定主修心理学，一直为我们做免费的心理分析，“你是应该感到不高兴，感到困惑。这意味着你是正常的，适应得不错。我敢担保，你留在这里会让事情变糟！”

“也许不会，也许我会让你们都吓一跳。”菲菲说。

“一年还没结束，你就想爬墙逃走了。”卡拉警告说。

我们越过游泳池看石头砌成的高墙。下面有个女仆正在墙上晾晒她的内衣裤。一只蜥蜴在一个胸罩杯下面伸出它那不易为人察觉的小脑袋，像是刚吸了一口烟，含着，直到它那昏昏沉沉的小脑袋兴奋起来，喉部鼓鼓的，才将烟吐出来。

圣诞节到了，我们非常期待有关菲菲流放在小岛的消息。从妈妈那里我们听说小妹漂亮地适应了岛上的生活，而且还上了速记课，在福特基金中等专业学校学打字。她还和一个不错的小伙子约会。

这消息对我们而言非常不利。已经有一个女儿成功地遣返老家，爸爸可能会对我们所有人出手，强行让我们离开大学回老家去。那个菲菲，一个标新立异的人，居然发生如此翻天覆地的变化，真够离奇的！卡拉说事实上这是创伤性的文化错位造成的一种不太明确的精神分裂症状。

我们下飞机的那一瞬间就明白了妈妈并没有夸大其词。菲菲到机场接我们，她戴着叮当作响的手镯，在美发店里烫的鬈发漂亮地梳到一边，用一只金色的大发夹别住，垂下来。她用黑色睫毛膏刷睫毛，眼睛更显得突出，宛如她的好运气令她稍微吃惊的样子。菲菲，过去总是标志性地把头发梳成两条印第安麻花辫，夏天的时候把辫子盘起来，如同奥地利的挤奶女工。菲菲，过去总是强调素面朝天。现在她看起来就像杂志上那些“美容前—美容后”的整形照片一样，现在属于“美容后”。“优雅。”妈妈评价菲菲的新造型，但从我们嘴里说出的却是别的词。“她变成了一个S.A.P.。”悠悠嘀咕一声。一位西班牙裔美国公主。

“我的天哪，菲菲。”我们上下打量着她。

“在哪里举行派对？”桑迪揶揄道。

“如果你们不能说点好听的——”菲菲开始为自己辩护了。她那黑漆皮小皮夹跟她的软舞鞋真不搭。

“嘿，嘿！”我们一起拥抱了她，“不要一点幽默感都没有了嘛！你看起来很不错！”

“别把我的发型弄乱了，”菲菲大惊小怪，拍着自己的发型，好像那是一顶帽子，但是她微笑着说，“你们猜猜？”她一个一个地看着我们。

“你正和某个棒小伙约会。”我们异口同声地说。

菲菲大吃一惊，然后笑了起来。“你们听说了？”我们点点头。她继续解释她的这位意中人是一位堂兄，叫曼努埃尔·古斯塔沃。“这个堂兄不错。”她迅速地补充。

“一个堂兄！”我们认识大部分的堂兄，但曼努埃尔·古斯塔沃这个，我们并不认识。

“他是个被藏在衣柜里的堂兄，”菲菲边说边在她的皮夹里找照片，“是个私生子。”

妙极了！我们三姐妹相互比画着V字——胜利的手势。毕竟这仍然是一场游击战！我们本来还担心菲菲是因为家庭的压力而退化成一个第三世界的好女孩。但这是不可能的。她仍旧是我们以前的那个菲菲。

菲菲告诉我们所有关于曼努埃尔·古斯塔沃的事。他的父亲是我们父亲的兄弟，一个叫奥兰多的伯父，这位伯父有六个孩子为乡下情妇所生，这个情妇是他在乡下牧场认识的。当然，菲德利娜伯母，也就是伯父的合法妻子，她人很好，把自己献给了圣母玛利亚，对奥兰多伯父的不忠“毫不知情”。但是既然曼努埃尔·古斯塔沃就在马槽的旁边，也就是说，做父亲的总得做出某种解释，说是灵孕好像不行吧[1]。和她侄女约会的这个年轻小伙是谁？菲德利娜伯母想知道。他的家乡在哪里？他姓什么？另外一个叫伊格纳西奥的伯父主动承认曼努埃尔·古斯塔沃是自己的私生子。伊格纳西奥伯父没有结婚，总是因为被当成同性恋而特别恼火。就这样，这个私生子的问题让两个男人都摆脱了困境。据菲菲说，有个高级社团，即独裁统治时期贵妇人建立的一个俱乐部（其实不过是个乡村俱乐部），社团里的妇女们都因这个桃色八卦兴高采烈地交谈着。

“她们除了嚼舌头没别的事可做。”菲菲下了结论，高抬着下巴。

于是，我们也把曼努埃尔当成自己最爱的堂兄。

曼努埃尔看上去就像年轻版的爸爸，英俊潇洒，长得也跟我们很像，有家族特有的眉毛，一样的高颧骨，丰满的厚嘴唇。简而言之，他可以成为我们梦寐以求的哥哥。当他驾着小卡车轰隆隆地驶来，我们四姐妹就跑到车道去迎接他。

“姑娘们，”卡门舅妈皱着眉头说，“这样迎接一个男子是不对的。”

“是啊，你们这伙人，”菲菲赞同道，“别对他下手。他是

1　《圣经》中记载圣母玛利亚因受灵孕而生下耶稣，耶稣就是在马槽边诞生的。

我的！”

我们大笑，继续对他百般体贴，伺候着他，好像我们从来就没去过美国，或是从未读过西蒙·波伏娃[1]的作品，或是对自己的人生从未有过规划。

可是过了一些日子，菲菲开始对我们有些疏远，而且开始留心我们的举动了。平日里，要是我们当中哪个把手臂搁在曼努埃尔身上或跟他谈论甘蔗产量过于详细热切，菲菲少不了给我们脸色看，或是噘着嘴，或是对我们态度冷淡。

为了让她确信我们跟曼努埃尔没什么，我们开始保持低调，面对曼努埃尔时矜持多了。从这个新的距离，我们开始看得更远，结果发现远景并不乐观。人见人爱的曼努埃尔像极了一个暴君，宛如迷你版父母权威的代表。菲菲不能在公众场合穿裤子——只能穿裙子。菲菲不能和其他男人说话。没有他的批准，菲菲不能离开家门。而且最令人困扰的是，菲菲，要强、爱争辩而又充满活力的菲菲，对这个男人言听计从，唯他马首是瞻。

有一天，菲菲——她现在很少读书了——对我们带来的一本小说着了迷，这本小说不是那种读过一遍就没有价值的书。曼努埃尔·古斯塔沃来了，发现没人应门，就从后门进来。我们四姐妹躺在露台的草坪长椅上读书。菲菲看到他，容光焕发。她正要把书放在一边，曼努埃尔·古斯塔沃弯腰从她的手中把书拿过来举了起来。

“这个，”曼努埃尔·古斯塔沃说，那样子仿佛那是一块脏尿布，“是你脑袋里的垃圾。你还有更好的事情可做。”他把书扔到了咖啡桌上。

---

1 西蒙·波伏娃（1908—1986）是享誉世界的法国女权主义者，代表作为《第二性》。

菲菲的脸色变得苍白，虽然她的双颊涂了红红的胭脂。她迅速站起身来，双手插腰，眯起眼睛，这才是我们熟悉、热爱的菲菲。“你没有权利告诉我什么可以做，什么不可以做。”

“没有这个权利吗？[1]”曼努埃尔挑衅道。

“没有！”菲菲坚定地说。

我们其他三人退了出去，压着嗓音为菲菲喝彩。几分钟后我们听到小卡车轰隆隆地开走了，而菲菲跑进房间啜泣不已。

“菲菲，他自找的。”我们说。“不要让他牵着你的鼻子走。你是崇尚自由的。”我们提醒她。

但是不到一个小时，菲菲就给曼努埃尔打了电话，请求他原谅。

我们给曼努埃尔取了个绰号M.G.，一种我们认为有些廉价的车，某个比我们年长的堂兄可能会让自己的父亲给他买这种车来吸引岛上女孩的注意。一提起曼努埃尔的名字，我们就立刻想到马达的运转。真是个暴君。呃呃呃呃嗯嗯[2]。他正令菲菲臣服！呃呃呃呃嗯嗯—呃呃呃呃嗯嗯。

为书吵架之事过后几天，曼努埃尔·古斯塔沃来吃午饭。因为菲菲还在上西班牙语课，我们决定和他谈一谈。

悠悠一上来就问曼努埃尔是否听说过玛丽·渥斯顿克雷福特。那么苏珊·B.安东尼呢？弗吉尼亚·伍尔夫？[3]“这些都是你的朋友吗？”他问。

---

1 原文为西班牙语：Que no。

2 这里姐妹们模仿着汽车马达声表达不满与愤怒。

3 玛丽·渥斯顿克雷福特是18世纪的英国作家、哲学家和女权主义者。苏珊·B.安东尼是19世纪美国女权主义者，社会活动家，对争取美国妇女参加政权贡献卓越。弗吉尼亚·伍尔夫是20世纪英国女作家，被誉为20世纪现代主义与女性主义的先锋。

我们的舅妈、姨妈和表姐妹们都认为一个女子到处证明自己的权利是很没有女人味的，所以要让大家明白姐妹情谊的潜在益处并不容易。悠悠叹了口气，我们都翻了翻白眼。在老家，我们已经不再尝试唤醒女性意识了。这样的尝试如同试着在隧道里装上大教堂的天花板，或是别的什么。有一次，我们确实跟弗洛尔舅妈较过劲。可弗洛尔舅妈对我们指着她的大房子、被料理得很好的花园、改建后能从嘴里喷出水来的丘比特石雕。“看看我，我是女王，”她争论道，“我丈夫每天都得去工作。而我，只要我愿意，就能睡到中午。我已经拥有这些权利了，还抗议什么？”

悠悠让卡拉跟曼努埃尔面谈，因为卡拉擅长以朋友的方式跟人谈心。悠悠把这称为心理医师的治疗模式——“先软化对方，再让他们倾诉”。“曼努埃尔，菲菲变得独立时，你为什么这么不开心？”卡拉照搬心理学101课本的内容。

“这里的女人不那样，”曼努埃尔·古斯塔沃跷起二郎腿，上下抖动着，“也许在你们美国，人们处理事情的方式不同。”他的语调有点戏谑的味道，“但那些美国人能好到哪里去？她们大多数还不是离婚了，或者嫁不出去，成了中年发福的女人，终日无所事事，除了吸毒、厮混。”

桑迪气得在心里发飙：“呃呃呃嗯嗯。”

“曼努埃尔，”卡拉请求道，“你知道，这里的妇女也有自己的权利。连多米尼加法律也承认这一点。”

“是的，妇女拥有权利，”曼努埃尔·古斯塔沃赞成道，满脸都是嘲笑：他正要说一句聪明话，“然而，这里的男人才穿裤子。”

革命开始了。我们还有一周的时间来打这场仗，赢得菲菲的心。

在老家，到了晚上，我们一大帮兄弟姐妹常一起出门来到林荫大道。这是条交通要道，路上熙熙攘攘，挤满了载着游客的汽车和轻便马车，这些游客想沐浴着月光在海边兜风。宾馆和夜总会的灯光照亮了整个天空，所以你开车慢慢驶过时能够分辨出人的面孔。八卦新闻就像磨坊一般开工了。玛丽亚内拉背着乌特乔和克劳迪奥搞在了一起。玛格丽塔结婚才两个月，肚子就那么大了。仔细一看，哎哟，皮拉尔的腿那么粗还穿迷你裙，你会觉得有些人该检查检查自己的镜子了。

我们几个分别上了几辆车，都是表兄或堂兄开的。我们不想让探子般的私人司机随同。我们去看电影或者去卡普里小卖部吃冰淇淋，其实就是闲逛；而男孩们被教导要照顾女孩们。卡拉年龄最大，她必须和菲菲一起坐曼努埃尔的小卡车，充当陪同的角色，至少陪到我们离开家族大院，然后她会在卡普里小卖部下车和我们集合。菲菲和曼努埃尔趁机逃过大家庭成员雪亮的眼睛争取一些时间独处。和曼努埃尔的这些兜风，通常是把车停在某处，据菲菲所说，只是亲吻，到颈部为止。她承认他俩的亲密行为越来越奔重点了，问题是她没法避孕。在岛上，任何她可以求助索取避孕药或者子宫帽的人都认得她，并且会向我们家人告密。可是曼努埃尔却不愿意戴安全套。

“他认为戴安全套会导致性无能。”菲菲说，甜甜地微笑着，护着他这“可爱”的无知。

“上帝，菲菲！”桑迪叹了口气，“告诉他如果他不用安全套，你十有八九会被搞大肚子。”怀了孕的菲菲就得按岛上的惯例马上结婚，而且还得做好准备面对流言蜚语，因为她那“早产的婴儿”——未婚先孕的孩子完整无缺地生了出来。

我们一直警告她，为她担心，直到后来我们不得不以背叛为代价让她对我们许诺：“我们将告发你，我们会这么做的！”——她许诺说不会和曼努埃尔发生性关系，除非有避孕的办法。但这几乎绝无可能。在这个玻璃鱼缸般大小的多米尼加岛，她能去哪里找到避孕的办法？

但是某个晚上发生的事让她的保证变得不太算数。

那天晚上我们围坐在卡普里小卖部，百无聊赖。菲菲和曼努埃尔已经走了，在他们回来之前，我们还有几个小时的时间消磨，再一起回家。我们开始集思广益讨论做些什么：大家可以开车去大使馆海滩裸泳，还可以找堂兄的堂兄，豪尔赫，他经常能弄到大烟抽，而且他还认识一位伏都教牧师，这位牧师做一场可怕的杀生祭祀之后可以告诉我们每个人的未来。

我们正式的护送者蒙丁否决了这两个提议。他有更好的点子。我们挤进他的车。他的三个美国表妹还有他的妹妹露辛达，絮絮叨叨地猜着他脑袋里想的事。他顽皮地咧嘴一笑，开车带我们出城来到一家名为“魅力者”的汽车旅馆；“汽车旅馆”在岛上是妓院的委婉说法。蒙丁貌似熟知这个地方，精准无误地停了车，按着喇叭，问看门人要一间小屋，然后把车开往他预订的房间。值班的门童打开车库的门。我们一下车，门童马上把车库的门关上了，递给蒙丁所订房间的钥匙。

“这么做就没人知道谁在这里了，”蒙丁用英语解释，“这是家高档‘旅馆’，高档中的高档[1]，不会很低俗。在这里大家都认得别人开的车。”蒙丁打开门，站到一边，让女士们先进屋。一张特大号双人床赫然摆在房屋正中间，上面铺着花布做成的床单。

1　原文为西班牙语：la crème de la creme。

床头有两只带着流苏的筒状枕头，上面同样盖着和床单一样被洗得发白的花布枕巾。这两只枕头让人想到的是一个阿拉伯工程师，而不是临幸后宫的帝王。

“如此而已？”我们失望地说。

“你们还期待什么？”蒙丁因为我们的不满而不知所措。毕竟，他是在冒险向我们展示小岛顽皮的一面。体面人家的孩子出现在妓院里头！他母亲会杀了他的！

桑迪挎住蒙丁的胳膊，扭着屁股撞了他一下。她正模仿着梅蕙丝[1]，这时伺童端着一盘朗姆酒和可口可乐进来了。他眼睛盯着地板，给每个人递饮料，像是让我们安心——这里并没有目击证人。他一出去，大家就大笑起来。“我很好奇他是怎么想的。”卡拉摇着头，心里想象着。蒙丁的眉毛上下挑动着。“我们到这里来已经破了多少禁忌了？让我们想想。”他列举着：乱伦、群交、同性恋、初夜——

“初夜？你在说谁呢？”他妹妹露辛达质问，一只手放在臀上。

“说谁呢？”我们异口同声地问，手放在自己的臀部，一群女权主义者面对着他站成一排。

蒙丁的眼睛眨了两下。尽管他在美国接受了开放式的教育，尽管他到处厮混，尽管美国化的表妹们讲述遇人不淑的遭遇时他开怀大笑，但是他自己的妹妹必须是贞洁的。“我们走吧。”我们刚喝完朗姆酒和可乐，他就催我们回去。当我们把车从车库倒出来时，一辆小卡车从我们后面开了过去。

“嘿！”悠悠大声喊，“是菲菲和曼努埃尔吗？”

蒙丁轻声低笑。“嘿，嘿！好。”

1　梅蕙丝（Mae West）是美国电影女演员与性感偶像。由于她的胸部非常丰满，所以充气式救生衣也称为Mae West。

“好？好你个蠢蛋！”桑迪喝道，“我们的小妹正要和一个认为戴避孕套会导致性无能的男人开房。”

“紧跟着他们！”卡拉命令蒙丁。

“她也有自己的权利。”蒙丁把车开出大门，意味深长地笑着，透过车的尾灯，我们看到门童已经把门关上了。

“这不是闹着玩的，”我们在卡普里小卖部的洗手间讨论时，卡拉说，“她自己是不打算回美国了。她被洗脑了。”

桑迪表示赞成。“我认为他们如果不是想上床也不会去开房。”

“而且是在对我们做出承诺之后。”卡拉边说边点头，一脸苦恼。

洗手间粉色梳妆台上摆着几篮小毛巾、爽身粉、刷子。我们边玩弄着这些东西边策划了一场密谋。我们把手伸出，搭在一起达成协定。悠悠说了句“为我们的革命高呼万岁！”，我们站在了同一战线上。在汽车旅馆我们已经喝了朗姆酒和可乐，在卡普里小卖部我们又喝了几杯有名的冰台克利[1]。那位年轻的女服务员一边听我们说着令人费解的英语，一边递给我们粉色香水手巾。桑迪接了过去，犹如举着一面旗帜挥舞着。

我们在老家最后一个星期天的晚上，院里的人都坐在卡门舅妈家的露台上回忆往事。偶尔有某个亲戚过来跟我们的父母告别，并让他们捎些信和钱到美国。蒙多舅舅现在在政府工作，总有其他内阁成员以及老朋友过来跟他商谈政事或者请求帮

1 鸡尾酒的一种。

忙。露台上的情形体现了性别隔离——男人们坐在一边，抽着雪茄，叮叮当当喝着朗姆酒；女人们懒散地斜倚在壁灯下的藤条扶手椅上，动不动就大呼小叫。

年轻人则开车去阿威尼达，答应会早点回家。今晚，还是我们这些人，露辛达、蒙丁、菲菲和曼努埃尔，以及我们三姐妹。卡拉还是像往常一样坐上小卡车当菲菲的陪同，然后在卡普里小卖部下车。“他们正闹得凶呢。”她加入我们的时候坦白道。

“现在又怎么啦？”桑迪问。

“老问题，”卡拉叹气，“菲菲和豪尔赫聊了太长时间，她穿的裙子太短，她的套头衫太紧身，等等等等。”

“呃嗯嗯，呃嗯嗯。”桑迪和悠悠一唱一和模仿着汽车引擎声。

蒙丁笑了。“你们几个女孩活该如此。”

我们对他眯起了眼。蒙丁在美国的时候，从念预备学校到现在读大学，都是跟我们一路的，是我们的伙伴。但一回到老家，他就变得趾高气扬，显摆大男子主义，利用他在老家所享有的男性优势跟我们针锋相对。

通常，我们在卡普里小卖部等菲菲和曼努埃尔这对情人。宵禁前的二十分钟，他们就会来接卡拉，然后我们会一起回家，如同一队开心的处男处女。但是今晚，我们一致赞成要上演一场政变，地点就在这个交通要道——十年前那个独裁者在前往和情人幽会的路上被困住受了伤。我们的父亲曾经帮忙谋划的刺杀行动没能实施，此后我们就逃往了美国。今晚，我们打算让这对情人的所作所为大白于天下。计划的第一步是让蒙丁开车送我们回家。男男相护使大男子主义体系得以运行，蒙丁想保护曼努埃尔。

于是露辛达使出类似往卫生巾里塞大麻的伎俩。她对哥哥抱怨说大姨妈来了，必须回家。“我痛经很严重。”露辛达呻吟着。

“你难道不能吃点止痛药吗？”蒙丁问，对女性身体的神秘感到既反感又敬畏。

露辛达点了点头。“止痛药在家里。”

蒙丁对妹妹摇了摇头。但不管怎样，他是妹妹的护花使者。自从她在汽车旅馆说了句“我不是处女”的俏皮话之后，他就一直注意着她的一举一动。“好吧，好吧，我送你回去。”接着，他转向我们，他的表妹们，说：“你们得留在这里为曼努埃尔做掩护。”

“你走了，我们也不能待在这里。”我们提醒他。规矩的第一条[1]：在公共场所，女孩子不能没有陪同者。“我们会遇到麻烦的，蒙丁。”

蒙丁皱起了眉头。我们的小心谨慎让他始料不及。“这样吧，我告诉大人有几个堂兄来了，我把你们留下跟堂兄们待在一起。我会回来接你们的。那时菲菲和曼努埃尔应该完事了。”

应该完事了。这话像是一门大炮炸响了。没有时间了。我们三姐妹像切·拉瓦格[2]一样粗鲁地笑了笑。“我们和你一起回去。”

“那菲菲和曼努埃尔怎么办？”蒙丁大吃一惊。如果我们都回到大院，而菲菲和曼努埃尔却没回去，这对恋人的麻烦可就大

1　原文为西班牙语：Rule numero uno。

2　阿根廷革命领袖，古巴革命时是菲德尔·卡斯特罗的主将；在其他一些拉美国家也很活跃；后来被玻利维亚军队逮捕处决。

了。规矩二[1]：女孩和自己的男友待在一起时必须有陪同者在场。

"我们和你一起出来的，我们得跟你待在一起。我们不想给自己惹麻烦。"我们说得宛如良家少女，但我们的表兄不太相信。

"我不能这么做！"蒙丁胳膊支在桌上，合起掌。

我们提醒他上一次带大家去汽车旅馆的事。我们应不应该把这件事告诉他父亲？我们知道达摩克利斯之剑[2]正悬在他的脑袋上方——犹如被送到军校时那把给他剃平头用的电动剃刀。跟我们这几个美国表妹一样——我们被父母以小岛软禁相威胁，而蒙丁如果行为不端将会被送往军校念书。

他直视着我们的眼睛，大光其火。"你们几个想干什么？"对于他的直视我们报以微笑，像是穿了防弹衣般刀枪不入；而对于我们若无其事的表情，蒙丁那双大男子主义的近视眼分辨不出上面写了些什么。

大院的车道看上去像是奔驰车展会场。此外，还有一辆吉普车、两辆日本车，这说明一些年轻的家庭成员也在场。露辛达看到菲德利娜伯母和奥兰多伯父那辆鲑鱼色的奔驰。"这将非常有趣。"她低语道。

露台上坐满了亲朋好友。蒙丁赶紧过去加入男性的行列，他知道在女人这边，第一颗炸弹即将炸响。我们三姐妹轮流亲吻所有的舅妈、姨妈、伯母。菲德利娜伯母的眼睛几乎什么都看不见了。"哪一个是新娘呢？"她边问边眯眼看着她的侄女们。

1　原文为西班牙语：Rule numero dos。

2　达摩克利斯之剑源自古希腊传说：迪奥尼斯修斯国王请他的大臣达摩克利斯赴宴，命其坐在一柄用马鬃悬挂的寒光闪闪的利剑下。该短语表示时刻存在的危险。

“对了，”妈妈也问，“菲菲呢？”

“和曼努埃尔在一起。”桑迪故作轻松地回答。她的声调表明我们三人和这件事无关。

“他们在哪里？”妈妈进一步问道。

卡拉耸耸肩。“我们怎么知道？”

接着是一阵尴尬的沉默，她的清誉，这几个词在沉默中凸显，像是有人已在空中挂起一件婚纱。卡门舅妈叹了口气。菲德利娜伯母打开扇子，扇面上满是绚丽异常的玫瑰。弗洛尔舅妈朝我们激动地微笑着，问我们是不是玩得很开心。妈妈越过人群朝爸爸望去，爸爸正在另一边开心地和其他男人讲述关于独裁者的故事。

妈妈满脸严肃地站了起来，点头示意我们跟着她走。我们三人排成一列跟在妈妈的后面再次走进卡门舅妈的卧室，这里是妈妈的审判法庭。舅妈也跟了进来，劝妈妈要耐心。

门一关上，妈妈就发火了。她首先痛斥卡拉，因为她年纪最大，而且作为菲菲和曼努埃尔的陪同者有责任盯紧这两人。然后，我们三个都被引经据典地训了一顿。最后，她当着舅妈的面发誓说菲菲必须跟我们一起回美国。“要是你们父亲发现这事，还不知会怎样！”我们的母亲摇着头，想象着严重的后果。她前言不搭后语地莫名补充说：“给家族丢脸了。”

“行了，行了，”卡门舅妈举手示意自己的姑子别生气了，“这些孩子在美国待得时间太长，已经美国化了。”

“美国化！”妈妈叫出声来，“菲菲在这里住了六个月。那可不是什么借口。”

“事出肯定有因。”卡门舅妈转变话题。“飓风还未袭来之前，先别担心椰子会掉在哪里。”她建议道。

妈妈摇头表示这是最终决定。“她在这里如果不能循规蹈矩，就跟我们一起回美国，就这么决定了！我不会再让她们来这里惹是生非了！”

卡门舅妈抱住我们。“别忘了，她们也是我的孩子。而且她们都是好女孩，一点都不麻烦。我该怎么办——”她朝我们看看，“如果每年都见不到她们的话？”

我们面面相觑，垂下眼帘掩饰困惑。我们终于自由了，但就在大门敞开，我们可以展翅飞翔的那一刹那，卡门舅妈的爱又令我们的思乡之情油然而生。就像卡拉在临床心理学课堂上读过的猴子实验一样：这些小猴子被关在笼子里很长一段时间，当笼子的门最终打开时，它们都不出来，相反，它们待在笼子里头，从缝隙里伸胳膊取够不着的食物。

接近午夜时分，我们听到小卡车的引擎在车道响起。露台外面，来访的亲戚都离开了，只有住在大院里的人还在低声而又专注地交谈着。在我们的房间里，我们三个在为自己辩解。我们都知道菲菲和曼努埃尔有麻烦了。“她只有十六岁。”我们一直感叹着。她以为她的一生将属于这个小岛。我们看得更清楚。

可是，当脸色苍白的菲菲在卡门舅妈的房间接受一番严厉的拷问后步伐沉重地走进我们的房间时，我们还是感到羞愧不已。

菲菲一句话也不跟我们说。她打开衣柜开始收拾自己的衣物。有一阵子我们都惶恐不安。她该不会是打算和曼努埃尔私奔吧？

“你在做什么，菲菲？”悠悠问。

菲菲继续收拾从抽屉掉到地板上的一堆衣服，一声不吭。

“菲菲？”卡拉碰了碰她的肩膀，“发生什么事了？”她的意思当然是，在露台的时候或者更早之前——菲菲脸上魂不守舍的表情暗示着还发生了别的什么事。

菲菲转向我们，眼睛哭得红红的。“叛徒。”她说。她的皮箱合上时终于发出可怕的指责。在门口，她高傲地抬起下巴，之后我们听到她穿过客厅走向卡门西塔表妹房间的脚步声。

我们面面相觑像是在说：“她能熬过来的。”这指的是她跟曼努埃尔的事，她对我们的愤怒，还有她对于自己人生的恐惧。这种恐惧就在菲菲人生的前方，恰似第一位探险者踏足处女地之前，那里是一片荒野——一切都是新鲜的，一切都是未知的；我们的人生又何尝不是这样呢？！

发明之女

妈妈、爸爸、悠悠

加西亚一家到美国一段时间之后，劳拉·加西亚试图搞些发明创造。每次带女儿们逛商店、见识这个新国度的异景奇观之后，她总有点子冒出来。卡洛斯星期天一有空就载着妻女去参观自由女神像或者布鲁克林大桥或者洛克菲勒中心，但是从劳拉的角度来看，这些是男人们的奇迹。居家用品才是女人们真正追求的宝物。

和女儿们搭乘电梯时，劳拉为这上下移动的楼梯惊叹不已。她开玩笑说这可能是雅各布[1]会见的天使上天堂下人间所用的阶梯。她们在一个展品前逗留之际，一位漂亮的推销小姐走了过来，毫无疑问，她正想向这位有四个女孩跟在身后的年轻母亲推销能够自动除霜的新式冰箱或者有预洗浸泡运转功能的大容量洗衣机，再完美不过了。每次看展品，劳拉都很认真，还问些聪明的问题，但最后一刻她总说会跟丈夫好好商量一下。开车回家的路上，女儿们不管怎么努力也无法让母亲加入她们的谈话，劳拉因为刚才的所见所闻而灵光突现，已经开始在脑子里发明创

1　雅各布是《圣经》中的人物，《圣经》中记载雅各布与天使摔跤的故事。

造了。

直到晚上把所有的家务活都做完之后，她才把自己的构思付诸纸上。丈夫已经在床上昏昏沉沉睡了一个小时，他把西班牙语报纸铺在胸前，支在床头柜上的眼镜在昏暗的房间里神秘兮兮地站着岗，好似一位脱离了肉体的保镖。劳拉那一边还亮着灯，她背后垫着枕头，坐在那里忙着她的发明创造。她的大腿上搁着丈夫从诊所拿回来的记事本，上面印有一些赞美制药公司的句子，为镇静剂、抗生素或护肤膏做广告。劳拉正画着某种熟悉的物件，但她会加上一个特殊的喷嘴或者更加轻便的把手，使得那东西看上去很怪异。女儿们每每在厨房抽屉或者楼下洗手间的架子上发现这些草图便咯咯直笑。有一次悠悠确定母亲画了一张鬼才知道的图；她向姐妹们展示这个发明后，女儿们怯生生又装腔作势地问母亲到底想干什么。哎哟，那是她其中一个失败的发明，母亲向她们解释，一只孩子用的双层饮水杯，内置一根特大号的吸管。

女儿们会在晚上劳拉看上去比较空闲的时候跟她聊一会儿天：她们在学校遇到麻烦了；她们想请她说服父亲允许她们去城里或者逛商场或者看一场电影——白天的时候去，妈妈！劳拉会挥着手把她们赶出她的房间。“你们这些小闺女的问题是……”问题在于这么一个事实——女儿们想成为美国人，可她们的父亲不同意——刚开始的时候，她们的母亲也不赞成。

“你们这些小闺女打算把我逼疯吗？”她威胁道，如果女儿们继续喋喋不休，她就要疯了。“我要是住进贝尔维尤，你们肯定会后悔的！”

劳拉跟女儿们理论的时候说的是英语。而她所说的英语是一些习语、俗语的胡乱搭配，就如她所说，这表明她“毫无经验”。

要是丈夫坚持让她跟女儿们讲西班牙语（这样她们才不会忘记自己的母语），她会厉声说：“入乡追（随）俗吧。”

悠悠是个大嘴巴，也是姐妹们的代言人，而且她能够在母亲的卧室坚持立场。“妈妈，我们再也不去那所学校念书了！”

“你们没得选，”母亲睁大充满忧虑的眼睛说，“在这个国家，不去学校是违法的。你们想让我们一家人都被赶走吗？”

“那您想让我们都被杀死吗？那些小孩今天朝我们扔石头了！”

“棍子和石头是不会打碎骨头的。”她吟诵道[1]。尽管悠悠看得出来母亲脸上的表情就像那些小孩瞄准女儿们扔过来的一块石头击中了她，但她总是装作这是女儿们的错。“你们都做了些什么招惹了他们？一个巴掌拍不响，你们是知道的。”

“谢谢，非常感谢，妈咪！”悠悠怒气冲冲地走出母亲的卧室回到自己的房间。她的女儿们从来不叫她“妈咪”，除非她们想让她知道在这个国家她是多么令女儿们失望。她是一个不错的妈妈，对孩子们唠唠叨叨，责备孩子们做错事，给孩子们提提建议，但劳拉却不是女儿们的知心伙伴，作为美国版的妈咪，她真的失败了。

劳拉再次拿起铅笔在便笺纸上画了一通，边画边发出啧啧的声音，然后撕掉几页纸，最后放弃不画了，拿起她的《纽约时报》。虽然也有几个晚上，她若是有了好主意就会冲进悠悠的房间，脸上带着红晕，手里拿着本子，在突然打开的门上急促地敲上一下。“猫咪，我有东西给你看！”

---

1 这句话出自但丁的名言：“棍棒和石头也许能打碎我的骨头，但闲言碎语却从未能伤害到我。”

这个时间段正好属于悠悠自己——她已经完成作业，而她的姐妹们还在地下室看电视。悠悠趴在自己的小书桌上，头顶的灯熄灭了，桌上的台灯刚好照亮着她正在使用的纸张，房间里每个角落都处于柔和的光影之中。悠悠正用她新学的语言秘密地写着她的诗歌。

"你会毁了你的眼睛的！"劳拉开始说教，啪地打开天花板上过于明亮的灯，悠悠当时正用蓝色墨汁编织诗句，从错综复杂的情感中诱导出羞答答的激情，而劳拉如此大的动静把悠悠所有的情感都吓跑了。

"噢，妈妈！"悠悠大叫一声，朝母亲直眨眼，"我正在创作。"

"哎呀，猫咪。"猫咪是一个共用的昵称，劳拉宠着谁就叫谁猫咪。"猫咪，等我挣到一百万，我就给你买台属于你自己的打字机。"（悠悠一直跟母亲念叨着要买一台打字机，就像父亲买回家制作订购表的那台一样。）若是有人恭维，她就说这是"火鸡上的肉汁"。这次她极力想要讨好悠悠。"我帮你雇一个打字员。"

母亲扑通一声坐在床上，拿出她的便笺纸。"猫咪，猜一猜这是什么？"悠悠研究了一会儿上面的草图。转一下把手，肥皂就会从淋浴的花洒喷出来？速溶咖啡里头已经含有乳脂？你不在家的时候，能给盆栽浇水的定时洒水小塑料容器？当你的停车计费表即将过期时，钥匙链上的计时器就会停掉作为提示？（如果你不记得钥匙搁哪了，那么这个计时器发出的滴答声会帮助你很快找到钥匙。）那个有名的发明，可惜只是个马后炮，一个简笔画人物用一根绳子拉着一个方块——那是带轮子的手提箱。"哦，当然啦，"悠悠迎合着母亲，"每个家庭都需要这样的东西：洗澡就像洗车一样，会发出定时炸弹般声音的钥匙，用皮带拴住的行李箱！”到现在为止，这已经成了一个家庭笑话，她们的爱迪生妈妈，她们的本杰明·富兰克林妈妈。

母亲脸色大变。“得了吧！动动你的脑子。”要是悠悠再次猜错，她就会用铅笔向悠悠指出这个不可思议的奇迹的各个的亮点。“还记得那次我们开车去熊山吗？我们到了那里才意思（识）到忘了带雅（野）餐用的启瓶器。”（劳拉的女儿们一直帮她纠正口音，但她坚持这么念才是正确的。）“我们准备用餐时才发现没办法打开罐头，还记得吧？”（在这些旋转盖的罐头前面，她宣称突然有了个点子。）“你知道这是什么吗？”悠悠摇摇头。“是汽车保险杠，但是这个部分可以拆下来当罐头起子。如此简单却是必需的，对吧？”

“是啊，妈妈。你得申请发明专利。”悠悠耸耸肩，看着母亲把这张纸撕了下来，角对着角小心地折了起来，好像她要把这张纸保存起来似的。但走出房间时她又把纸扔到了废纸篓里，如同放弃者般笑了几声。“半斤八两，不过如此。”

劳拉的女儿们没有一个鼓励她做这种事。她们讨厌她把时间都花在那些愚蠢的发明上。在这里她们正试着融入美国人的国家，她们需要帮助，弄明白自己是谁。为什么爱尔兰小孩的祖母被骂作爱尔兰佬，可回头她又骂她们是西班牙佬？她们全家为何选择来这个国家？这些问题的解答都很重要，可她们的母亲却没有时间为她们答疑，而是忙着发明器具让美国妈妈们生活得更加方便。

有时候悠悠挑衅母亲。“为什么，妈妈？搞什么发明？您不会发大财的。美国人已经想出了一切，您是知道的。”

“也许不是。也许——只是也许——有些重要的东西，他们还没想到呢。耐心点，淡定些，连驴都能爬上棕榈树呢。”最后这句是她众多的多米尼加俗语之一，她把它引用到自己蹩脚的英语中来。

“但是意义何在？”悠悠抓住不放。

“意义，意义，每件事情都需要意义吗？你为什么写诗？”

悠悠不得不承认母亲这回说到点子上了。但是，如果按事情的轻重缓急来分，比起发明一个给正学尿尿的小孩用的音乐小便器，一首诗仿佛重要得多。

四姐妹讨论过这个问题，在这个新的国家有很多令人困惑的问题，姐妹们经常聚在一起讨论。

“比起改造我们，还是让她去改造轮子好了。”大女儿卡拉评价说。在这个狭窄拥挤的美国小家庭里，母亲惊人的精力正慢慢抽走她们的自主能力。还是让母亲有点事儿做吧。她能造成什么危害？而且她需要别人的认可。在老家，大伙自然都知道她是德拉托雷家的一员。当全家人抵达美国时，劳拉仔细清楚地说出“加西亚·德拉托雷”——自己娘家和丈夫的姓氏。可对方微笑着，表情没有任何变化，表示没听说过她的名字。她要让这些人都看到。她要向这些美国人证明，一个聪明的女子拿着一支铅笔和一本本子能做些什么。

有一次，她的发明差点儿就成功了。每天晚上，她喜欢关灯睡觉前在床上读《纽约时报》，看看美国人都在做些什么。有一个晚上，她兴奋地尖叫一声把旁边的丈夫给吵醒了。丈夫直挺挺地坐了起来，伸手拿自己的眼镜，慌乱中把眼镜给打飞了。“*Que pasa? Que pasa?*”[1]出什么事了？他的声音里透着恐惧，来美国之

1　此处为父亲惊慌之下用西班牙语说：“出什么事了？”

前她在多米尼加听到的那种恐惧。在那里他们被监视；他被跟踪了。他们当然不能交谈，晚上只能在黑糊糊的床上互相低语。现在是在美国，他安全了，甚至成功了；他在布朗克斯开的诊所挤满了病人，还有思乡成疾、想回老家的人。但在梦里，他常回到那些可怕的日子以及漫长的黑夜，而妻子的尖叫确定了他内心的恐惧：他们最终还是没能逃脱；秘密警察最后还是抓住了他们。

“哼，太狡猾了！记得我给你看的那张给行李箱加上小轮子的图吧，那样的话，我们旅行的时候就不用搬那些沉重的负担了。有人盗用了我的想法，挣到了一百万！”她当着他的面抖动着报纸，“看，你看！这个男人可不是傻瓜！他没有把所有的扑克牌都放在次要的位置。我一直告诉你们，总有一天我的船会在夜晚的时候离我而去！”她对着丈夫和女儿们摇晃着手指，同时大笑起来，就像电影里的疯子一般发出瘆人的笑声。四姐妹已经聚在父母的房间里。她们看了看母亲又看看彼此。也许她们都在想同一个问题，要是妈妈最后真的住进贝尔维尤精神病院，难道不是诡异而令人伤心的事吗？

“好啦，好啦！”最后劳拉挥手示意女儿们离开她的房间，“喝洒出来的牛奶是没用的，这点毫无疑问。”

正是这些带轮子的行李箱让劳拉停下手来；她不过是计上心头不经意地想到这点子。然而，那个剽窃者却得到了所有的荣誉和金钱。试图和美国人竞争有什么用呢：他们总是领先一步。这里毕竟是他们的国家。还是多多关心自己的家庭吧。劳拉放眼望去——女儿们暂且不说——她发现了丈夫的诊所需要她。一周中有几天，她很职业地穿起白色工作服，上面还别着写有名字的牌子，拎一只装满了保洁用品和抹布的购物袋，搭丈夫的车到布朗克斯。在路上，她要么整理汽车仪表盘上的小柜，要么从给候诊病人看的杂志上撕下地址便利贴，因为她从某个地方了解到那些瘾君子是如何通过这些便利贴找到医生的住处并且破门而入窃取注射器的。晚上她就做账，在各个栏目里填上当天挣了多少钱。谁有时间发明愚蠢的东西！

劳拉最后还真的再次拿起了铅笔和便笺纸，但这次是为了帮自己的一个女儿。九年级的时候，悠悠被她的英语老师玛丽·约瑟夫修女选中在学校集会时念教师节致辞。悠悠小时候在多米尼加可是一个不听话的学生。没人能让她坐下来读完一本书。但在纽约，她必须在某个地方安顿下来，既然本土人都不友好，这个新的国家也不好客，她便在语言上扎了根。念到高中的时候，修女们在英语课上大声念着她写的故事和文章。

但是写一篇讨老师欢心的致辞这么可怕的事情令她想象力全无。她本该认为这是“一个多么大的荣耀”，就像父亲所说的。但她却感到苦闷。她还带着一点口音，而且她不喜欢在公众面前说话，那样会让她成为同学们的笑柄。而且不用多想也知道朗读一篇关于全修道院所有疯狂而又臃肿的老修女的颂文并不见得会让她得到伙伴们的喜爱。

但她又不知道如何推脱这件事。夜复一夜，她坐在书桌旁希望能够写出一篇伶俐而又含糊的小演讲。可她什么都写不出来。

周一早晨集会的前一个周末，悠悠吓坏了。母亲第二天不得不打电话跟学校说悠悠住院了，正在昏迷中。

劳拉试图让悠悠平静下来。“想想林肯先生在葛底斯堡并不知道要讲什么，但是接着，嘭的一声！八十年的那个从前，”她开始背了起来[1]，“你放松下来就能想到的。你看，就像美国人说的，需要是发明之女[2]。我会帮你的。”

那个周末，母亲把所有的精力都花在帮悠悠写演讲稿上。“妈妈，请您别管我了，求求您。”悠悠请求道。不过，悠悠摆脱了鹅妈妈却还得让鹅爸爸满意。父亲不断把头伸进来看悠悠是否“尽职了”，闺女们还小的时候，他常用这个短语来检查她们旅行前是不是上过了厕所。那个周末吃晚饭时，父亲好几次背起了自己高中毕业时的告别演讲。他告诉悠悠演讲时要注意什么，还有一些伟大演说家们的技巧。（谦逊、颂扬，带有强烈的情感而又突然沉默下来是他最爱的方式。）

劳拉坐在他对面，只有她在听他说话。悠悠和她的姐妹们已经忘了很多西班牙语，况且父亲正式而又华丽的词藻让人很难听懂。但劳拉轻轻地微笑着，一圈又一圈地转动桌子中间的旋转餐盘，仿佛这餐盘是主要的搬运工，是她最需要关注的。

那个周日的晚上，悠悠读了些诗歌以激发自己的灵感：父亲在他诊所隔壁的一家旧货店淘来一本旧书，封面还是镂刻的图案，是惠特曼的诗歌集。*我赞美我自己，歌唱我自己……他最敬佩我的教导是在我的教导下学会击毁教导他的人*[3]。这位诗人的话语让悠悠深深震惊。她已经习惯了修女们的教导，学习透露妥当情感的文学、蕴有教育信息的诗歌、删节的文本。但这里是一位有血有肉的男子，在诗歌里热血澎湃、大声欢笑、酣畅淋漓。接触这本书的人就像是在抚摸一个男子。

那天晚上，悠悠终于开始写了，恣意挥洒写了三页、五页，

---

1 劳拉这里想引用林肯在葛底斯堡的演讲，演讲的开头是“八十七年前”，劳拉误引。

2 劳拉想引用谚语“需要是发明之母”，但她又误引了。

3 语出惠特曼《草叶集》中的《自我之歌》。

期间只抬了一次头看父亲是不是蹑手蹑脚从她身边经过。写好后，她读着自己的杰作，热泪盈眶。她终于用英语发出了自己的声音！

初稿一完成，悠悠就把母亲叫到房间来。劳拉专心听悠悠大声朗读演讲稿，最后她的眼睛也变得闪烁。她的脸变得温柔、骄傲。“啊，悠悠，你将是在这个国家为我们扬眉吐气的人！这是一篇相当相当漂亮的演讲稿。我想让你父亲睡觉前也听一听。之后我会帮你打出来，好吗？”

悠悠和母亲走出客厅，母女俩红光满面，成就感溢于言表。卡洛斯在主卧靠着枕头，还没入睡，读着几天前的多米尼加报纸。现在独裁统治已被推翻，他再次关心起老家的情况。临时政府正准备举行三十年来的第一次自由选举。历史在前进，自由和希望又可望而可即了！但是否举家搬回多米尼加，他心里还有些疑虑。劳拉已经适应了这里的生活。她不想回老家，在老家不管是不是德拉托雷家族中的一员，她仅仅是为人妻为人母（而且还是个失败的母亲，因为她从未生下一个可以延续香火的儿子）。在美国当一个独立的无名氏也比在老家当一个上流社会的奴隶强。劳拉没有直接反对丈夫的计划。相反，她发牢骚说他在床上读报纸会让那些印刷质量差的外国小报弄脏床单。“《时代报》没那么差！”要是丈夫开玩笑说它们有着同样的脏习惯，她就会这么宣称。

卡洛斯看到妻子和女儿走进来就放下报纸，和颜悦色，仿佛他的妻子终于给他生了个儿子，而她正要过来告诉他这个天大的喜讯。他的一口假牙已经在床头灯旁的杯子里咧开笑了。摘了假牙的他说起话来口齿不清：“言（演）说，言（演）说！”

“演讲稿写得太漂亮了，宝贝儿。”劳拉说着把电视调为静音。她坐在床尾。悠悠站在他们两人面前，挡住了他们的视线，电视上正在播放载有士兵的直升机在一片枪声和爆炸中着陆。几周前这样的事情发生在多米尼加海岸。现在播的是他们要拯救的东南亚热带丛林。母亲朝悠悠点了点头示意她开始朗读。

悠悠不需要太多的鼓励。就像她母亲本来要说的，悠悠把自己的鼻子放进了火堆[1]，头也不抬地从开头一气儿念到结尾。念完的时候她有点尴尬，因为她为自己写出来的东西感到骄傲。她假装对几个短语吹毛求疵，向母亲投去探询的目光。劳拉的脸上写满了喜悦。悠悠转向父亲想跟他分享这份骄傲。

父亲的面部表情让母女俩怔住了。卡洛斯取下假牙的嘴张成一个黑暗的O。他的眼睛直视悠悠，又转向劳拉。仿佛周围安着窃听器或者埋伏着情报人员，父亲用几乎无法听清的西班牙语对妻子低声说："你准许她读那个？"

劳拉的眉毛一扬，张口结舌。在老家，任何质疑权威的悄悄话都可能招来开黑色大众的秘密警察。但这里是美国。人们能说出自己的想法。"她的演讲稿怎么啦？"劳拉问他。

"她的言（演）讲稿什（怎）么啦？"父亲朝她摇了摇头。他用蹩脚的英语发泄怒火时总是更加可怕。怒火中烧的他仿佛把语言给肢解了——而且如今她们和他粗暴的怒火短兵相接。"怎么啦？我来告诉你怎么啦。这稿子没有任何的感激之情。自吹自擂。我赞美我自己？最好的学生学会击毁教师？"他嘲弄着悠悠仿写的词语，"这叫以下犯上。不妥。是对老师的大不敬——"父亲大发雷霆，已经忘记自己对潜伏间谍的恐惧：他每列举一个过

1　悠悠的母亲再次误引谚语，该谚语原本是"把某人推进火坑，使某人陷入困境"。

错，分贝就提高几倍。最后，他对着悠悠叫喊："作为你的父亲，我不准你做这个言（演）说！"

劳拉跳了起来，这是轮到她发表长篇大论的标志。她个子不高，每次要声明什么都得站着说，若不是为了更好体现她的想法，那么这就是她少女时代在修道院上学时养成的习惯——在修道院，被提问时要实话实说，从字面上理解就是站起身来，脚踏实地发言。劳拉站在悠悠这一边，两人肩并着肩。她们低头看着卡洛斯。"别这样大喊大叫——"她开始了。

但如今卡洛斯是真的愤怒了。女儿叛逆已经够糟了，可现在妻子也加入了女儿的行列。很快他将会被满屋的美国独立女性包围起来。卡洛斯跳下床来，掀掉被子。西班牙语报纸在屋里满天飞。他从悠悠的手中夺过讲稿，在悠悠瞪大的眼睛前举着，脸上露出疯狂的复仇般的表情，然后一下、两下、三下、四下、无数下，卡洛斯把讲稿撕了个粉碎。

"你是不是疯了？"劳拉朝他扑过去，"你是疯了吧？你撕掉了她明天要发言的稿子！"

"你才疯了吧？"他推开她，"你打算让她读那个……侮辱自己老师的稿子！"

"侮辱自己老师！"劳拉的脸像一张搓皱的纸。在这张纸上她曾为丈夫写满爱意，那时丈夫是个不开心、焦虑不安的男子。"这里是美国，孩子她爸！你再也不是生活在一个野蛮的国度了！"

与此同时，悠悠跪在地上，边哭边捡着演讲稿的碎片，希望能够在明天早上的集会之前把这些纸片拼凑在一起。但即便是女预言家也无法分辨出这些小碎纸片。彻底没戏了。"他搞砸了，他搞砸了。"悠悠一把把地捡着碎纸片，哭喊着。

悠悠要是多思考一会儿，也许就不会做出接下来的事。她本该意识到父亲的兄弟和朋友都惨遭独裁者特鲁希略的毒手。在他的有生之年，父亲注定为街上的鲜血和深夜的失踪所困扰。虽然已经过去了这么多年，可每当在街上看到一辆黑色大众轿车从身边开过，父亲都会吓一跳。他害怕穿制服的人：开罚单的女警察，走近跟他说不要离戈雅作品太近的博物馆保安——戈雅是他最爱的画家。

跪在地上的悠悠思考着能够对父亲说出的最狠的话。她捡起一把碎纸，站起身来，朝父亲的脸上扔去，然后恶狠狠地低声说了一句："瓶盖！你就是另外一个瓶盖！"这是大家骂独裁者特鲁希略时给他起的绰号。

父亲愣了一会儿才明白悠悠说了什么，然后就开始去追她。他们追逐着穿过客厅，但悠悠快了一步，跑进自己的房间锁上了门，这时父亲的整个身子正好撞到门上。卡洛斯大骂不止，以父亲的身份命令悠悠开门！他猛拽门把手，但没有用。那天晚上，是母亲对小装置的喜爱救了悠悠。有一次全家外出时家里被破门而入，之后劳拉雇了一个锁匠给所有房间的门都换了好锁。倘若盗贼现在再次破门而入，家里还有几把锁够他们折腾一阵。

"洛洛，"劳拉试图让他冷静下来，"不要毁了我的新锁。"

卡洛斯终于冷静下来，怒气也消了。悠悠听到父母的脚步声转移到了客厅。他们卧室的门也锁上了。接着是一阵模糊不清的声音，母亲发火的声音、劝导的声音，父亲低声的解释还有自我辩护。有一阵子，房子里一片安静，接着悠悠听到远处传来枪声、爆炸声，记者用严肃的、自以为重要的声音报道战事。

过了一会儿，悠悠的房门传来几下轻轻的敲门声，接着有人在门把手上犹豫地拉了一下。"猫咪？"母亲低声说，"开开门，猫咪。”

“走开。”悠悠哭着说。但两人都明白悠悠知道母亲来了是高兴的，她只是需要一个小小的抗议来挽回面子。

母女俩一起编了一篇演讲稿：短短的两页，满是陈词滥调的赞美之词和谦虚之意；这是出于需要而写成的讲稿，为此母女俩没什么创意，两个人忙到深夜，就在劳拉曾经用来画发明草图的便笺纸上写成。完稿之后，劳拉用打字机把稿子打出来，悠悠站在旁边，帮母亲纠正错别字和不正确的表达。

隔天悠悠回家汇报在学校集会上的成功。修女们都被奉承得很开心，听众们都站了起来，给“我们兢兢业业的老师们一个起立式的致敬”。这是劳拉在讲稿结语时的一个建议。

悠悠绘声绘色地描述当时的场景，母亲鼓起掌来。“这点子是从你父亲的演讲中盗用过来的，还记得吧？”她用西班牙语引用父亲的演讲，然后翻译成英文给悠悠听。

那天晚上，悠悠在楼上大厅的窗边注视着卡洛斯，一听到父亲在家门口停车的声音，她就赶紧离开了窗子。慢慢地，父亲出现在车道上。他一脸严肃，手里抓着一只沉甸甸的大纸盒。在前门，他小心翼翼地放下纸盒，拍拍口袋摸出钥匙。（要是有劳拉发明的智能钥匙链就用不着这样了！）悠悠听到楼下的门锁啪的一声打开了。她听到父亲从狭窄的过道费劲地把箱子搬进屋里。他喊了几次悠悠的名字，但她没搭理。

“我的女儿，你的父亲，他非常爱你，”父亲在楼梯底下解释，“他只是想保护你。”最后，母亲上楼恳请悠悠下楼跟父亲和解。“你父亲无意伤你。你必须原谅他。过去的就让它过去吧，这样不是更好吗？”

在楼下，悠悠发现父亲正在餐桌上组装一台崭新的打字机。

这一台比母亲的还要好。父亲精心挑选的打字机，款式与包装都表明了他的诚意：装打字机的塑料箱提手下面贴着悠悠名字的首字母，打字的时候会有个支架撑起纸张，消除错别字的墨盒，自动留边的标签，塑料罩就像烤面包机上面的罩布能够防尘。就算是母亲也不可能发明这样的机器呢！

劳拉发明创造的日子是结束了，然而，悠悠因在全校师生面前一举成功而开始了自己的“发明”。悠悠觉得母亲的最后一项发明不是全家人都记得的带轮行李箱，而是她所写的演讲稿。演讲稿事件之后，母亲好像把铅笔和便笺纸都传给了悠悠，说：“好吧，猫咪，这归你了，你来试试吧。”

非法入侵

卡拉

加西亚一家来美国满一周年的那一天，全家人在吃晚饭时庆祝了一番。妈妈烤了一只美味的果馅饼，还在中间插了根蜡烛。“猜猜今天是什么日子？”她环顾着桌旁女儿们困惑的脸。“一年前的今天，”爸爸开始演说，“我们来到这个伟大的国家的海岸边。”爸爸错误地引用关于自由女神像的诗句之后，菲菲问能不能把蜡烛吹灭，妈妈说要等每个人都许愿之后才能吹。

去年的今天，大家失去了一切，在这样的周年纪念日里还能许什么愿呢？卡拉心想。围在桌旁的其他人都闭上了眼睛，仿佛他们没有遇到同样的难题。卡拉也闭上了眼睛。她应该加把力，每次思乡情切，她总是希望能回老家，现在就许个别的愿望吧。不过就让我最后一次任性吧。“敬爱的上帝，”她开始许愿，如果不提上帝，她还不习惯这种美国式的许愿，“请让我们回老家去吧，求您了。”她半是祈祷半是许愿。但这个愿望实现的可能性越来越渺茫了。事实上，父母已经在这里扎了根。就在一个月前，他们离开市区搬到长岛的一个小区住下，这样孩子们就可以有个院子玩耍了，妈妈是这么说的。家家户户的房子看上去都一个样，周围那些小小的绿方块更像是必须保持干净的地毯而不是可以玩耍的院子。树都没有小菲菲高。卡拉很怀念老家大院里葱郁的草坪、浓密的树枝，还有爬得满处都是的藤蔓。在虞美人树下，她和最好的朋友露辛达表妹一起向彼此讲述各自所知的关于婴儿是怎么制造出来的知识。此时此刻的露辛达在做些什么呢？卡拉思忖着。

再往下一个街区有个废弃的农场，妈妈从当地报纸上了解到，开发商正要购买这个农场。虽有带刺的铁丝网围着，但野草、大树以及灌木丛还是长到外头来了，铁丝网上挂着一个大标牌，上面写着："私人领地，非请勿进。"这个标牌让卡拉非常吃惊，因为trespass这个词她只在"请饶恕我们的罪过"这句话里听过[1]。第一次和妈妈去公交车站时，她指了这个标牌给妈妈看。"妈妈，那是不是很可笑？一个让你别做错事的标牌。"起先妈妈并不明白卡拉是什么意思，直到卡拉说到那句祈祷语，她才恍然大悟。妈妈笑了。英语词汇时常也有两层含义。这个词在这里的意思是闲杂人等不可进入，因为它不是公园那样的公共场所而是私人领地。卡拉点了点头，很是失望。她从来摸不清这个国家的状况。

卡拉去隔壁教区的新学校上学的第一个月都是妈妈陪她走到公交车站。第一周，妈妈甚至和她一起搭公共汽车，倒车，一天来回两次，直到卡拉熟悉了路程。那年夏末，加西亚一家就在这里租了房子，所以卡拉的妹妹们都去离家一个街区的天主教学校上学。但那个时候，卡拉要念的七年级生源已满。校长修女建议卡拉再念一年六年级，因为这个年级还有两个名额。可是卡拉

---

1 英文中"trespass"这个词有两层含义，一层意思是"罪过"，另外一层意思是"非法入侵"。

已经十二岁了，比大多数六年级学生至少大一岁，而且她也觉得重念一年挺郁闷的。四姐妹来到这个国家上学，全都留过一级。当然，卡拉可以利用这一年练习英语，但是这也意味着她要和二妹桑迪读同一个年级。这让她无法忍受。“求求您了，”她恳求母亲，“让我去别的学校念书吧！”公立学校距离天主教学校不过两个街区，但是劳拉·加西亚无法忍受公立学校。她从别的天主教徒父母那里了解到公立学校是少年犯去的地方，那里的老师教的都是一些新奇古怪的想法，比如我们都是从猴子进化而来的。她的孩子绝不能把自己的姓氏给忘了，而且也不能认为自己不过是一只猩猩的近亲。

不久，卡拉凭记忆记住了去学校的路线，学会“凭记忆”这个短语后，一连几周她都在用它。首先，她凭记忆走过一个街区，注意到这些看起来几乎一模一样的房子之间有一些细微差别：不同颜色的帘子，杜鹃花丛是在门的左边而不是右边，一个信箱或者一扇门上面有某种小摆设。然后，凭记忆她走了长长一英里的路，途经带着搞笑招牌的废弃农场。最后，从小道的正右方进入主路，在这里她凭记忆搭上了公共汽车。“一位年轻的小姐。”母亲在卡拉自己去上学的第一个早晨这么称呼她，卡拉的心像击鼓一般跳个不停。这是一次漫长而又可怕的跋涉，但是她心里十分庆幸逃过了留级的尴尬，也不好抱怨什么。

几个月过后，她遇到了一件更可怕的事，但仍然没有抱怨。每天在操场上和新学校的大厅里，都有一帮男孩在背后追赶她，骂她，有些脏话她以前在市区住的时候听一个邻居老妇说过。一离开修女们的视线，男孩们就朝卡拉扔石头，他们瞄准她的脚，这样就不会留下伤痕。“回你老家去，你这个肮脏的西班牙佬！”其中一个男孩站在她的正后方，把她的上衣从裙子里拉出来高高撩起。“没有咪咪。”他吃吃地笑。另外一个男孩猛地拉下她的袜子，让她的腿露出来，她两腿之间正长着柔软的黑毛。“猴子腿！”他对着同伴喊。

“住手！”卡拉哭喊着，“求你们住手！”

“自（住）手！”他们模仿她的口音，“求你们自（住）手。”

他们暴露了她私底下的羞愧：她的身体正发生着变化。老家那个讲西班牙语的女孩不见了。在这里——男孩们恶意的话语和辱骂仿佛变成了魔咒——她变成了一个长出阴毛和乳房的成年人，不再人见人爱。

每一天，卡拉总是内心极其复杂地离开家门，长途跋涉前往学校。首先是自己的身体每天都在变化，她把自己关在浴室里留意着这些变化，直到其中一个妹妹使劲敲门要上厕所她才出来。她是多么希望能够把自己的身体裹起来，就如她听说的中国女孩把脚裹起来，这样就不会长成大脚丫。这么做她就能留住原来的自己，一个敏捷瘦小的女孩，棕色的眼睛，梳着麻花辫，现在她觉得，这样的女孩才能想要什么就有什么。

但是因为能够离开拥挤的家和年龄相近的妹妹，到自己的学校、适当的年级念书，卡拉也感到如释重负。她可以回家讲述当天发生的事情，再也不用被三个唱反调的妹妹你一句我一句地纠正。可是她也感到害怕。在就读学校的操场，他们等着她——四五个男孩，那帮头发金黄、流着鼻涕、满脸雀斑的男孩。他们冷漠、无法接近，所有的美国人看起来都那样。他们的面孔没有流露出半点人情味。他们的眼睛太过清澈，目光很不友好。苍白的皮肤看起来有些失真，犹如戏服，是他们欺负她时所穿的戏服。

卡拉注视着他们。在教室里，当结实而不说半句废话的比阿特丽斯修女老师斥责他们没有完成家庭作业时，这些男孩趴在作业本上，脸上露出战战兢兢的表情。有时卡拉在操场上朝他们吐口水，那时他们正隔着用链子锁起来的篱笆讨论停在人行道上的汽车。让卡拉感到困惑的是，那些车除了有自己的颜色和尺寸之外，还有自己的名字。卡拉只知道家里有辆黑色的大车，四姐妹可以一起坐在后座，虽然菲菲总是吵闹一番后被允许坐在前面。卡拉也能辨认出大众牌汽车，因为在老家秘密警察开的就是那种（黑色的）车；妈妈每次看到黑色大众就画十字，为蒙多舅舅祈祷，因为蒙多舅舅不能离开多米尼加。除了大众和中型蓝色汽车或者黑色的大车之外，卡拉不知道哪种车叫什么名字。

但是篱笆旁的男孩们兴高采烈地谈论着福特、猎鹰、科威尔和普利茅斯。他们争论着哪辆车能跑多快，哪种车型更好。卡拉有时想象着一辆华丽的红色小轿车送她到学校来，让男孩们羡慕不已。事实上，除了没人送她上学之外，她那留着一大把胡子、说话带口音、穿着三件套的父亲只会让人更加笑话她。母亲还不会开车。即使卡拉能够想象自己拥有一辆昂贵的汽车，她也无法想象父母会有什么变化。他们就像她正在成长的身体一样都是已定事实。

卡拉去圣心学校上学大约一个月之后，有一天，她从汽车站走回家，被一辆车跟踪了。那是一辆石灰绿色的小汽车，中等车身，车头有点突出，要是把这车当成一个人来描述的话，卡拉会说这人有只大鼻子。一辆大鼻子的石灰绿色小汽车。这辆车开得很慢，跟在她后面。卡拉估计车里的司机正想问路，就像爸爸把车开得很慢，结果后面的人按了喇叭，爸爸在任何一家店面前停车都要先看看店牌。

喇叭突然一响，卡拉吓了一跳，她转向那辆车。现在车子完全停了下来，就在她前面一点的位置。她清楚地看到了司机肩膀以上的部分，一个穿着红衬衫的男子，和父母年龄相仿——虽然卡拉很难辨别美国人的年龄。他们就像车一样，只能通过衣服的颜色和大致年龄段来分辨——比她还小的小孩、跟她一样大的孩子、念高中的少年，然后是一大群无法分辨的美国成年人。

这个美国成年男子约摸父母的岁数，他用手示意卡拉来到车窗旁。卡拉很怕别人问路，因为她是在学校开学前不久才搬到这个地方来的，她确切知道的只有从汽车站到家的路线。此外，她的英语仅限于课堂上学的那些，仍是一门外语。她知道一些普通用语：如何要一杯水，如何说早安、午安和晚安，如何表示感谢或者说不客气。如果是一个无法分辨出年龄、语速飞快的成年人向她问路，她只能耸耸肩，傻傻地笑笑。“我英语说得不好。”她会小声地说，一副抱歉的样子。她讨厌必须承认这一点，因为这样的坦承毫无疑问证明了那帮男孩所说的：她并不属于这里。

当卡拉靠近车子时，那个男子靠了过来，摇下车窗。卡拉弯下腰，像是要跟一个小孩说话，她朝车里瞅了瞅。那男子友好地微笑着，但卡拉觉察到这样的微笑有一种不可名状的不对劲：这样的微笑透露出受伤、可怜的味道，仿佛那个男子一生总被别人挑毛病，他微笑是为了安抚人心而并非表示友好。红衬衫的纽扣全都解开了，不过这好像挺正常的，因为当时天气很热。事实上，要不是卡拉正长着体毛，她会脱下长至膝盖的袜子，光着腿走回家。

男子开口了。“你去哪？”他问，所有的词都压缩在一起讲，美国人总是这样说话。卡拉照旧不确定自己是否听对了。

“什么？”她礼貌地问，靠近车身以便听清男子的低语。突然，她看到了什么东西，她低下头来，目瞪口呆。

那个男子把衬衫的两个衣角系在腰上方，腰部下面什么也没穿。一根细绳绕着他的腰缠了一圈，在前面打了个活结，然后绕着他的那玩意缠了一圈。卡拉注视的时候，他那玩意儿鼓得越来越大，紧紧地套在索套上。

“你——去——哪——？”他这次说得比较慢，卡拉肯定能听懂他在说什么。她迅速地看了一下他的眼睛。

“什么？”她不知说什么好。

他朝副驾那侧的车门倾身，打开门。“进来吧。”他朝旁边的位子点了点头。“进来呀。”他呻吟着。他用手罩住那玩意儿，好像那里有一团火就要爆发。

卡拉抓紧书包，张开了嘴巴。可是，英语也好，西班牙语也好，她一个词都说不出来。她往后退，躲开那辆绿色的车，眼睛一直看着那个男子。男子脸上一副痛苦焦急的表情，像是在乞求，卡拉却不知道怎么回答。他的胳膊一上一下地动着，卡拉看不到是什么。一阵骚动过后，他安静下来。那个面孔放松下来，呈现出类似平和的表情。那男子低着头像是在祷告。卡拉转过身去飞似的跑了，书包打在她的腿上，像是根鞭子在抽她，让她跑得更快点，更快点。

母亲把卡拉上气不接下气、发狂讲出的各个片段串起来之后就报了警。卡拉所见到的穷凶极恶现在因为警察的介入而变得更加凶险了。卡拉和妹妹们都害怕美国警察，就像害怕老家的秘密警察一样。父亲也是看到警察就感到不安，每次有警车跟在他们的车子后头，父亲就会一直看后视镜，强调车内保持安静，这样他才能够思考。如果警察站在他路过的人行道上，他就讨好般地朝他们鞠躬。在老家时，他曾被秘密警察跟踪了好几个月，最后一天要逃离小岛时差点被抓住。当然了，卡拉知道美国警察都是“好人”，但她还是感到不安。

卡拉的母亲报警后几分钟，门铃就响了。这个小区的人都安分守己，没人希望有这么一个变态在孩子面前晃荡，警察更不希望这样的事情发生。母亲开门时，卡拉躲进了厨房，她听着母亲的解说，心仍狂跳不止。妈妈的音量很高，但又有所顾虑，稍微带着歉意——一个细细的带着口音的女子的声音，一群语速飞快、不带感情的美国男子的声音盘问着她。

“我闺女，她正走在回家的路上——”

“确切的地点？”一个男人问。

“那条路，你们知道吗？”卡拉的母亲肯定地指着街道说，“那条从大道岔过来的路，我不知道它的名字。”

“肯定是便道。”一个比较友好的男声说。

“对，对，就是那条便道。”母亲兴高采烈的声音意味着问题得到了解决。

“请继续说，夫人。”

“哦，我闺女，她这么说，那个疯子坐在车里头——”她的音量降了下来。卡拉听到的只是一些片段：什么，什么，然后“进到车里来——”。

“夫人，你女儿在哪里？”那个带着权威口吻的男子问。

卡拉退到厨房门后。母亲允诺说不会让卡拉见警察，一切由她来说。

“她不过是个小女孩。”母亲为卡拉找借口。

“明白，夫人，但如果你想提出控诉的话，我们得和她谈谈。”

“提出控诉？这是什么意思，控诉？”

一声无可奈何的叹息。一个相当耐心的声音一字一句地解释着司法程序，似乎正重复一堂卡拉的母亲在麻烦警察或者搬到这个社区之前就该学的历史课。

“我不想找任何麻烦，”母亲抗议，“我只是认为那个男人疯了，不应该让他在街上流窜。”

“你说得非常正确，夫人，但我们没法开工，除非你，作为一位负责任的公民，能够协助我们。”

噢，不，卡拉呻吟起来，现在她逃不掉了。神奇的话语已经说了出来。加西亚一家只是合法居民，还不是公民，但是警察们的误会对母亲来讲是种赞美，这种赞美太伟大了，相比之下一个孩子的不自在算不上什么。“卡拉！”母亲在门那边叫道。

母亲重复着卡拉的全名，一个字母一个字母地拼给警察听，然后再次用她带着家长权威的声音叫：“卡拉·安东尼亚！”

卡拉贴着厨房的门，慢吞吞、闷闷不乐地把头探了出来，身子还停留在门道那里。“是的，妈妈。”她以礼貌、遵纪守法的声音回答以给警察们留下好印象。

“过来，”母亲说，用手示意，“这些都是非常好的警官，他们需要你解释你所见到的一切，”母亲的脸上露出歉意，“过来，宝贝儿，别怕。”

“没什么好怕的。”其中一名警察用生硬、吓人的声音说道。

卡拉低头走到前门，当两位警察自我介绍时，她的眼睛飞快地朝上瞟了瞟。其中一名警察是个年轻小伙子，一张学校男生的脸却长在男人般健壮的身体上。另外一名警察也是体格健硕，浅肤色，年纪较大，他面相不善，五官瘦削，像是寓言故事里的野兽，小孩只要一看故事书上的图片就知道不能相信这样的动物。两名警察的髋上都挂着皮带，手枪从皮套里露了出来。正是他们这种男性气质让人觉得受到了冒犯与威胁。他们过于高大强壮，过于阳刚气，过于美国化。

卡拉刚陈述了一些事实，那个拿着本子、说话大声、面相凶狠的警察便问她是否可以回答一些问题。卡拉不知道她是可以拒绝的，只好温顺地点了点头，眼泪就快夺眶而出了。

“你能够描述一下那个嫌疑犯的驾驶工具吗？”

卡拉不太确定什么是驾驶工具，什么是嫌疑犯。母亲就用更简单点的英语说：“卡拉，那个男人开的是什么车？”

“一辆大的绿颜色的车。”卡拉含糊不清地说。

好像卡拉不是用英语回答似的，母亲向警察重复：“一辆大的绿颜色的车。”

“什么牌子的？”警察想要知道。

“牌子？”卡拉问。

“你知道的，福特、克莱斯勒，还是普利茅斯？”警察边列举边叹了口气。卡拉和她母亲正浪费他的时间。

“那汽车是什么类型的？”母亲用西班牙语问，不过当然了，她知道卡拉不知道。卡拉摇了摇头，母亲就对警察解释，帮她挽回面子：“她不记得了。”

“她自己不能说吗？”那个说话生硬的警察火了。那个长得像男孩的警察现在正问卡拉另一个问题。“卡拉，”他叫着卡拉的名字想让她觉得亲切些，“卡拉，”他劝诱着，“请你描述下遇见的这个男人，好吗？”

关于那个男人长相的记忆都模糊了。她只记得那个人一脸惨笑，几缕脏脏的金黄色的头发整齐地耷拉在秃顶的脑袋上。但她不记得怎么说秃顶这个词了，因此她说："他脑袋上什么都没有。"

"你是说他没戴帽子？"温柔的警察猜着。

"几乎没有头发。"卡拉解释，抬头看了看，像是她刚猜了个谜语，想知道答案对不对。

"秃顶？"说话生硬的警官指了指制服袖口一道毛毛的地方，然后又指了指光滑的粉色手掌心。

"秃顶，对。"卡拉点点头。警察身上一些黑色的体毛让她觉得恶心。她想起自己双腿之间也正生长着黑色的体毛，想起自己的身体正悄悄地发生变化，使得她也变成了一个成年人。难怪那帮大声说话、脸蛋光滑的男孩会讨厌她。他们看得出来她的身体已经背叛了她。

询问的进展先是对男子的长相进行一番描述。然后可怕的问题终于问到了。

"你都看到了些什么？"娃娃脸警察问。

卡拉低头看着警察们的脚。鞋子的尖头从裤管下露了出来，宛如狡诈动物的长鼻子。"那个男人这边以下全都光着。"她打着手势，"而且他的腰部还绑着一根细绳。"

"一根细绳？"警察的声音像是一只手想让她抬起下巴朝上看，但实际上是母亲让她抬起头。"一根细绳？"警察重复了一遍。

卡拉被迫面对警察的脸。这两个警察的确是操场上那帮长着病恹恹白脸的男孩的成人版。他们成年后就会长成这样。这样的面孔并不尖酸刻薄但也不和善。她的英语词汇量如此之少，要描述当时的情景是多么困难，但两名警察却一点都没有意识到这一点。那张像是卡拉在某部电影里见过的面孔问道："他绑那根细绳做什么？”

卡拉耸耸肩，泪花在眼角就快飙出来了。

母亲忍不住干涉了。“那根绳子吊着那个男子的——”

“夫人，”做笔录的警察说，“请让你女儿描述她所看到的一切。”

卡拉艰难地思索着该怎么说出那个男子的生殖器。来到这个国家的时候她还小，说一口西班牙语，过去的一年她本该学会很多关键词，可她错过了。现在她正在一个天主教学校学英语，那里的修女从未提过她所需要的这个词。“他的腰部绑了一根细绳。”卡拉解释。看到警察轻松地做着笔录，她明白自己说得很清楚。

“那根绳子绕到前方”——她做着示范——“在这里系成了一个——”她举起手指头，做出O的形状。

“一个套索吗？”温柔的警察帮她说了出来。

“套索，然后他的东西——”卡拉指着警察的胯部。做笔录的警察皱起了眉。“他的东西在套索里头，变得越来越大。”她脱口而出，声音颤抖起来。

那个友好的警察扬扬眉毛，往后推了推警帽。一双手擦着眉毛上的细密汗珠。

卡拉默默地祈祷这场审问赶紧结束。她开始担心自己的照片——不过谁会在那拍照呢？——会出现在隔天的报纸上，而那帮卑鄙的男生会用她的所见所闻折磨她。她心想是不是也能向这两名警察举报他们。“顺便说一下。”她可以这么说，那么那个态度生硬的警察就会记下来。她能找到词语描述那帮男生：他们刻薄的、嘲讽的脸她都牢记在心。还有他们苍白的、看起来病恹恹的身体。每当卡拉念错几个词，他们就快活地叫着让她重新再念一遍。

可是这个事件刚描述完毕，审问就结束了。警察啪的一声合上本子，两人对着卡拉和母亲敬了个礼以示告别。他们开着警车走了，沿着街区开下去，车窗紧闭，半拉开的车窗帘也拉上了，像是闭上了眼睛，这样就看不到坏人、坏事了。

接下来的两个月，在母亲把卡拉转到离家近的公立学校念书之前，她都陪着卡拉搭车去学校，放学的时候在车站接她。男生们的嘲弄和追赶也就停止了。那帮男生肯定是认为卡拉向母亲告了状，所以她母亲才跟着来保护卡拉。甚至在课间，卡拉的母亲不在场时，他们也放过了她。他们尖刻的眼睛开始在教室里搜寻下一个受害者，比如太胖的、太丑的、太穷的、太不一样的同学。卡拉烟消云散般消失到墙壁里去了。

但他们的面孔却没有很快从卡拉的生活中消失。他们侵入她的梦境，甚至连醒着的时候也不放过她。有时卡拉在黑暗中醒来，而他们好像就坐在床尾，那一群嬉皮笑脸的男生，只有面孔，没有身体，一唱一和地叫着："回你老家去！回你老家去！"

为了不见到他们，卡拉会闭上眼睛希望他们消失。在黑暗中她闭着眼睛，祈祷着，念着妹妹们的名字，因为她希望上帝关照自己的妹妹，在这里也好，在老家也好。慢慢地，一长串没完没了的熟悉的名字让她带着一种安全感入睡——还有这么一个世界，那里住满了爱她的家人。

雪

约兰达

在纽约的第一年，我们租了间小公寓，附近有一所天主教学校，由慈善机构的修女们执教。她们个个身材高大，长长的黑袍和修女帽让她们看起来很奇怪，像是正在服丧的洋娃娃。我很喜欢她们，特别是长得像外婆的四年级老师，佐薇修女。她说我有个可爱的名字，还让我教全班同学怎么念这个名字。约—兰—达。我是班上唯一一个移民学生，于是被安排坐在窗边第一排一个特殊的座位上，跟其他小孩隔离开来，这样佐薇修女就可以辅导我而又不会影响其他同学。她缓慢而清晰地念出要我重复的新词：洗衣房、玉米片、地铁、雪。

不久我就学会了足够多的英语词汇，听懂了正在报道的大屠杀。佐薇修女解释正在古巴发生的事情，教室里的同学们个个睁大了眼睛。俄罗斯的导弹聚集起来，特意安排在纽约演习。家中电视上的肯尼迪总统看起来也很担忧，他解释说我们可能会打一仗。学校安排了防空演习：一阵不祥的铃声响起，我们排成纵队来到大厅，趴在地板上，用自己的大衣盖住脑袋，想象自己的头发掉了下来，胳膊的骨头都变软了。在家里，妈妈和我的姐妹们都数着念珠祈祷世界和平。我听到一些新的词汇：核弹、放射性尘降物、防空洞。佐薇修女解释这些事情将会如何发生。她在黑板上画了只蘑菇，用粉笔在上面点了无数小白点，说这些尘降物将会把我们全都杀死。

天气越来越冷，11月、12月。我早上起床时天还很黑，在上学路上呼出的气都结成了霜。一天早上，我坐在座位上正对着窗外做白日梦，这时天空飘下白点，就像佐薇修女先前画的一样——刚开始只是一点，后来越来越多。我惊叫起来："炸弹！炸弹！"佐薇修女猛地一跳。她朝我冲过来的时候身上的黑袍像气球般鼓了起来。一些女孩开始大哭。

但是接着佐薇修女震惊的表情消失了。"什么呀，亲爱的约兰达，那是雪花！"她笑了起来，"下雪了。"

"下雪。"我重复着。我小心翼翼地朝窗外看去。这就是我一直听说的冬天会从美国的天空上落下的白色水晶啊。我在位子上注视着白色的粉状物飘在人行道上，落在停着的汽车上。佐薇修女说过，每一片雪花的形状都是独特的，如同每一个人都是不可替代的，都是美丽的。

歌舞表演

桑迪

“不可以把胳膊放在桌子上，不可以喝可乐，只能喝牛奶或者——”妈妈停顿了一下，那意思是让四个闺女完成填空，跟范宁夫妇共餐时应该有怎样的举止。

“不可以把胳膊肘放在桌子上。”桑迪猜。

“这个妈妈说过了。”卡拉指责妹妹。

“不要吵闹，闺女们！”妈妈责备所有的孩子，继续说教，“只能喝牛奶或者冰水，并且由我帮你们点菜。清楚了没有？”

四个扎着麻花辫、系着发带的脑袋点了点。每逢现在这样的时刻，四姐妹看起来就像是一个有机整体——这四个女孩——桑迪渴望独自走出家门、云游美国，再也不回来当所谓的二小姐，姐妹们年龄如此相近还分什么大小嘛。

不过，这次她还是点了点头。妈妈的话语不容反驳。在过去的几天里，和这对重要的范宁夫妇一起吃饭的程序已经解释过很多遍了，特别是今天，想通过胡闹让母亲宽容些真的没什么用。

“妈妈，请您不要点我不喜欢吃的菜，好吗？”桑迪恳求道。她一向挑食，到了美国之后，她的盘子里高高堆起了比以往多两倍的难以下咽的食物。

“不要点鱼，妈妈，”卡拉提醒母亲，“我会闹肚子的。”

“不要点带蛋黄酱的东西，”悠悠补充说，“我不能吃——”

“闺女们！”母亲举起双手像是老家的交警，阻止她们说出请求。自从三个月前全家人从多米尼加秘密警察手里死里逃生来到纽约之后，她脸上常常露出这样惊慌失措的表情。即便是一丁点儿的刺激，母亲也会大声哭喊，发脾气，或者威胁说会住进贝尔维尤，那个地方，据她了解，是这个国家的疯子都被送去的地方。

“今晚你们难道就不能稍微努力一下吗？”母亲的声音听起来是那么悲伤，所以小女儿菲菲开始哭了起来。“我不想去，”她哽咽着说，“我不想去。”

“可是，为什么不去呢？”妈妈问，她的脸由阴转晴，仿佛对菲菲的问题真的感到困惑，而实际上她连续几天危言耸听，让孩子们认为这次外出跟看医生打针没什么两样。“会很好玩的。范宁夫妇要带我们去一家很特别的西班牙餐厅，你们在杂志上看到的那家。我保证你们都会喜欢那里的。而且还有歌舞表演——”

“那是什么？”桑迪觉得请求合理点菜已经没什么指望，刚刚一直在玩弄头发上的丝带，这时她抬起头问，“歌舞表演？”

母亲的脸上露出顽皮的表情。她抬了抬肩膀，胳膊绕过脑袋，拍起双手，跺起脚来，速度越来越快，像是在灭火。“弗拉曼戈舞！加油！还记得那些舞者吗？”桑迪点了点头。去年她们都被世博会上多米尼加共和国馆里来自马德里的民族舞演员们迷住了。妈妈正解释着这家餐厅不仅有西班牙舞蹈而且有美味的西班牙菜，楼下响起了一连串的跺脚声。

四姐妹先是面面相觑，然后一起看着母亲，母亲眼球一翻。“那个巫婆，”她解释道，“我忘了。”楼下住着一个老妇人，她戴着一顶从美容院弄来的蓝色假发，自从加西亚一家几个月前搬进这座公寓，她就开始向大楼管理员抱怨。加西亚一家必须被赶出去。他们的食物臭不可闻，他们说话的声音太大，而且他们不讲英语。他们家的小孩如同一群野驴。大楼管理员阿尔费雷多是波多黎各人，他几乎每天都来敲他们家的门。加西亚太太，能不能把收音机的音量调小一点？加西亚太太，能不能多管管孩子？楼下的邻居被她们的鞋子踩在地板上发出的咔哒声吵醒了。

“要我多加管束她们，”母亲开始说——然后桑迪听到母亲声嘶力竭地喊道，“我们也要走动啊。我们也要呼吸啊。”

阿尔费雷多转头看了一下四楼的走廊，小声嘀咕道：“我能理解，我能理解。”他耸耸肩，一脸无助。“在这个地方生存不易啊，这个国家，不久你就会习惯了。不要太往心里去。”最后他让自己的声音变得愉悦些，但桑迪的母亲只是安静地点了点头。

“我的小姐们，你们好吗？”阿尔费雷多越过加西亚太太的肩膀问候道。这时姐妹们勉强露出笑容，因为大人们教导她们要这么做。但是桑迪挤着斗鸡眼以作报复。她不喜欢阿尔费雷多；这人太过热情，明明大家都懂西班牙语，他却对她们说英语，这些令她不安。桑迪认为楼下那个巫婆是魔鬼，难怪她会住在楼下。有些时候桑迪扮演公牛，悠悠拿着一条毛巾扮演斗牛士，每次桑迪成功地死里逃生，她就会大喊加油，耀武扬威地跺脚，对着观众举起右手。之后她总是感到良心不安，但她却忍不住这么做。他们刚搬进来后的一天，那个巫婆在大厅里拦住了母亲和四姐妹，愤怒地说出学童们常说的那句难听的话：“西班牙佬！回到你们自己的国家去!”

爸爸从医院下班一回到家里就洗澡，唱起一首最喜爱的家乡小调，逗得姐妹们边穿聚会礼服边咯咯笑。她们突发奇想，发现范宁夫妇的姓听起来确实像她们最近在学校操场听到的一个关于人的臀部的词[1]，四姐妹于是嘻嘻哈哈地说笑。“我们要跟屁股们一起吃饭。”其中一个这么说，其他人都笑开了。爸爸从浴室里出来，把又黑又湿的卷发梳理平整。他看着女儿们，眨了眨眼。“你们老爸很有个性，对吧?”他在穿衣镜前摆着姿势，转向这边，又转向那边，“你们老爸是个帅哥。”

女儿们都喊着“是的，爸爸”让他欢喜。这是来到纽约后，她们第一次看见爸爸心情不错。他几乎总是担心着老家的形势。有些舅舅遇到了麻烦。蒙多舅舅被关进了监狱，费德里奥舅舅可能遇害了。爸爸这会儿还拿不到在美国当医生的执照——他在国外所受的教育导致这暂时的困难——钱也快花光了。范宁大夫正试着帮爸爸找工作，但爸爸得先通过执业考试。正是范宁大夫安排了一项学术奖金，他们一家才得以逃离老家。现在，这位好心的大夫和他的夫人还邀请加西亚全家去一家高档餐厅吃饭。范宁夫妇知道加西亚一家目前吃不起这么昂贵的饭菜。妈妈说，范宁夫妇真是好人，这是事实，他们给人以希望，也许说到底美国人还是善良的。

“但是你们必须要乖，”妈妈又开始说教了，“必须向他们展示你们来自一个不错的家庭。”

四姐妹边看着父母穿衣打扮，边抱怨自己的紧身裤，这种新

---

1 “fanny”在美国俚语中表示“屁股”，范宁夫妇的姓为“Fanning”，四姐妹拿这个姓开玩笑。

裤子穿起来真不舒服。裤腿紧紧绑住脚踝，腰部却很宽松，让你总觉得裤子快要掉下来了。这种裤子让你看起来像博物馆里那些被绷带绑着的木乃伊。桑迪曾经站在展馆橱窗前琢磨，呼出的气模糊了橱窗的玻璃：要是打开裹着木乃伊的绷带，他们是深肤色的埃及人，还是由于绑得太久肤色都变得苍白了——就像美国人因为一过冬就穿那些厚重的衣服所以皮肤都是白的？

桑迪把胳膊肘支在梳妆台上，看母亲对着镜子梳理乌黑的头发。今晚妈妈变回了老家时的那个美人。她的脸庞在台灯的映照下又苍白又悲壮；明亮的双眸像是举到灯光下的琥珀一样闪闪发光。她穿了件黑色的宽肩露背礼裙，颀长的脖子看起来像在湖面上滑行的天鹅。她还戴着一条熠熠发光的钻石项链。"要是情况确实变得很糟，"妈妈有时神情庄严地开玩笑说，"我就把你们外公送我的项链和耳环给卖了。"父亲听了这话总是皱起眉头，叫母亲不要胡说八道。

如果情况确实变得很糟，桑迪想，她就把自己的吉祥手链给卖了，那手链上的旋转风车总是勾到衣服。她甚至会把头发剪掉卖了——老家的一个女仆跟她说过，留着漂亮头发的女孩总是可以把头发剪了卖钱。桑迪不知道谁会买这些头发。妈妈有时会带她们出去"认识这个新的国家"，不过她们逛的大商场并没有收头发的。但是桑迪会做出必要的牺牲。今晚，她想，在有钱的范宁夫妇面前，她会让自己看起来像一个愿意为家庭做出牺牲的女儿。也许他们会因此而收养她，然后她会像其他美国女孩一样拥有零花钱，桑迪会把这些钱交给自己的亲生父母。倘若她能够定期和自己的亲生父母见面，成为一个富有却没有子女的美国家庭的唯一养女，这样的人生也不错。

楼下的看门人，拉尔夫，幼时从一个叫爱尔兰的国家来到美国，他站在打开的门旁朝每一位经过的年轻女士深深鞠躬。他总是和四姐妹逗乐，称她们为加西亚小姐，好像她们是有钱人家的孩子。妈妈经常开玩笑对爸爸说拉尔夫挣的钱可能比爸爸的奖学金还要多。感谢上帝，外公资助了他们一家。“要是没有你们外公，”妈妈对女儿们吐露心扉，让女儿们发誓不要告诉爸爸，“要是没有你们外公，我们可能不得不靠救济过活。”四姐妹知道救济就是指在这个国家人们获得的支援，这样就不用去当乞丐，不像老家大教堂救济的那些穷人，他们出了教堂就成了乞丐。他们的房租是外公付的，他们的冬衣是外公买的，有一次外公还宠着她们带她们去林肯中心看洋娃娃般的芭蕾演员踮着脚尖表演。

“大夫，你们今晚需要打车吗？”拉尔夫每次看到加西亚全家穿戴齐整就会这么问爸爸。通常爸爸会回答：“不用了，拉尔夫，谢谢。”然后全家人就会拐过街角去搭公交车。然而，今天晚上，让桑迪惊讶的是爸爸居然要挥霍一次。“是的，拉尔夫，为我的姑娘们叫一辆的士吧。”桑迪还没能从父亲的兴高采烈中缓过神来。她把手滑入父亲的手里，父亲捏捏她的手。在这异国他乡公开表示对家人的爱可不像他的作风。

出租车飞驰着，妈妈不得不对司机重复着地址，因为爸爸口音太重，司机听不明白。桑迪心中涌起过去几个月所遗失的某种情愫。没错，就是对她们的这种关注。在老家，总会有私人司机帮她们打开车门，总是有园丁摘下帽子向她们行礼，还有十几个女仆和保姆，他们的一举一动好像是在说加西亚·德拉托雷家孩子们的身心健康应当为广大公众所关注。当然了，通常是德拉托雷家的男孩们，而不是家里的女孩们，得到了这种特殊的关照。然而，作为德拉托雷这个姓氏的传承者，女孩们也感到了自己的重要性。

这家餐厅门口搭了顶白色的遮篷，上面用红色的字母写着餐馆的名字“弗拉曼戈餐厅”。门童为他们打开车门，这个门童一身尊贵打扮，镶花边的白色衬衫上绑着一条火焰般的红礼带。人行道上的红色地毯引领他们走向前厅，在这里他们可以看见一个偌大的房间里摆着很多张桌子，桌上都铺着白色的桌布，餐巾叠成主教帽子的形状。银餐具和酒杯像首饰般闪闪发亮。客人的桌旁都有帅气的服务生，他们黑色的头发在后面梳成斗牛士般的小马尾辫，身上绑着腹带，穿着胸前带花边的白衬衫——都是俊美的男子，桑迪某天想嫁的那种男子。最棒的是空气中洋溢着熟悉的大蒜和洋葱的味道，还有说着一口音乐般优美、抑扬顿挫的西班牙语的黑眼睛的服务生，这些人让桑迪想起了她的舅舅们。

在餐厅的入口处，领班解释说范宁太太刚才打电话说她和她先生正在路上，让加西亚全家先入座，点些饮料。领班带着路，一行六人来到表演台旁的一张桌子前。他拉出所有的椅子，给每个人递一份打开的菜单，然后鞠了个躬，退了下去。三个服务生来到桌旁，往杯里倒水，摆放银餐具和盘子。桑迪一动不动地坐着，注视着服务生修长的手指敏捷地干着活。

“要喝点什么吗，先生？”其中一个服务生问爸爸。

“我可以喝一杯可乐吗？”菲菲大声叫嚷，但看到妈妈和姐姐们对她使眼色只得让步，“那我就喝椰子汁吧。”

爸爸温和地笑了，知道服务生还在等待。“我觉得她们就别喝椰子汁了。今天晚上就喝可乐吧。对吧，孩子的妈？”

妈妈假装无可奈何地翻了翻眼。今晚的她太漂亮了，所以不是孩子们的母亲，必须坚守规矩。“你注意到了没有？”待他们点完餐服务生走开后，妈妈对爸爸低声说。四姐妹也凑过来听。在美国，妈妈是他们的领头人。她可是曾经在美国念过书的。她讲的英语没有太重的口音。“看看这菜单。有没有注意到里头没有标价？我猜一杯可乐要两美元呢。”

桑迪的嘴张大了。“两美元！”

妈妈生气地看了桑迪一眼让她住嘴。“桑迪，请你不要让我们难堪了！”妈妈说，随即笑出声来，因为爸爸提醒她说在这儿即使说西班牙语，大家也听得懂。

“哎呀，孩子的妈，”他摸了摸妈妈的手，“今晚是特别的。我希望大家都能玩得开心。我们需要这么一个庆祝。”

“我猜，”妈妈叹口气说，“是范宁夫妇付钱吧。”

爸爸的脸绷紧了。

“没什么好羞愧的。”妈妈提醒爸爸，“他们在我们老家做客的时候，我们就像对待王室一样款待他们。”

那是真的。桑迪记得这个有名的范宁大夫和他太太曾经去老家指导多米尼加的顶尖大夫如何做心脏手术。那位高个的瘦削男子和他那看上去傻里傻气的太太成了家族大院的客人。大院办了不少次烧烤派对，车道上排满了车，一队私人司机站在棕榈树下聊着新闻和八卦。

上饮料时，爸爸说了句搞笑的祝酒词，是用西班牙语说的，而且嗓门大到服务生也能听到，但这些服务生都很专业，即使无意间听到了什么，也不会偷偷发笑。就当全家人举起杯子的时候，妈妈倾身靠近桌子。“他们来了。”桑迪转身看到领班带着一位打扮漂亮的高个女子朝他们走来，后面跟着一位身材高大、神情专注的男子。桑迪好一会儿才认出这两位就是曾经在老家游泳池闲逛的客人。当时他们戴着墨镜和遮阳帽，那样子很可笑，鼻子上还抹着防晒霜，磕磕巴巴地用西班牙语和女仆们交谈。

接下来是一阵寒暄。爸爸站了起来，桑迪不知道该怎么行礼也站了起来，但因为母亲对她使眼色所以又坐了下去。范宁大夫和他太太在每个女孩子面前逗留了一会儿。“我们试着分辨出每个女孩呢。”回想上一次见面，四姐妹还都是小不点。“都是小美人啊！”范宁大夫开玩笑说，“卡洛斯你可有一群皇室女眷哦！”四姐妹看到父亲脸上努力露出淘气的微笑。

刚开始的几分钟，大人们交流着近况。范宁大夫说他跟一位朋友提起过父亲，那位朋友是一家重要宾馆的经理，他正好需要一位家庭医生。工作很简单，范宁大夫解释，主要是给一些有钱人的遗孀吃安定药片，可是呢，却有不错的收入。桑迪的父亲低头看着自己的餐盘，一脸感激，但也为如此的恩惠感到难为情。

范宁夫妇的饮料也上来了。范宁太太几大口就把自己的饮料喝光了，又叫了一杯。刚到餐厅时，她没怎么出声，当加西亚太太向他们夫妇解释自从两周前消息封锁之后就没有老家的消息时，范宁太太问了很多问题，并拉长了脸。

桑迪仔细地打量着这个女人。范宁大夫个子这么高，长得也英俊，怎么就娶了这么一位相貌平平、长着龅牙的女人呢？也许她的家境好，在老家，男人娶相貌平平、长着龅牙的女子就是这个缘故。也许范宁太太满身珠光宝气，而范宁大夫被珠宝的光芒吸引了，就像是如果用锡纸包住鱼钩的话，小鱼儿会一下子咬住鱼钩。

范宁大夫打开菜单。“你们都爱吃些什么呢，孩子们？”这是四姐妹小心准备过的时刻。妈妈会为她们点菜——她们不能太粗鲁或者太直接，比如指出自己特别喜欢什么或不喜欢什么。桑迪试着读菜单，用食指点着，发出每个音节，她不明白菜单上列出的菜。

桑迪母亲对范宁大夫解释，她会给女孩们点两个面团分着吃。

“哦，这里的海鲜可是很不错的啊。”范宁大夫说着透过眼镜看着母亲，他的眼镜滑落到鼻梁上，宛如学校的老师，“要不来些肉菜饭，孩子们，或者辣酱虾？”

“她们不吃虾。”母亲说，桑迪很感激母亲没让她们吃这种虫子般的可怕食物。另一方面，桑迪又觉得要是能给自己点别的菜该多好。但她记得母亲的警告。

“妈妈，”菲菲低声说，“什么是面团？”

“面团啊，小猫咪。”妈妈解释说这是一种锅炒菜，过去舒沙在老家经常用米饭和牛肉做成的那种饭菜。“很不错的。我知道你们会喜欢的。”母亲意味深长地看了她们一眼，她们都知道这是什么意思，她们必须喜欢这道菜。

范宁大夫问姐妹们是不是确实想吃面团，她们都愉悦地说“是的”。

“是的，还有呢？”妈妈谆谆教导。

“是的，谢谢您！”四姐妹异口同声地说。范宁大夫笑了，心领神会地朝她们眨眨眼。

他们点的菜都端上来了，新叫的饮料也摆在了餐桌上，大人们絮絮叨叨交谈起来。讲到某个故事，他们的声调不时有些变化，桑迪就凑近来听。其他的时候，她就安静地坐着，摆弄装白糖的纸包直到母亲叫她停下来。餐厅里的其他顾客都是白人，他们压低声音、语气平和地交谈着。这些人肯定是美国人。他们可以到任何地方就餐，桑迪想，可他们却来西班牙风味的餐厅吃饭。那个巫婆错了。有些人可是付了钱享受西班牙风情的。

桑迪的视线落在一个年轻的服务生上，他的职责是哪张餐桌上的高脚杯没水了就去添水。每次和他对上眼，桑迪就会尴尬地朝别的地方看，但因为无聊，她也变得更加大胆了。她开始跟他偷偷调情；他微笑起来，但每次她也对他微笑的时候，他就拿着银水罐走过来，往她的杯子里倒水。母亲注意到了，用暗语责备桑迪："他们的井都快干了。"

实际上，桑迪喝了好多水，所以她跟妈妈悄悄地解释说她得上厕所。母亲又生气地看了桑迪一眼。母亲本来就警告她们今晚吃饭期间不许提任何要求。桑迪在座位上扭动着，除非母亲能笑着让她去，不然她也不愿去。

爸爸提出陪桑迪去洗手间。"我也要去下洗手间。"这时范宁太太也站了起来，说起来走动一下才能减轻一些东西。范宁大夫看了妻子一眼，有些警告的意味，性质跟桑迪的母亲发出的警告没什么两样。

在领班的指引下，三个人一起走向餐厅的后方，走下一段狭窄的楼梯，拱廊上点着昏暗的小灯。地下室的光线不足，范宁太太眯起眼睛看着两扇门上面写的字。"女士的？还是男士的？"[1]桑迪有一股想要纠正这位美国女士发音的冲动，但她忍住了。"嘿，卡洛斯，你得给我翻译下，这样我才不会进错卫生间，和你一起进入男士的！"范宁太太滑稽地扭动着屁股，就像有人正试着不让转动的呼啦圈掉下去。

爸爸低头看着自己的脚。桑迪以前就注意到在美国女人面前，爸爸很不自在。他抱着自己的肩膀，举止得体得有些僵硬，如

---

1 这里原文为西班牙语"Damas（女士们）"、"Caballeros（男士们）"。

同一个仆人。“桑迪会带你去的。”他说，让女儿站在自己和范宁太太中间。范宁太太笑话爸爸的不自在。“那么走吧，甜心派。”桑迪把标着DAMAS的洗手间门打开让这位美国女士进去。范宁太太转身要走时，突然靠近桑迪的父亲，双唇碰了碰父亲的嘴。

在这么一个让人不安的时刻，桑迪不知道是要愚蠢地站在那里还是冲进卫生间，把那门重重地关上。像父亲一样，她低头看着自己的脚，等这位女士咯咯笑着擦身而过。即使房子里光线昏暗，桑迪还是能够看到父亲脸色大变。

桑迪和范宁太太走进一间漂亮的小屋，里头有一张沙发，灯，还有一叠带着香气的毛巾。桑迪侦查了一下相互连着的厕所隔间，赶紧进入其中的一间，解放自己的膀胱。放松下来之后，她再次感受到刚才所见一幕的震惊。一个已婚的美国女人亲了爸爸！

从厕所隔间出来后，她听到范宁太太还在里头。她迅速地拉起可笑的紧身裤，把手放在水龙头下冲了冲，并在裙子上擦干，但刚擦一下她就想起了那些毛巾。她从架子上拿下一条，擦干双手，又用毛巾拍了拍自己的脸，因为她看到妈妈抹粉时就是这么做的。在镜中看到自己的桑迪很惊讶地发现一个漂亮的女孩正回看着她。这是一个可以被当成美国人的女孩，温柔的蓝眼睛，白皙的皮肤，这副长相是遗传了来自瑞典的某位高祖母的特征。她撩起刘海——她的脸就像芭蕾舞者一样精致。她不由自主地意识到那是别人对她的评价，一些重要的美国人，比如像范宁大夫这样的，对她的评价：漂亮。当然，以前她也听过有人这么说，但这样的夸奖都是针对四姐妹这个群体的，桑迪认为父母的朋友不过是出于礼貌才这么说的，他们本想说一些关于儿子的：“他们长得很壮”或者“他们很聪明”。长得漂亮，她就不用回老家去了。“漂亮”在哪个国家都行得通。在这个国家拥有美貌就可以怨恨那个巫婆。当桑迪还在端详着自己的时候，厕所隔间的门打开了。桑迪放下刘海，冲出了卫生间。

爸爸在休息室等着，紧张地踱着步，手摆弄着兜里的零钱。“她在哪儿？”他低声问。

桑迪用下巴示意女卫生间。

“那女人喝醉了，”爸爸低声说，在桑迪旁边蹲了下来，“但我不能对她无礼，想象一下，她丈夫可是我们在这个国家唯一的机会。”他压低声音严肃地说，那是在老家的最后几天他跟妈妈说话的方式。“帮帮我吧，桑迪，你现在是个大姑娘了。一个字儿也别跟你妈妈提。你知道这些日子她是怎样过来的。”

桑迪瞧了爸爸一眼。这是爸爸第一次叫她做偷偷摸摸的事。她还没来得及回答，女卫生间的门就打开了。爸爸站了起来。范宁太太叫喊着：“哎呀，心爱的人，你在这儿呢！”

“是的，我们在这里！”爸爸用过于开心的声音应道，“咱们最好回餐桌那儿去，不然他们会派海军来救我们了！”他顽皮地微笑着，好像这是他一时想起的俏皮话，而实际上几周前他就准备好了。

范宁太太往后甩了下头发，哈哈大笑。“哦，卡洛斯！”

爸爸附和着这个美国女人虚假的笑声，但注意到桑迪正看着，便突然止住了笑声。“你还在等什么？”他严厉地问，对着楼梯点头示意。桑迪眼睛转到别处，感到受到了伤害。范宁太太又笑了起来，领头走上狭窄的旋转楼梯。桑迪觉得就像从监狱里走了出来。她会告诉姐妹们这一点，希望她们也去趟洗手间，虽然她真的希望自己从未离开过餐桌，这样她就不会看到自己现在希望能够忘记的一幕。

到了餐桌旁，年轻的服务生帮她拖出椅子。他还是那么可爱，深橄榄色的皮肤那么滑嫩，双手纤长如同插画中拿着唱诗班歌曲集的天使的手。可是这个男子也可能会靠过来，就像范宁太太在地下室所做的那样。他会试着亲她的双唇。她告诉自己不要再朝他看了。

相反，桑迪仔细地打量着范宁夫妇，想找到他们诡异行为的线索。她注意到了一件事情：范宁太太喝了很多酒，每次她点头示意服务生为她倒酒时，范宁大夫就对她嘟哝些什么。有一次，服务生靠近她的空酒杯时，范宁大夫用手盖住酒杯。“够了。”他大喝一声，服务生迅速退下。

“聚会的时候放了个响屁。”范宁太太评价道，声音大得全桌人都能听到，虽然四姐妹不知道“屁”是什么意思。妈妈立马念叨起桑迪和她的姐妹们，假装没听到刚才范宁夫妇之间愤怒的耳语。但小菲菲还是被餐桌另一头的场景吸引住了：她睁大眼睛看着吵嘴的范宁夫妇，然后严肃地看着妈妈，眼泪都快掉下来了。妈妈朝她眨眼，和颜悦色地对自己的小女孩说不用把这些美国人太当回事。

上帝保佑，他们点的菜来了，是由一队服务生端上来的，由那个大忙人领班带队。范宁夫妇若有所思地咬了一小口各自的食物，紧张的气氛也随之消散。餐桌上的人开始夸赞和评价食物。桑迪发现自己盘子里的大多数食物都食而无味。还好有一片装饰用的大莴苣叶，可以把肉和油油的米饭藏到菜叶下面不吃。

今晚她感到自己比父母都要高大：她知道跟范宁夫妇相比，他们只是小人物。她目睹了一个场景，而她只要对此泄露半句，就会招致麻烦。要是父母命令她把所有的面团都吃下，她才不管呢。她会说——像一个美国女孩那样——“我就不吃。你不能逼我吃。这是个自由的国度。”

“桑迪，看！”爸爸试图对她献殷勤。他指着舞台，那里的灯光慢慢变暗。六个姑娘穿着合身的长裙，裙摆如火焰般摇曳，她们手里拿着响板，蹦蹦跳跳地走上舞台。吉他手也上台了，弹奏着一支进场曲。英俊的男子身穿西班牙斗牛士的服装加入姑娘们的行列。他们跺着脚，跳着舞步跟观众打招呼，姑娘们则跳着舞步往后退，再次表示“大家好！”六位先生，六位姑娘，他们跳起了一组复杂的舞步，姑娘们手里的沙球响起了欢快的节奏，男士们昂首挺胸、跺着脚，激情四射地回应着舞伴。这样的舞姿可与林肯中心那些芭蕾舞者优雅而又纯洁的旋转及屈膝礼大不相同！台上的这些女子看起来，噢——桑迪不知道用什么词加以形容——她们看起来似乎要当着男人的面脱下衣服。

悠悠和菲菲靠舞台最近，但妈妈让卡拉和桑迪把她们的椅子也拉过来和妹妹们坐在一起。舞者们拍掌跺脚，像马一样高昂起头。桑迪的心在飞翔。这种狂野而又美丽的舞蹈来自于像她一样的人，西班牙族裔；这个民族的舞蹈激起了一种奇怪而又不安分的快乐，令桑迪时常捏紧菲菲的手直至她大叫起来，或想起平日里拿着一条毛巾和悠悠玩斗牛直至两人咯咯大笑、精疲力竭地抱成一团倒在地上，气得那个巫婆拿扫帚把敲天花板。“这些孩子看得很开心呢。”她听到母亲向范宁太太坦白。

“我也很开心。”美国女士说，“这些小伙子真是不同凡响。嘿，劳瑞[1]，看那个穿紧身裤的小伙子。”

“很不错。”桑迪的母亲有点生硬地说。

范宁大夫对妻子嘘了一声。“够了，西尔维娅。”

---

1 “劳瑞”是范宁太太对“劳拉”的简称。

歌舞表演还在继续，桑迪看到舞者的脸上满是汗珠。他们的胳膊底下湿了好几块，微笑也变得勉强。然而他们还是很美，一对舞伴紧跟着另一对上前表演独舞。男士们退了下去，从某处拿来一些玫瑰，献给自己的舞伴。姑娘们叼着玫瑰起舞，拼命地摇响沙球对男士们表示感谢。

在桑迪后面，一张椅子发出刮擦地板的声音，另一张椅子倒了，然后只见两个人追着跑了起来。是范宁夫妇！范宁太太跌跌撞撞地爬上舞台，高举双手鼓掌，范宁大夫冲向她却扑了个空，范宁太太逃到了舞台中央。舞者们都识趣地避让着她。范宁大夫并没有追上去，只是很生气地耸着肩回到了餐桌旁。

“让她玩一玩吧。”桑迪的母亲说。她的声音听上去开心过度显得有些虚情假意。“她不过是玩得开心。”

“她喝高了，这才是原因所在。”大夫大声说。

因为这位美国女士滑稽的表演，整个餐厅的气氛变得活跃起来。范宁太太表演得很过火，她用臀部撞男舞者，还翻着眼珠。就餐的客人们开怀大笑，鼓起掌来。舞台管理人员觉得这是个好时机，把聚光灯对准了范宁太太，吉他手走上前来，弹起一支流行的美国曲子，并带有西班牙风情。其中一个男舞者当起了范宁太太的舞伴；舞伴一往后退，范宁太太就向前扑，两人像是表演卡通片里那种你追我赶的镜头。就餐的客人们大声喝彩。

似乎所有人都乐在其中，除了桑迪。范宁太太破坏了狂野而又美丽的舞者们所营造的氛围。桑迪实在看不下去了。她把椅子转了过来背对舞台，专心致志地玩起水杯，把水杯倒立起来，白桌布上出现了湿水印。

一阵掌声过后，范宁太太由她的舞伴护送着回到餐桌。桑迪的父亲站起来帮她拉出椅子。

“我们回去吧。”范宁大夫转身找服务生买单。

“啊，别这样，甜心，放松下，好不好？”范宁太太劝着丈夫。有个舞者献了玫瑰花给这位美国女士，范宁太太正试着把花插在丈夫的翻领上。范宁大夫眯着眼睛看她，他还没开口说话，餐厅经理就送来一瓶表示赞赏的香槟。香槟酒盖一撬开，旁边几张餐桌的客人就鼓起掌来，举杯为范宁太太祝贺。

“为我们所有人干杯！”范宁太太举起酒杯，“来吧，女孩们。”她催促着她们。桑迪的姐妹们举起水杯，碰了一下美国女士的酒杯。

“桑迪！”母亲说，“你也要举起来。”

桑迪很不情愿地举起杯子。

范宁大夫举起酒杯，试图说点严肃的话：“这酒是敬你们的，加西亚一家。欢迎来到这个国家。”现在父母都举起了杯子，在父亲的眼神里，桑迪看到了感激之情，而母亲的眼湿润了，眼泪就快掉下来了。

在范宁大夫和服务生说话之际，有个舞者走近餐桌，脖子上挂着一只大草篮。她向女孩们推了推草篮，还一个劲地对两位男士微笑。篮子里有十几个黑发芭比娃娃，穿得像西班牙小姐一样。舞者拿起一个娃娃展示它的裙子，那裙子就像一朵绽放的花。

“想不想要一个？”舞者问小菲菲。那个女子说的是英语，但她就像加西亚大夫一样有很重的口音。

菲菲热切地点着头，看着母亲，母亲对她使了个眼色。于是菲菲慢慢地摇摇头。“不要啊？”那个舞者很惊讶地说，还扬起了眉毛。她看了看其他几个女孩，眼睛落在桑迪身上。“你想要一个吗？”

桑迪当然记得先前的诸多警告，不许点任何特殊的菜或者接受任何款待。加西亚一家付不起额外的消费，而且他们不想让请客的人处于尴尬的地位，因为慷慨而花多余的钱。桑迪瞪着小娃娃。这个小娃娃简直就是漂亮舞者的完美翻版，它身穿发光的长裙，头上别着一只漂亮的玳瑁梳子，垂下一条细小的蕾丝头纱。娃娃的脚上还穿着一双黑色高跟鞋，就是舞者们穿的那种。桑迪无视母亲恶狠狠的目光，伸出手去拿芭比娃娃。

推销东西的舞者用涂了指甲油的指尖展示娃娃手中握着的小响板。桑迪感到一阵亲切，那像是初为人母的妈妈展开新生儿握着的小拳头。她转向爸爸，无视妈妈的怒视。“爸爸，我可以要一个吗？”爸爸抬头看着漂亮的推销小姐，微笑着。桑迪看得出他摆出了高姿态。“当然了，”他点了点头，补充说，“任何东西都可以给我的女儿。”推销小姐笑了。

其他三姐妹也随即叫了起来：“我也要，爸爸！我也要！”妈妈靠了过来，从桑迪的手中拿走娃娃。“当然不可以，孩子们。”妈妈对舞者摇了摇头，后者已经从篮子里取出另外三个玩偶。

与此同时账单送了过来，范宁大夫正看着条目，在一个小盘上放了一叠钱。他这么做的时候，爸爸一直看着桌布底下。在老家，每个人都抢着付钱，认为这是一种荣耀。但在这个新的国度，他又能做什么呢，他甚至都不知道自己口袋里是否有足够的现金来买刚刚答应女儿的四个娃娃。

“你们可是知道规矩的！”妈妈发出嘘声来反对。

“求您了，妈妈，求您了。”菲菲乞求着，她并不明白那个女子拿出的娃娃不是免费的。

“不行！”妈妈厉声说，“没有商量的余地，闺女们。”母亲尖锐的声音使得范宁太太抬起头来，她本来正漫不经心地收拾自己的东西。“怎么啦？”她问女孩们的母亲。“没事。”妈妈说，紧张地笑了笑。

桑迪不想错过这个机会。这个女人亲了爸爸。这个女人毁了漂亮舞者的表演。“我们想要这种娃娃。”桑迪指着篮子，那个舞者正整理着妈妈刚才说不买的玩偶。

“桑迪！”母亲叫了起来。

“哦，我觉得这是个不错的主意！纪念品！”范宁太太把舞者叫了回来，后者带着满满一篮子东西回到餐桌旁。“给每个女孩一个娃娃，费用加在账单上。甜心”——她转向自己的丈夫，他正合上钱包——“别急。”

“我不允许——”爸爸往前坐了坐，作势取出放在后边口袋里的钱包。

“说什么呀！”范宁太太让他静下来。她碰了他的手不让他打开钱包。

爸爸皱了皱眉头，但试图掩饰自己的反应，他假装甩开她的手。“这个我来付钱。”

“别拿他的钱。”范宁太太命令舞者，舞者不表态地笑着。

“嘿，”范宁大夫赞同妻子，“我们本来就想给女孩们买点什么，但不知道买什么好。这个太完美了。”他从钱包里又抽出四张十块钱的钞票。爸爸和妈妈无助地交换着眼神。

姐妹们吵着要选哪个娃娃好。桑迪抓起一个穿得跟歌舞表演者一模一样的娃娃。她让这个芭比站在桌上，举起它的一只胳膊，然后拉住它的另一只胳膊，这样芭比娃娃就摆了一个西班牙舞者的姿势。

“你们太好了。”妈妈对范宁太太说。接着她语调生硬地对四姐妹说，预示着过会儿会惩罚她们：“你们得说什么？”

“谢谢！”桑迪的姐妹们异口同声地说。

“桑迪？”妈妈说。

桑迪抬起头。妈妈的眼睛又黑又美，跟她眼前的小舞者一样。“怎么啦，妈妈？”她礼貌地问，似乎没听到刚才的命令。

“你要对范宁太太说什么？”

桑迪转向那个女人，范宁太太那充满醉意的眼神及脸上挂着的冷笑流露出桑迪刚刚学到的东西，这些也是舞者们都知道的东西，这就是为何他们能够以如此强烈的激情跳舞。桑迪抓起芭比娃娃，让娃娃对这位美国女士鞠了个躬。范宁太太咯咯笑着，点了点头。桑迪没有停下来。她把玩偶往前推，范宁太太惊讶地斗起了鸡眼。桑迪举着自己的新娃娃靠近美国女士的脸，让娃娃的头触碰范宁太太发红的面颊，这时桑迪发出一个响吻的声音。

“谢谢！”[1]桑迪用西班牙语说，仿佛这个芭比娃娃必须忠实于身上的西班牙舞裙。

1　原文是西班牙语：Gracias。

第三部

1960—1956

西班牙征服者的血统

妈妈、爸爸、四姐妹

一

在食品储藏室，卡洛斯从过滤水龙头接了一杯水喝，这时他看到两个男人从车道走来。他们身穿浆洗过的黄色卡其布衣服。两人都戴着反光太阳镜，镜框反射的光映在别着手枪皮套的腰带上。要不是带着枪，他们也可能是前来收钱或者督导苦力的工头。但佩带的枪暴露了他们的身份。

老厨妇舒沙正在他旁边念叨着让他用个杯垫。卡洛斯脑袋朝向窗户的姿势让她警觉起来。她抬头看见那两个男人。舒沙非常缓慢地移动着，这样那两个正朝前走来的男人就不会注意到窗户旁有什么动静。卡洛斯举起手指放在嘴唇上。舒沙点了点头。卡洛斯小心翼翼地退出了房间。一到大厅，那里没有朝向车道的窗户，他就如疯子般冲进卧室。他经过露台，四个闺女正在那里和表兄妹们玩石像游戏。

孩子们玩得太专注了，竟没有注意到一个影子正跑过来。不过那时悠悠正好转过身来，抬头看见了父亲。

卡洛斯再次举起手指放在嘴唇上。悠悠歪了下头，觉得那好像很有意思。

“悠悠！”其中一个表哥叫道，“悠悠动了！”

卡洛斯到卧室门口时，一场争论爆发了。他希望悠悠能保持缄默。那两个男人搜查房子的时候当然会问到她。孩子和仆人这两组人群总是他们拷问的对象。

在卧室里，他打开那个可以走进去的大壁橱，里头的灯亮了。一关上壁橱的门，灯就灭了。他伸手取手电筒，打开开关。他听到远处孩子们争论的声音，然后门铃就响了。他的心跳得快极了，像是有什么东西而不是他的心脏被困在身体里。冷静，保持冷静。

卡洛斯推开劳拉的一排衣服退到橱柜的后部。劳拉的女便服散发出的爽身粉味以及她那阳光般的体香让他感到宽慰。他确保没有弄乱橱柜底板上摆放的鞋子，跨过这些鞋，松开后面的木板。里头是间斗室，有一个通气口通向卫生间淋浴的地方。空气和一丝光线透进来。斗室里有两条毛巾、一只抱枕、一张床单、一只夜壶、一个盛着纯净水的容器、阿司匹林、安眠药，甚至还有一尊圣朱达的神像，圣朱达是保万事如意的神，劳拉在斗室的墙上挂了这尊神像。还有维克多偷偷带给他的小型左轮手枪——只是以防万一——这把手枪包在另外一件衬衫里，一件深色的衬衫，还有一条深色的裤子，这些是为深夜潜逃准备的。卡洛斯走进斗室，把手电筒搁在地板上，然后他关上木板，把自己关在里面。

悠悠看到父亲跑过来，以为父亲正在玩一个不招人喜欢的游戏，妈妈说爸爸的这些游戏品位低下。比如要是他问：“你想不想听上帝说话？”你就得按住他的鼻子，而他就会放个屁。或者他一遍又一遍地问你：“拿破仑的白马是什么颜色的？”即使你已经说过是白色的，他还是会一直问。或者他会测试你是不是继承了西班牙征服者的血统，他抓住你的脚让你头朝下脚朝上，这样身体的血液都会流到头部，然后他会一直问：“你可有西班牙征服者的血统？”悠悠总是说没有，直到实在受不了了，觉得自己的脑袋就快裂开了，她才说有。这时他就把她正立过来，像个从山清水秀的西班牙远道而来的伟大征服者般开怀大笑。

但是爸爸现在并没有在玩游戏，因为他躲起来之后，门铃就响了。舒沙开门放两个面目狰狞的家伙进来。他们的皮肤呈奶咖色，身上穿的黄色卡布其衣服跟他们的肤色相似，所以整个人看起来就是土褐色的，没有人会喜欢这种颜色。他们都戴着墨镜。吸引悠悠注意的是他们的手枪皮套，里头亮锃锃的黑色手枪露了出来。

现在，她已知道持枪是违法的。只有穿制服的卫兵才能佩枪，这两个人要么是罪犯，要么是穿便衣的秘密警察。妈妈告诉过她，这些警察会像守护天使般随时随地出现，只不过他们不会阻止你做坏事，而是当你做坏事的时候将你逮个正着。妈妈跟悠悠开玩笑说悠悠最好乖点，因为这些秘密警察如果看到她做错事，就会把她带走并关进儿童监狱，那里的菜单上都是悠悠不喜欢吃的东西。

舒沙大声重复着两个男人的话，仿佛聋了一般。她肯定是想让爸爸不管藏在哪里都能听到他们的谈话。这次肯定事态严重，就像那次悠悠跟他们的邻居，那个老将军，讲了个瞎编的故事一样，那时悠悠瞎说爸爸有把枪，结果证明是真的，爸爸出于某种原因的确拥有一把枪。保姆米拉格罗斯告了悠悠一状，说她跟将军讲了这么一个故事，结果爸爸妈妈在卫生间用一根皮带狠狠地打了悠悠一顿，当时淋浴花洒开着，不会有人听到她的尖叫声。接着妈妈不得不在半夜和维克多叔叔见面，把枪藏在雨衣里，这样即使警察来了也不会被抓到。那次事态非常严重。妈妈现在还是这么说："你差点就害死了你爸爸，悠悠。"

那两个男人刚在露台下面的起居室就座就开始套孩子们话。悠悠一句话也没说。她确定这两个男人是因为她讲的枪的故事而来，讲故事那会她才五岁，还没人告诉她持有枪支是违法的。

高个男子镶了颗金牙，他问蒙丁——孩子群中唯一的男孩——他父亲在哪里。蒙丁解释说父亲可能还在办公室。那男人又问他母亲在哪里，蒙丁说他想是在家里吧。

"女仆说她不在家。"矮个男子说，他的脸很大，声音充满试探。过了一会儿蒙丁说："你是指劳拉姑姑吧。你瞧，我是住在隔壁的。"看到矮个男子意识到自己弄错了，真是大快人心。

"啊。"矮个男人拉长了声音，他的嘴张得像左轮手枪的装弹桶一样圆。他把子弹卸掉，把枪递给孩子们玩。悠悠把枪握在手里，一边直勾勾地看着装弹桶，一边打着冷战。可能是以为手枪上了子弹，也可能在想如果对着自己的脑袋开一枪，大家就会原谅她曾经捏造了那个关于枪的故事。

"那么你们哪几个女孩是住在这里的？"高个儿问。卡拉举起了手，好像她是在学校。桑迪学着样儿举起手，还告诉悠悠和菲菲都举起手来。

"四个女儿。"胖子男人说，转着眼球，"没有儿子吗？"她们摇着头。"你们父亲最好买些质量上乘的门锁。"

担忧的神情闪过菲菲的脸庞。几天前她误把寝室门把上的小棒转了一下，却不知如何把小棒弄回原位把门打开。后来不得不叫外公工厂里的一个工人到家里来把整个门锁都卸掉，放歇斯底里的菲菲出来，这么一来门上面就留下了一个洞。“什么？锁？”她问着，嘴唇瑟瑟发抖。

“什么什么？”胖子笑了，腰上的一圈赘肉也跟着颤动。“什么什么？！”他一直重复着，又低声轻笑了几下。“到这里来，漂亮的小宝贝，让我告诉你为什么你爸爸得给门上锁。”他弯着食指示意菲菲朝他走去。菲菲摇了摇头不愿意，哭了起来。

悠悠也想哭，但她知道倘若她也哭了，这两人会起疑心的，他们会把父亲带走，说不定全家人都会被带走。悠悠想象着自己身处某个牢房。那会像外婆的那只被关在笼子里的小金丝雀费莉西坦。守卫们会把来复枪伸进来刺探，就像悠悠有时看到屋里没人，拿木棍捅金丝雀一样。她越想越怕，眼泪就要夺眶而出，这时她听到车道上有汽车开进来的声音，她知道肯定是妈妈回来了。“妈妈回来了！”她大声叫了出来，希望这个好消息能够止住小妹的泪水。

两个男人交换了一下眼神，把左轮手枪收回枪套。

舒沙一向满脸严肃，她走了进来，大声宣布：“劳拉太太回来了。”她退下时朝空中撒了点细粉末，双唇一直在动，如平常一般低声抱怨，但悠悠知道舒沙是在施法，让这两个男子变得有气无力。

劳拉靠近车道时，摁了两次喇叭提醒门卫开门，但令人吃惊的是，门大敞着。奇诺站在小门房外头，正跟一个穿卡其布衣服的男子说话。在正前方，劳拉看到一辆黑色大众轿车，她的心一下子沉到了脚指头。副驾驶座上坐着劳拉费了好几个月才劝来的农村姑娘依曼库拉达，她说：“太太，有客人。”

劳拉赶紧故作镇静，控制自己颤抖的声音，说："这样啊，客人。"她停住车示意奇诺过来。"是什么人，奇诺？"

"他们是来找卡洛斯先生的。"奇诺紧张地说。他放低声音，看了看依曼库拉达，依曼库拉达低头看着自己的手。"他们已经来了好一会儿了。有两个男人正在屋里等着。"

"我会跟他们谈的。"劳拉对奇诺说，他的眼睛长得有点斜，所以被取了"奇诺"这个绰号。"你到卡门太太家去，叫她给维克多先生打电话，告诉他直接到我们家来取网球鞋。"奇诺点点头。他是个可信之人，这样的事可以交给他去做。奇诺一直待在加西亚家——时间可能没有舒沙长，舒沙是劳拉的母亲怀上劳拉时来的。奇诺叫了声穿卡其布衣服的男子，那男子把烟丢在背后的草坪上，朝劳拉的车走来。劳拉跟他打了个招呼，她看到奇诺穿过草坪走进了蒙多先生的家。

"太太，我们打扰了。"那男子虚情假意地说，就好像挤出过量的牙膏，"我们需要问加西亚大夫几个问题，诊所的人说他在家里。你的儿子"——儿子！奇诺都五十多岁了——"他说大夫还没回家，所以我们会等到他回来。他肯定已经在路上了——"卫兵抬头望了望天空，以手遮光：太阳正当空，这时是吃中饭的时间，是每个人在餐桌上坐下向上帝祈祷、感谢特鲁希略给全国人民带来丰盛的食物，并切开面包享用的时间。

"不管怎样，等等他吧，但不要在这么毒辣的太阳底下等。"劳拉让自己显得举止大方。大方的举止通常都会让这些从农村来的走狗消除警惕。这些走狗加入秘密警察的行列大都是为了口袋里的钱、腹中的食物、兰姆酒，以及胯上的手枪。但是内心深处，他们仍然是衣衫褴褛的孩子，周日跟家人一起拿着椰子拜访庄园主。

"你进屋来吧，喝点冰镇的饮料。"

男子感激地低下头。但是不行，他必须守在外面，这是命令。劳拉说会派人给他送来冰镇啤酒，接着就把车开了进去。她不知道卡门能否找到维克多。维克多说过，发现麻烦的苗头就要联系他，暗语是网球鞋。他说到做到。美国国务院让维克多策划一场政变以推翻特鲁希略，但后来美国那边变卦了，结果所有被说服参加政变的多米尼加人都被列入了独裁政府的黑名单；不过这不是维克多的错，而且他确实让所有参加革命的人都得到了安全转移。所有人都逃脱了虎口，除了费尔南多。穷人的结局都是这样——在牢房用自己的皮带上吊了，这样才不会在特鲁希略爪牙的折磨下说出其他革命党人的名字。费尔南多已经在他的坟墓里待了一个月了；圣朱达请保护我们所有人。

到了门口，劳拉让依曼库拉达把车上的杂货搬出来，并且确保送一听总统牌啤酒给大门那边的男子喝，这是卫兵们都爱喝的啤酒。之后劳拉一边在胸前画十字，一边走进屋。来到起居室，先前的那两个男人站起身来跟她打招呼；菲菲哭着扑向她；悠悠紧跟在菲菲的后面，眼睛一动不动，像是吓坏了。劳拉以美国人的方式教育自己的孩子，因为她自己读的都是具有新思想的文学作品，她知道那次悠悠给全家人带来那么大的惊吓时不应该打她。但是在这个地狱般疯狂的岛上过日子，你有时会失去理智，当时确实是这样，只能让孩子受皮肉之苦以达到教育的目的。又譬如现在的她正想着一些疯狂的事，老电影里女人若想引开敌人的注意力，必须解开上衣的纽扣，献出自己的身体——丈夫和孩子们才能逃脱。

"先生们，请坐。"劳拉说，催促他们坐下。接着她对孩子们使眼色让他们离开客厅。孩子们照做了，除了悠悠和菲菲，她俩各倚靠在劳拉的一边，一声不吭。

“有什么问题吗？”劳拉问。

“我们只不过有几个问题想问问卡洛斯先生。您等他回来吃午饭吧？”

此时此刻得想个办法拖住这些人。她希望维克多正在赶过来并且知道怎么处理这个困境。

“我先生今天和维克多·哈伯德打网球去了。”她慢慢地把维克多的名字说出来，以便大家都听明白，“他们可能会玩得晚一些。你们请随意。我的家就是你们的家。”她背诵着传统多米尼加式的欢迎词。

劳拉说要离开一会儿准备一盘小点心，两个男人连忙叫她不要麻烦了。舒沙独自一人在厨房，依曼库拉达给门口的卫兵送啤酒去了。这位年长的黑肤女人和年轻的女主人交换了一下眼神。“卡洛斯先生，”舒沙动着嘴唇不出声地说，“躲在卧室里。”劳拉点点头。她现在知道他人在哪里，尽管这消息吓到了她，因为他就躲在私密斗室里，而这些卫兵们近在咫尺；但另一方面，他就在附近，几乎伸手就能触摸到，这让她心中充满感激。

回到客厅，劳拉请两个男人吃炸大蕉片、花生以及木薯面饼，用廉价杯子给每人都倒了杯啤酒，这些杯子本来是给仆人们用的。注意到两个男人光是看着盘子不吃，她想起特鲁希略逼着他的厨师在就餐之前试吃食物的事。劳拉掰了一片面饼给菲菲，又掰了一片给另一边的悠悠，自己则抓了一把花生，像小女生一样一颗一颗放进嘴里。两人见状也伸手取东西吃。

电话铃响起时，塔提卡太太觉得这铃声像在自己疼痛的肚子里彻响。她感到大事不妙。圣主啊，请在我身旁。她抓起话筒，像是那上面有爪子，然后小声地说，这声音一点也不像她：“您好！天堂宾馆为您服务。”

电话另一头传来维克多秘书的声音，一种没有废话、训练有素的口吻，那个女人并没有回应塔提卡的问候。大使馆事务，秘书的声音变得尖锐。“请叫维克多先生接电话。”塔提卡也跟那秘书一样急了：“我不能打扰他。”可是那声音传回来说：“急事。”塔提卡必须服从。

塔提卡穿过庭院走到六号小屋。她那虎背熊腰焦糖色的身躯已经够高大了，还偏爱穿红色的裙子，这样一来就越发显得彪壮了。这是对圣主的承诺，这样他才会治好她那可怕的肠胃病。医生曾给她开过刀，切掉了胃的一部分，拿掉子宫、卵巢，但是圣主留了下来，用神灵填充那些空了的地方。现在不管有什么麻烦，塔提卡都会感到肚子上开刀留下的那道蜈蚣般的疤痕隐隐作痛。肯定是有什么非常糟糕的事情即将发生，因为塔提卡每走一步，肚里的肠子就疼得如同搅在一起，真是麻烦。在虞美人树下，门童正和那个美国人的司机交谈。看到她走来，门童赶紧修剪难看的篱笆。司机叫着，您好啊，塔提卡太太，还脱帽致敬，但塔提卡高抬着头并没有搭理他。六号小屋，维克多先生常用的房间就在正前方。空调正开着。塔提卡用尽力气猛敲门，这样敲门声才会被听到。

在门口，她停了一下。圣主，她举起手敲门的时候祈祷着，因为疼痛加剧了。“紧急状况。”她大声叫喊，她自己也遇到紧急状况了，整个身体都处于灼痛之中，仿佛她身上所穿的火焰般的裙子着了火。

该死的门上砰地响了一声。“电话，急事，哈伯德先生。”维克多并没有被吓一跳，他朝外喊了一声“稍等”：还是先解决身边的事。他对着咯咯笑着的女子摇了摇头说：“对不起，失陪一下。”大部分时间他也搞不清自己说话是在用中央情报局速成班学的西班牙语，还是用在预备学校学的拉丁语，或是在大学学的法语。但不管怎样，在天堂宾馆是男人的那玩意儿和美金在说话。

他第一次来到这个热烘烘的小岛时并不知道这里有这么炎热。他立马找到老同学蒙多，蒙多来自小岛某个望族，这样的家族都把孩子送到美国念预备学校，男孩还可以念到大学毕业。老友蒙多把他引见给各界朋友，后来他才知道在政府任职的贵族们在密谋叛变，而且都希望他为革命效劳。这些革命者让他待在塔提卡的宾馆里，塔提卡找了些维克多喜欢的小姑娘陪他，姑娘们都很惹火，黝黑的皮肤就像一小杯咖啡般甜美，杯子里还满是该死的咖啡因和岛上出产的白糖，喝得你大半天都心旌摇荡。

维克多迅速穿好衣服，他一穿好衣服就一副办正经事的样子。“马上就回来。”他说着对坐立起来、性感地噘着嘴的小姑娘挥了挥手。“你要乖哦。”他开玩笑道。她淘气地抬了抬小下巴。真的，她们个个都那么可爱。

他一开门就撞见崩溃了的塔提卡，她那两百磅重的身子瘫在他怀中。维克多抬头越过她的肩膀看到司机和门童正冲过来帮忙。身后，在空调的噪音中，他听到里头的小姑娘喊着塔提卡太太的名字，塔提卡像是从地狱般的疼痛中缓过神来，眼球往上一翻，张开嘴巴。“电话，是急事，大使馆那边打来的。”她对维克多先生低语，他马上就出发了，而她倒在门童的怀里。

维克多先是去蒙多的家，因为电话是卡门打来的，他发现卡门正在露台和她那堆孩子在一张大桌子旁吃午餐。卡门朝他冲了过来。“感谢上帝啊，维克多。”她这算是向维克多打招呼了。卡门这个小女人很可爱，腿长得也不赖。不幸的是，她年轻的时候就被灌输了修女的思想，好几次在餐桌上交谈，她都在讲教义，维克多跟着傻傻地点头，心想这样会不会表明他在听卡门讲解。他咧着嘴笑，心里想着那些小甜妞，实际上她们的岁数并不比坐在桌旁的这些小女孩大多少。“维克多叔叔，维克多叔叔。”小女孩们叫着。维克多诚实地想：把我绑在路灯柱上鞭打一顿吧，居然会拿她们做比较。

维克多飞快地扫了一眼餐桌，没有蒙多的影子。也许他不得不到临时做成的衣橱里避难去了，维克多建议他和其他革命者都在家里的衣橱里造间暗室。他对卡门笑着，安抚她，卡门虽笑了，却一脸恐惧。“去书房。”她告诉他。

孩子们一直呼唤着维克多叔叔到餐桌旁来，因为他们不可以离开餐桌。他对他们挥挥手说：“继续吃吧，小部队。”越过肩膀，他听到卡门在问：“你吃过了吗，维克多？” 这些拉美女子，即使子弹在飞，炸弹在炸，她们还是想知道你是不是吃过饭了，你的衬衫是不是熨烫过了，你的手帕是不是干净。这就是为何文明阶层好人家的姑娘能成为极好的女主人，而在塔提卡那边的小姑娘则是如此亲切的情人。

他敲了下书房的门，自报家门，等了一会儿，又说了一遍自己的名字，这一次声音大了些，因为屋里开着空调。门好像自己战战兢兢地打开了，没人接待他。他走进去，门在背后关上了，枪的保险栓咔哒一声打开了。“哇噢，自己人。”他喊出声来，举起双手表明没带武器，是他们诚挚无比的伙伴。百叶窗全都拉上了，大家躲在屋里的各个角落。蒙多从门后走了出来，费德里奥神情紧张地站在书架后面，把书拉出来推进去，似乎这些书是杠杆，可以在如此恐怖的时刻帮助他们安全逃离。马特奥蹲着，像是要点燃一堆火。每一扇窗户旁都站着一些人。耶稣啊，他们看起来就像是一群受到惊吓的兔子。

“还以为你是秘密警察呢。”蒙多解释自己为何举着枪。他拉过一把椅子给维克多坐。蒙多书房里的椅子带着母校耶鲁大学的标志，维克多注意到这家人把“耶鲁”误念为“监狱”。

“出什么事了？”维克多讲西班牙语时口音很重。

“麻烦，”蒙多说，“而且是大麻烦。”

维克多点点头。“我们得马上进行，”他对屋里的人说，“网球鞋行动。”以前在印第安纳，还是小孩时，他每次遇到麻烦总是这么做：打着响指，咧开嘴笑。

卡拉和桑迪在卡门舅妈家里吃午饭，这并没有破坏规矩，因为首先是妈妈瞪大眼睛让她们迅速走开，其次，除非你被禁足了，不然只要让妈妈知道，你就可以在任何一位舅妈家吃饭，这就回到了第一个原因：妈妈让她们迅速离开，而且已经过了一个小时，本来她们应该在自己家里吃饭的。

事情有些可疑，就像妈妈撞见她们迅速藏起不希望她看到的东西时，就会用手捏着鼻子说：“我觉得不对劲。”可疑的事情是蒙多舅舅回来吃午饭却没有坐到餐桌旁，而是径直走进了书房，接着其他舅舅和叔伯都来了，仿佛打算举办一个聚会或是要做出一个重大的家庭决定：关于外婆的饮酒问题，或者关于外公外出时所做的事。每次门铃一响，卡门舅妈就吓一跳，她回来的时候就会问同样一个问题——“所以说你们当时正玩着石像游戏，这时来了两个男的？”蒙丁急切而又兴奋地描述他拿过的枪。每次他提到枪，卡拉就看见舅妈的身子在发抖。山里的房子仿佛吹进一股穿堂风，所有的舅妈都披上了漂亮的披肩。但是今天很热，孩子们玩过石像游戏后就去游泳了，舅妈说如果大家都很乖，等吃下的东西都消化之后，他们还可以再去游泳。一天可以游两次泳，可舅妈在这么热的天却打着冷战。正在发生某些可疑的事情。

舅妈摇响小银铃，阿德拉出来收拾盘子，并端来了甜点。甜点总会有盒拉塞尔·斯托弗牌巧克力，这个牌子的巧克力盒子上总印着个蝴蝶结。巧克力盒在桌上传递的时候，你得靠自己的眼力判断哪块巧克力里有坚果，哪块是焦糖口味的，哪块是椰子口味的，这样的话若是咬到一些想吐出来的果酱也不至于太吃惊。

盒子里已经没剩多少巧克力了，因为最近没人去美国买。外公和外婆还是像往常一样圣诞节过后就走了，至今未回。现在已经是8月了。妈妈说外婆因为健康原因，不得不去看专家，但是卡拉听到一些闲话说外公已经从联合国的职位退休了，现在小岛政府也不是非常欢迎他。每隔一小段时间，就有卫兵开着吉普车轰隆隆地驶过来，他们从车上跳下，包围外公的房子，接着奇诺总会跑来告诉妈妈，妈妈就给维克多叔叔打电话，让他来取网球鞋。卡拉从未见过维克多叔叔带什么鞋来家里，除了他脚上穿的带点的鞋子。他总是坐一辆豪华轿车过来，这样的轿车卡拉只在婚礼上见过，特鲁希略的车队里也有。维克多叔叔和领头的卫兵说话，给了他一些钱，他们就登上吉普车轰隆隆地开走了。真是干净利落，如同电影里演的一样。但是妈妈说她们不可以把这种事告诉朋友们。卡拉问：“为什么不能？”妈妈解释：“闭紧嘴，苍蝇才不能飞进去。”

巧克力盒传了一圈后回到舅妈的手中，她拿出其中一个纸模，孩子们吵着都想要，她叹了口气。维克多叔叔从书房走了出来，一边咧嘴笑着，一边摩挲着蒙丁的头发。他把手放在舅妈的肩上，问餐桌旁所有人：“你们谁想去纽约啊？谁想参观帝国大厦呀？”维克多叔叔总是用英语跟他们说话，这样孩子们就能练习说英语了。“去参观自由女神像，怎么样？”

起先，表兄妹们你看着我我看着你，都不想第一个喊出“我！我！”，结果维克多叔叔却说“愚人节，骗你们的啦！”那得多难堪！但是卡拉接着是桑迪试探性地举起手来。就像连锁反应一样，手一只接着一只举了起来，有的还握着巧克力。“我，我，我想去，我想去！”维克多叔叔举起他的双手，掌心朝外，让他们降低音量。大家都安静下来，等着他挑选胜出者。维克多低头看了下身旁的卡门舅妈，说：“怎么样，卡门，要不要去？”所有的孩子都跟着叫喊起来：“去，妈妈（舅妈），去啦！”卡拉同时注意到舅妈盖上巧克力盒盖时，手在瑟瑟发抖。

一想到自己可能会说些不该说的话，劳拉就感到十分害怕。这两个恶棍盘问她已有半个小时之久。感谢上帝，悠悠和菲菲缠在她左右哭哭啼啼。她又哄又骗叫两个女孩给大家背诵诗歌，或是让闷闷不乐的小菲菲对着那个令人不快的胖子微笑。

终于——可以解脱了！维克多一手牵着卡拉，一手牵着桑迪穿过草坪走来了。两个男人转过身，几乎是本能反应，手摸了摸枪套。他们的姿势让劳拉想起自慰的男子。结果，这种暴力背后模糊的色情使得劳拉几个月以后做爱时仍都提不起兴趣。

“维克多！”她喊出声来。然后她以更为平静的声音对两个男人说，仿佛不想他们因为不认识这个重要的人物而感到尴尬：“维克多·哈伯德，美国大使馆领事。失陪一下，先生们。”她从露台走了下来，轻轻地亲了一下维克多的脸颊，耳语道：“我告诉他们他正和你一起打网球。”维克多微微点了下头，这期间他一直咧着嘴笑，好像他的牙齿正在接受检查。

劳拉热情地招呼着卡拉和桑迪。“我的宝贝儿们，可爱的小猫咪们，你们吃过饭了吗？”她们点了点头，仔细地打量着她，劳拉看到了闺女们在这么一个风声鹤唳的国家迅速学会的一门国语：每个词、每个姿势，都可能是雷区，注意自己的每一个举动。

维克多和卫兵们碰面时，表现得快活、亲切，问了两遍他们的名字，像是有意传达赞美或者抱怨。两个男人有些坐立不安，第一次露出紧张的神情，劳拉注意到这点很开心。“那位大夫，我们来问他一些问题，但他好像失踪了。”

“没这回事，”维克多纠正他们，“我们刚才还在打网球呢。他一会儿就回家。”卫兵们坐了下来，一副警觉的样子。维克多继续说，如果出了什么问题，他也许能帮忙处理。毕竟，卡洛斯大夫是他的朋友。维克多告诉卫兵下面这个消息的时候，劳拉注视着卫兵们的表情，其实她自己也是第一次听到这个消息：卡洛斯大夫获得了美国一家医院提供的学术奖学金，而他，维克多，刚刚听说全家人的移民文件都没问题。既然如此，这位好大夫干吗还要自找麻烦呢？

是这样啊，劳拉想。这么说文件已经办好了，我们就要离开这里了。眼前的一切现在都令她感到刺痛，仿佛这些都是透过一种名为“失去”的镜片看到的——挂在草篮里的兰花，卡洛斯从全国的老药店帮她搜寻而来的一排药罐子，充裕的光线萦绕着一朵金色的花儿。她将失去如此灿烂的阳光，这种令她体内充满温暖的阳光，这种仿佛为树木、青草、篱笆外的荷塘都镶上珠宝的阳光。她想起她的祖先，那些浅肤色的西班牙征服者来到这个新的世界，当时他们并不知道所寻求的黄金正是这炽热的阳光。看看他们开创的一切，劳拉想着，抬起头，只见一束金色的阳光闪现在其中一个卫兵的口中，这个士兵张开的嘴巴露出可怕的笑靥。

今天早上角落里的那个男同性恋卖彩票给他们时说："你们要注意，圣人的火焰正在你们脑袋上方燃烧。上帝之手已伸出，有些人会得到救赎，但是有些人"——他看了看普波，又看了看切柯——"有些人则会被抛弃。"普波专注地听着，在胸前画着十字，但切柯把男同性恋的胳膊扭到背后，威胁要用上帝之手去掉他的男根。切柯的出言不逊令普波感到害怕，他俩是从乡下来的堂兄弟，他们的母亲周日早上都拧着他们的耳朵到教堂去，教导他们要虔诚，可切柯像是变了个人似的说出如此亵渎神明的话。

不过卖彩票的那个男的说得没错。今天惊吓连连。先是法维奥先生把他们叫了进去。特殊任务：要他们汇报这位姓加西亚的医生的行踪。接下来普波所知的就是切柯开着吉普车直奔加西亚家，然后就开始了搜查，上头并没有让他们这么做。问题是，要是能搜出点什么来，他们的行动肯定会受到嘉奖，他们会被授予勋章，获得提拔。要是一无所获的话，而这家人又有后台，那么他们就得回到监狱那边工作，打扫拷问间，洗刷牢房，那些又穷又胆小的王八蛋失去自控时常常上吐下泻。

他们一进屋，从那个海地老妇人的举止就可以判断这里是个根据地——兵器根据地、精神根据地，或者金钱根据地。那个女人进屋时很紧张，像蚱蜢一样容易受惊，虚伪地笑着，掉面包屑似的说出有权有势者的名字。她主要提到的是那个在大使馆的红发美国佬。起先普波以为她只是在吓唬他们，还暗自祝贺切柯和自己找到一些有价值的线索。但是接着，那个红发美国佬还真的出现在他们面前，一只手还牵着一个玩偶般的女孩。

“你们的主管是谁？”美国佬的声音有些尖锐。当切柯告诉他时，美国佬往后甩了甩头。“哦，法维奥，当然了！”普波看到切柯的嘴像橡皮筋般咧开，笑得快裂了。他们刚才拘留了一位家世显赫的夫人。也许是他们认错目标，白费劲了。普波知道，这下法维奥先生又会在他们伤痕累累的背部猛抽一顿了。

“我跟你们说，”美国领事告诉他们，“我干吗不马上给法维奥打个电话呢？”普波抬了抬肩膀，忽然低下头，好像对方一提到主管的名字就会让他掉脑袋。切柯点点头说：“我们也是奉命行事。”

那个美国佬在大厅打电话，普波听到他口齿不清地说着西班牙语。中间沉默了一会儿，他肯定是在等电话员接线，但是接下来他的声音变得温和。“法维奥，这是个小误会。我跟你说，我会跟移民局谈的，而且这位大夫将在四十八小时之内离开多米尼加。”电话另一头，法维奥先生肯定开了个玩笑，因为那个美国佬突然大笑起来，然后他把切柯叫到电话旁，这样他的主管就能和他说话了。普波听到他的同伴谦卑地道着歉，他很少这样。“是，是，当然了，法维奥先生，马上。”

普波坐在一群陌生的白人之间，感到又羞愧又窘迫。他已经感到鞭子如同上帝的审判打在自己裸露的背上。大家都出奇地安静，听着切柯唯唯诺诺地应答着。切柯说完话之后，上帝之手更加靠近了，而他们只听到自己呼吸的声音。上帝之手是要带走得到救赎的，还是抛弃迷失方向的，普波现在还不清楚。他拿起喝光了水的杯子，晃着杯中的冰块，让自己自在些。

这些卫兵在门口告辞时，桑迪仍坐在沙发上，双手垫在屁股下。菲菲和悠悠围在妈妈身边，拽着妈妈的裙子。每次那个胖子卫兵弯腰跟她告别，菲菲就哭喊起来。卡拉年纪最大，知道该怎么做，她把手递给卫兵，对客人行礼。然后，大家都回到了起居室，妈妈对维克多叔叔转了转眼球，她若是接到一个不想接的电话就会露出这样的神情。不一会儿，她让所有人都行动起来：女孩们都去自己的卧室，收拾几件最好的衣服，挑出一个她们想带到美国的玩具。妮维雅、米拉格罗斯还有妈妈等一下会去帮她们打包。然后，妈妈和维克多叔叔走进卧室不见了。

桑迪跟着姐妹们走进她们连在一起的房间。她们相拥在一起，面带恐惧，对彼此涌出一种奇怪的关怀。悠悠转向她。“你要带什么？”菲菲已经决定带她的洋娃娃。卡拉在自己盛着首饰和纪念品的私人盒子里翻找着。悠悠抚弄着她的左轮玩具手枪。

使用如此绝对的短语是多么的奇怪——*我真正想要的那个玩具*——没有什么能够填补桑迪内心那个张开的大洞。那个留着长发的洋娃娃（你可以为她梳起长发做各种发型）也好，妈妈特别喜爱的织布机（它可以编出装罐子的网兜）也好，那个玻璃水晶球（你把它反过来再摆正，就有漂亮的雪花落在树林里的小红屋上）也好。没有什么可以填补这个洞，甚至若干年后，那个亭亭玉立的美丽女子（连桑迪都为自己感到惊讶）也好，她的功课所获得的奖状以及这样那样的奖学金（她自己都不知如何取舍）也好，那些紧紧搂住她的男子也好——他们的嘴用力地贴在她的双唇上，让她相信这就是她一直以来所错失的。但这些都无法填补她内心的洞。

在漆黑的衣橱里，卡洛斯听到有人说话，但他听不清谈话的内容；他知道有人在屋里，但不知道是些什么人。他想这可能就是孩提时的那种感觉，记忆覆盖了所有的印象、语调以及在场的人，那些记忆差不多都是别人讲述的关于他过去的故事。他的父亲共有三十五个孩子，其中二十五个是合法的，十五个是他母亲生的，母亲是父亲的第二任妻子，他是父亲众多孩子中最小的一个；他没有自己的过去。最小的孩子什么都没有，没有祖辈的传承，也没有未来。通过隐约的耳语、暧昧的风度和隐晦的语调编造过去是继承权赋予长子的权利。对于生活那些模糊而不确定的第一印象因为某个哥哥或姐姐所说的话而变得零零碎碎，他们的话就像在池塘搅起涟漪的手：我记得你吃老鼠药的那一天，卡洛斯，或者我记得你从楼梯上摔下去的那一天，等等，等等。

他听到劳拉在客厅和两个男人说着话，其中一个声音尖细狡诈，另一个则声音粗哑，笑声粗犷，是个大个子，肯定没错。菲菲和悠悠都在客厅。另外两个孩子在早先表兄妹的吵闹中走掉了。菲菲不时地哭喊，悠悠给男子们吟诵着什么，他可以从她音乐般的声音判断出来。劳拉的声音紧张而又明快，就像刚磨的小刀，她每次开口说话，自制力就被削掉一点。卡洛斯心想，她就要崩溃了，她就要崩溃了，圣朱达啊，请让她挺住。

那时，在令人窒息的黑暗中，他不敢往夜壶里撒尿，担心两个男子会透过墙壁听到水流的声音——尽管上帝知道，他和蒙多为这个房间做了很好的隔音，根本没有什么声音可以透出去——

在不断增强的幽闭恐怖中，他听到她清楚地说："维克多!"当然了，不一会儿那个美国领事单调而又含糊的声音就在客厅附近响起。现在，他们都知道他的领事职务不过是个幌子——维克多实际上是中央情报局的特工，他的命令改变着事态发展的方向：本来是他发起了地下党活动，号召大家推翻那个婊子养的[1]，后来他又让大家等一等，重新观察形势，看看对我们而言什么才是最好的。

听到卧室的门打开，卡洛斯支起耳朵贴在前面的一块木板上。他听到了走进卫生间的脚步声，淋浴花洒打开了，风扇也打开了，这样外头就听不到里面说话的声音了。随即小隔间里的空气开始流通。衣橱门打开了，卡洛斯听到劳拉的呼吸声慢慢靠近另一堵墙。

二

在老家最后一天发生的事，我是唯一一个什么都不记得的，因为当时我年纪最小，三个姐姐总是告诉我在老家最后一天都发生了什么事。她们说我几乎害死爸爸，因为我对其中一个来抓爸爸的秘密警察太过小气。某个变态打算让我坐在他的那玩意上，假装和我玩骑木马去班伯里大十字架的游戏。但是后来每次我们开始谈论在老家的最后一天，就有人说："菲菲，你几乎害死爸爸，因为你对那个盖世太保很不客气。"悠悠就开始说更早些年，她编了个故事差点害死爸爸。我们这样像是在比赛，不是吗？比赛讲最令人焦虑不安的过去。

我能告诉你的是逃离老家时我唯一记得的一件事。那时家

1 指特鲁希略。

里住着一位老婆婆，舒沙，她一直都为妈妈的家族干活，而她的脸，就像有人把上面弄黑的地方洗干净之后再拧干了一般。我的意思是，舒沙的脸上满是皱纹，她长得像海地人一般乌黑，不像多米尼加本地人皮肤是咖啡加牛奶的颜色。她确实是海地人，这就是为什么有些像“西芹”的词或者带有字母“j”的名字她念不出来，这也就意味着我们家如同野营地，每个人都有舒沙能够念出来的别名。她心情总是不好——也不是说她心情真的很糟，只不过你无法让她微笑或者哭泣或者做出其他的表情。好像因为年轻时所经历的一切，她的所有情感都用光了。早在妈妈还未出世之前，有一天夜里，舒沙出现在外公门前的台阶上，乞求外公收留她。原来那天晚上特鲁希略下令在黎明前把多米尼加境内的所有黑肤色海地人都杀光。有一条河，所有的尸体都抛到那里，那条河据说五十年后流淌的仍然是鲜血。舒沙从某个收割甘蔗的工人营地逃了出来，寻找避难的地方。外公收留了她，可怜的瘦骨嶙峋的小家伙，我猜是外婆教她怎么做饭、怎么熨烫衣服以及打扫房间的。舒沙就像皈依德拉托雷家族这个修道院的修女一般，她终身未嫁，即使休息的时候也没去过别的地方。相反，她把自己关在房间里，为德拉托雷家任何一个在炼狱中涤罪的灵魂祈祷。

不管怎样，在多米尼加的最后一天，我们加西亚家的几姐妹在毗邻的卧室里，开始收拾要带去美国的衣服。那两个令人毛骨悚然的密探离开了，妈妈和维克多叔叔在卧室。他们正告诉躲在衣橱里的爸爸，我们一家要搭维克多叔叔的轿车前往机场，然后赶上他为我们订的班机。我知道，这听起来就像你在《迈阿密的罪恶》这样的电视剧里所看到的，但我所讲的一切都是从家人那边听来的。

不过，下面我要说的是我在岛上最后一天的确切记忆。舒沙手里拿着一个小包袱走进我们的卧室，帮我们打包的妮维雅用生硬的口吻对她说：“你干吗，老太婆？”没有一个女仆喜欢舒沙，她们都认为她太黑了，还是海地人，不如她们。舒沙只是用带有魔咒般的眼神看了妮维雅一眼，妮维雅突然间想起还得帮我们熨坐飞机时要穿的外套。

舒沙打开她的包袱，我们都猜她打算跟我们做巫术式的小小告别。舒沙总爱搞点巫术，念一些魔咒啊，向某个神灵祈祷，或者惩罚敌人等。我的意思是，你打开衣橱，在那里面，你的鞋子后面的角落，会搁着一罐邪恶的东西，那玩意儿你可碰不得。或者有些时日，你会发现舒沙的房间里点着一根蜡烛，蜡烛就摆在某人的相片前面，还有一只装着一根雪茄的小碟，房间里纵横交错挂着一些白的、红的绉纱纸条。妈妈最后不得不让舒沙自己住一个房间，因为其他女仆没人愿意跟她睡同一个房间。我能看出她们为什么怕她。女仆们说有些魂魄附在舒沙身上。她们说舒沙对她们施法。此外，舒沙睡在一口棺材里。我没有开玩笑。大人不允许我们进她的房间去看那口棺材，但我们总是偷偷溜到那里去看一眼。她把蚊帐搭在棺材的上面，这样看起来就不会那么诡异了，不然，那就像是一个里头躺着死人却还没盖棺的棺材。

起先，妈妈让她别这么做，我的意思是，妈妈让她不要睡在棺材里。她告诉舒沙，文明人得睡在床上，棺材是给尸体用的。但是舒沙说她想为自己离开人世做好准备，外公工厂里的工人难道就不能帮她量身定制一个木盒子，现在可以当床用，以后可以当棺材用吗？妈妈一直说，胡说八道，舒沙，你不要这么悲观。

问题是，舒沙想做什么没人拦得了，即使那个人是妈妈。不久，妈妈的衣橱里多了个小罐子，而一张妈妈还是婴孩、被舒沙抱在怀里的相片被供在舒沙的圣坛前面，还有一只锡制小碟子，上面放着薄荷糖，一根教堂用的蜡烛日夜点着。一周之内，妈妈的态度就变温和了。她说可怜的舒沙从来没向家里要求过什么，而且一直那么忠诚、和善，所以上帝啊，若是睡在她自己的棺材里能够令这位老妇人感到快乐，妈妈愿意为她造一只不错的盒子。妈妈说到做到。棺材是用普通的松木做成的，这是舒沙想要的木料，妈妈还把坐垫般的紫色布料铺在棺材里，紫色是舒沙最爱的颜色，棺材的边缘还有白色金属圈装饰。

那么以下这部分就是我所记得的最后一天的情景。妮维雅一离开房间，舒沙就让我们都站在她面前。“妞妞。”她总是这么叫我们，是西班牙语“女孩”这个词的简称，这就是我们为什么最后给她起了个以字母C开头的绰号——作为对她的这个简称戏谑般的回应[1]。

“你们正要去一片陌生的土地。”诸如这样的话，我意思是说，我不太记得确切的原话。但是我确实记得她眼神敏锐地看了我一眼，像是她跑进过我的脑袋。“当我还是少女时，我也离开了自己的国家，而且再也没有回去。再也没见过父母或兄弟姐妹。只是我一直带着这个。”她举起包袱，解开外面的白布。里头是一尊木雕，就像若干年后我在人类学课本里看到的那种。过去我常常凝视着这样的雕像，凝视着这些辟邪小神像，不知怎的，我就像吃了玛德琳蛋糕一样，回到了我的过去，他们说普鲁斯特也是在品尝这样的蛋糕时追忆似水年华的。但是课本上的神像从未勾起我太多回忆，唯有我此时此地回想起的那个短暂时刻。

1　“女孩”的西班牙语为muchacha，舒沙简称为chacha，所以四姐妹给她起了Chucha这个绰号。

舒沙把这个棕色的神像立在卡拉的梳妆台上。神像一副怪相，眼睛、鼻子和嘴唇都有深深的刻痕，仿佛他试图出走却被硬生生留了下来。神像脑袋上方有个小平台，在平台上，舒沙放了一小杯水。不一会儿，我猜是因为太热的缘故，那水开始蒸发，水珠顺着神像面庞上的刻痕流了下来，看上去宛如神像在哭泣。舒沙双手搂住我们四个脑袋，大声为我们祈祷。我们平常都跟她接触过，对这样的奇怪举动也习以为常了，但可能是因为今天我们能够感受到舒沙是在跟我们告别，不知怎的，我们都开始哭了起来，仿佛舒沙最终通过我们让她的眼泪得到了释放。

他们走了，坐来接他们的车走了，那些车都是穿白色制服、皮肤苍白的美国人开的，他们制服的肩部有金色流苏，帽子上也有。他们长得太白了，根本不像活人。那是僵尸的颜色，一个满是僵尸的国家。我担心她们，那些女孩，劳拉太太，她们可是要在这些活死人中走动的。

四姐妹都哭了，尤其是小妹，她紧紧抓住我的裙子。劳拉太太很伤心地啜泣着，手帕都湿了，我坚持回到她的梳妆台帮她取一块新的手帕。我不想让她带着一块用过的手帕进入一个新的国家，因为我知道，我知道在那里泪水还在等着她呢。但是现在先别让她知道，尽管她终究会知道的。她的神经从来都不是特别坚强。

他们已经离开了——留下的只有寂静，深邃而又空洞的寂静。在这片寂静中我能听到我的圣人们住进屋里，我能听到我的罗阿[1]跟我讲述即将发生的故事。

---

1 罗阿（Loa）是海地伏都教信奉的一个神明，是人类和伏都教最高神祇的中间人。

女孩们和劳拉太太跟着美国僵尸走了之后，我听到主卧的门响了一下，我来到走廊看是谁闯进了屋里。只见卡洛斯先生穿着夜行衣，他的罗阿让他把手指放在嘴上，仿佛是在嘲弄他早上对我做的最后一个手势。我叹了口气回应他，然后跪在地上，看着他从后门离开，穿过番石榴果园。没过多久，我听到一辆汽车发动了。被离弃的房子里只剩下深邃而又空洞的寂静。

我得关上门，去卡门太太那里帮忙直到他们也离开多米尼加，然后是阿图罗先生家，他们也要走。大部分时间我照料的是这个家。打扫灰尘，给房间通通风。除了奇诺，其他人都被解雇了，我被托付掌管房子的钥匙。维克多先生若能从年轻姑娘那里脱身，会不时来这里看看一切是否安好，并给我发放月薪。

现在我能听到窃窃私语般的声音：没人修整的草坪上，草将疯长；劳拉太太的吊兰将撑爆盛放它们的金属篮，脆弱的花朵将被虫子吃掉；鸟笼将会空空地摆在那里，穷人会把鸽子和珍珠鸡偷走，那可是卡洛斯先生费了好大工夫养的；游泳池也将被垃圾、枯叶、死鱼填满。奇诺和我将被留在这些颓废的屋子里直到那一天，我现在就能看到的那一天——我两眼一闭的那一天——这个宅院就会被卫兵们占据，他们会砸烂门窗，搬走银餐具、银盘子、画以及带有长翅膀的射箭娃娃的镜子，还有背后画着图案的椅子，会唱歌的盒子，以及那个会制造出相片的神奇盒子。他们会将架子上孩子们的玩具一一夺走，这些玩具是她们的外婆从那个地方买来的，她们总是告诉我那个地方有爽身粉般的花从云朵里掉下来，那里的建筑能够触到上帝的天，那是一个中了魔咒、不安全的地方，而现在她们必须在那里生活。

我已经向所有的圣人祷告过了，向罗阿祷告过了，向神的天国祷告过了，我看过每个房间，在每间屋里都晃了晃净化香，赶走占据着这个家的恶魔，然后在我心中记住不同的物品所摆放的地方，如果有哪个工人潜入偷东西，我就能知道丢了什么。在孩子们的房间里，我心情沉重地记住每个女孩，在我的心里，在我的肩膀上，在我的脑海里，在我的脚上；我觉得她们失去的东西如同棺材入土后撒在上面的泥土一层层堆积着。我看见了她们的未来，我看见了她们前方的艰难生活。她们将为自己记得或不记得的事情困扰。但是她们还有勇气。她们将会创造生存所需的一切。

他们已经离开了，门都已经关上，空气得到了庇佑。我锁上后门，经过女仆的房间，伊曼库拉达、妮维雅和米拉格罗斯正在打包准备明早离开。她们不需要我的告别。我走进自己的房间，这个房间是劳拉太太特别为我准备的，这样我就可以安静地跟我的圣人相处，这样我就不用忍受丧失了信仰的年轻姑娘的傲慢和打扰。我点香以净化空气，我点了六根蜡烛——为加西亚家的每个女孩都点上一根，为劳拉太太点上一根，我曾经为劳拉换过尿布呢，还有一根是给卡洛斯先生的。然后，同以往一样，劳累一天之后，我用浸着花的水清洗脸和胳膊，然后倒掉水，对夜里的罗阿祷告。我撑开蚊帐，爬进我的棺材，让自己脸朝上躺着，双手叠放在腹部。

入睡前的几分钟，我努力让自己的身体习惯即将来临的葬礼。我伸手去够棺材盖，把盖子拉上，把自己关在里头。重新把盖子拉开之前，在那又热又闷的黑暗之中，我闭上双眼，静静地躺着，体内血液的流动、心脏的跳动我都听得一清二楚，结果，这些声音仿佛是在告诉我，这个被遗弃的房子里还有些我忘了收拾的东西。

人体

悠悠

那时候，我们住在一个大宅里，一家挨着另一家，房产是属于外公外婆的。家族中所有小孩都成双成对，有自己的表兄弟或表姐妹当哥们或闺蜜。大姐卡拉，还有表姐露辛达，在孩子们当中最为年长；她们两个人一起笑，一起闲聊，这样的姐妹情谊令其他小孩都觉得自己受到了排挤。桑迪和吉塞拉是一对，我们都羡慕吉塞拉有个美丽的、像芭蕾舞女演员似的名字。小妹菲菲和我那恬静的表妹卡门西塔是大家的宠儿，这一对很愿意为大家效劳，比如给大伙跑跑腿、摇绳子，当我们把大院变成昔日西部、蒙丁扮牛仔而我扮牛仔妹时，还可以让这一对充当俘虏。蒙丁和我是孩子当中唯一的男女组合，等我们更大一些时，妈妈和蒙丁的母亲卡门舅妈便叫我们不要老在一起混。

但是这点很难做到。在我们家族大宅，想把某人和某人分开是不可能的。譬如，若是某个表姐患上麻疹或腮腺炎，其他所有的小孩都会被隔离在一起，这样大家才不会被传染上这种儿童常得的病。我们住进彼此的家，留下来吃饭，不管是谁家的餐桌，只要离我们最近，一摆出饭菜我们就去吃，只是回各自的家洗澡或者睡觉（或者接受惩罚——就像那次悠悠和蒙丁用弹弓把咪咪姨妈用来装饰花园的水晶球打碎了，后来消息传到两个孩子的母亲耳中。“没有这回事。”我们为自己辩解，“我们是用耙子把一些番石榴从树上敲下来，是因为这样才弄坏水晶球的！”或是那次悠悠和蒙丁把露辛达和卡拉的指甲油涂在身上，假装是伤口流出的血。或是那次悠悠和蒙丁把菲菲和小卡门西塔绑在宅院后头的水塔上，后来居然忘了这事，把她们落在那里。）

在水塔后面，穿过咪咪姨妈种的番石榴果园，有一间大房子，外公外婆住在那里。他们若是在家，周日我们就去那边吃饭。不过大部分时间，他们都待在遥远的纽约市，外公在那里的联合国任职。外公是一位受过教育的和善老人，头戴一顶宽大的白色巴拿马帽，大部分时间都在担心自己的消化问题。外公并没有任何政治野心，但是掌权的暴君却嫉妒所有受过教育的有钱人，所以外公经常会因为某个随口编出的职务被派到国外去。外公回家时，府邸就会被卫兵们占领，说是“例行搜查，也是为了保护你”。每次搜查，家里总会丢一些银餐具、香烟、零钱、衬衫袖口的链扣，以及没有收好的耳环。“总比把我们的性命丢了好啊。”外公安慰外婆，她想马上离开多米尼加。

可是那些日子，我们这些小孩又知道些什么呢？对我们而言，暴力只出现在电视上每周播出的外国片里，这些影片是从好莱坞引进的，用蹩脚的西班牙语配音。神犬丁丁倒是同步汪汪汪地叫，可是牛仔们的嘴巴已经闭上好久了，配音还在继续。枪声才刚响起，暴徒们就已经倒在血泊之中。蒙丁和我朝前伸长了脖子，想确认坏人们是否都死了。至于我们身边的暴力——卫兵们定期的搜家，每年的家庭聚会上那些没有露脸的舅舅和叔伯，我们相信的是电台播出的口号：“上帝和特鲁西略眷顾你们。”

当外公被授予联合国的职位时，他犹豫了：他不想掺和到这个腐败的统治中。但是外婆羸弱的身体却成了另一种暴政，向外公施加压力。外婆岁数一大，总是生病：疼痛、偏头痛、心情不好，只有美国那些收费昂贵的专家才知道怎么治愈这些病。这些病的病因——家族成员私底下的闲谈——实际上是外婆无法接受自己美貌不在的事实，她年轻的时候可是一个非常漂亮的女子。我的外公，大家都认为他是个圣人，他每件事都顺着外婆，容忍着她的任性，家族的人都说外公实在是太好了。“他尿出来的都是圣水。”外婆得知自己的丈夫因为她的缘故而受人爱戴格外愤怒，决定报复。她从大教堂带回一大罐圣水。有个周日家庭聚餐时，妈妈撞见外婆正用罐子里的圣水为外公准备威士忌。“该死的！”外婆幸灾乐祸地说，“你们都说他尿出来的是圣水，是啊，他尿出来的确实是圣水！”

在纽约，外公得了胃病，自那以后，世界上所有的食物就分成适合外公吃与不适合外公吃这两种。外婆谨慎地检查着外公的食谱，心里也感到愧疚，大概是觉得她早些时候让外公喝了什么才导致这样。

他们每次从纽约回来，外婆就带回一个手提软袋，里面装满了给孙子孙女们的玩具。有一次她带给我一只吵死人的鼓，还有一次是水彩画笔以及不同厚度的水彩刷，这样就可以画出这个世界各种宏大与精细的事物。我的美国女式牛仔服跟蒙丁的牛仔服一模一样，除了裙子之外。

母亲对这样的礼物并不满意。这样的衣服只会鼓励我与蒙丁以及其他表兄弟一起玩耍。是时候让我结束假小子生活，开始学做淑女了。“但这衣服就是给女孩穿的，”我指出，“男孩不穿裙子。”外婆往后甩了甩头，大笑起来。“这个小不点可不傻。她和咪咪一样聪明呢，而且她不是从书本上学来的。”

最近一次去纽约，外婆带上了她未婚的女儿咪咪。咪咪号称“家族的天才”，她读了很多书，懂拉丁语，还在美国某所大学念了两年书，直到外公外婆把她从学校拉了出来，因为接受太多的教育可能会毁了她的婚姻大事。不过那两年已经造成了足够大的危害，咪咪已经二十八岁了，可还是个“老姑娘”。

“咪咪姨妈结婚的那一天，牛都会飞起来。”我们这些小孩揶揄着。可我却不认为咪咪姨妈保持单身是件坏事。事实上，作为一个假小子，我很愿意步姨妈的后尘。但是咪咪姨妈不太会利用空闲的时间，不然她可能也结婚了。她总是读啊读啊，休息的时候她就照管一个不可思议的伊甸园，然后继续读更多的书。

“她读了成千上万本书！”母亲翻了翻白眼，似乎她妹妹的成就只能以重量而不是具体的质量来衡量。可怜的老姑娘咪咪姨妈。我希望她能很快找到一个如意郎君。对于多认识一个新姨父或者为他们的婚礼穿礼服，我可一点兴趣都没有，但是忍受这两种情况所造成的不便是值得的，因为可以见到飞起来的母牛。

就如我们几个小孩所担心的，外婆最近一次外出带回来的礼物都是咪咪姨妈的主意。这次手提软袋里装的不是过去那种肥大、便宜而又粗俗的能发出响声且会把你宠坏的衣服，也不是令人丧志的玩具，这一次包里装的是学习用品、单词卡、练习册、谜一般大小的盒子，上面写着：掌握数字、自然的奇妙、从ABC开始阅读、发出更多的音。礼物递给我们的时候，蒙丁和我交换了一下眼色，严肃得如同中弹一般。

我收到的是一本用英语写的故事书，上面的词我几乎都不认识，但里头有很多有趣的图画：穿着抹胸和中长裙的女孩，头上戴着一顶小帽，还有一穗流苏垂下来。我觉得蒙丁的收获更好，他得到了一个透明的玩具娃娃，娃娃的上半部分可以打开。里头是蓝色、粉色以及浅棕色的管道和线圈，还有奇形怪状的小球，这些东西组合在一起就像一个谜。咪咪姨妈解释说这个玩具叫做人体模型。她为蒙丁挑这个礼物是因为最近餐后聊天时，舅舅、舅妈把孩子们叫过来问他们长大后想干什么，蒙丁说他对医生这个职业感兴趣。大家都觉得这个想法非常好，而且也一起夸他心肠好，可是过后蒙丁却对我吐露，他最感兴趣的是在手术台上给人扎针或者把人切开。

我们检查着人体模型，咪咪姨妈在旁边大声读着一本小册子，里头有对各种人体器官的讲解，包括各个器官有什么用处。我们学会把不同器官组装起来，这样心脏就不会和肠子缠在一起，肺部就不会朝向脊柱。在这之后，蒙丁开始发牢骚，“一个娃娃，她为什么给我买了个愚蠢的玩偶？”

我也不喜欢玩偶，但是这个玩偶比书本好多了，而且你也可以引以为豪地拥有它，把它当成一个有心有肺的男孩。不过让我感到惊讶的是，这个男孩所有器官中唯独没有“尿尿”——我当时就是那么叫的。我在市场上见过衣不蔽体的小乞丐身上的“尿尿”，而且有一次外公在卫生间撒“圣水”时被我撞见了，因为他叫我帮忙取东西。可是这个玩偶的两腿之间却像小女孩一样光溜溜的。

又开始缅怀青春的外婆肯定记得年少的懵懂与贪玩。她偷偷地塞给我们——当咪咪转过身去时——一些乱七八糟的小礼物。我收到一个用弹力绳系着小球的球拍，我拿起球拍对着小球狠狠地拍打，似乎那球就是我的书本，打球让我得以发泄不满；蒙丁得到的是一大包亮粉色的橡皮泥。

起先，我俩都不知道这包泥是干什么用的。表哥的眼睛如同亮闪闪的硬币般发光。“泡泡糖！”他大叫。但外婆解释说这不是泡泡糖，而是一种很容易塑形的橡皮泥。她做了个示范。外婆抓了一把橡皮泥，把泥捏成球状，然后在两边各揪出一只耳朵，她从头上取下一枚发夹在上面点出两只眼睛，最后在小球的后面捏出一条小尾巴。外婆把这个作品托在手上向我伸来。

“啊。”我叫道，因为她掌心上的东西是一只小兔子。但蒙丁觉得这没什么大不了的。他才不管是不是兔子呢，反正他不能够用这个玩意儿吹泡泡。

整个早上，我都跟在蒙丁后面，求他把那包橡皮泥换给我。但是他对我的书一点儿都不感兴趣，虽然他看了一会儿穿着内衣的女孩后才把书还给我。至于我的球拍，他也觉得没啥用。他说用他的棒球拍击打这么一只小球很容易把拍子给毁了。“这是女孩玩的球。”蒙丁这么说。

听到这句话，我挺直身体，带着受了伤的自尊心，大跨步地走到大宅里“我家的”地盘。蒙丁跟着我穿过篱笆间的一条小径，我坐在露台的一张椅子上，假装津津有味地读自己的书，蒙丁待在我身边不走。他在我周围走了几步，像玩垒球一样用双手抛着橡皮泥捏成的球。“多好的黏土啊，”他说，“非常好的黏土。”我目不转睛地看着书。

一件奇怪的事情发生了。事实是我对这些密密麻麻的黑色铅字产生了兴趣。这个故事也不赖：从前有个苏丹把王国里的所有姑娘都杀了，要么让刽子手砍她们的头，要么用剑刺穿她们的身体，要么对她们执行绞刑。但是接着，插图上那个穿着抹胸和衬裙的女孩，这个女孩有个名字，不过看上去像是印错了——雪—赫拉—莎达，我大声念了出来——这个女孩和她的姐姐都被苏丹抓进了王宫。她们想出了一个办法来骗苏丹。正当苏丹要砍她们的头时，妹妹问他，临死之前能不能再让姐姐听雪赫拉莎达讲一个有趣的故事。苏丹同意了，说可以等到清晨再砍雪赫拉莎达的脑袋。可是当太阳升起时，雪赫拉莎达还没有讲完那个吸引人的故事。“我猜砍头的时间到了，”她打断自己的故事，“太糟了。故事的结局真的很棒。”

“以阿拉为名，”苏丹发誓，“在我听完整个故事之前，她可以免于一死。”

我正在读的页面上出现了一个影子，我抬头瞄了一眼，将食指放在我正读的位置。要不是表哥捏了个造型奇特的东西，我肯定会狠狠地瞪他一眼然后继续读我的书。他肯定是把所有的黏土都揉在了一起，搓成一条长长的粉色线圈，在他的脖子上绕了一圈又一圈，宛如马戏团表演者身上的蟒蛇。他抬起下巴，从我身边走过，穿过篱笆走到他们家的院子里。我知道他愿意跟我谈交换条件了，于是把打开的书朝下放在椅子上，跟在他后面走了过去。

但是在篱笆的另一边，蒙丁撞上一个俘虏。菲菲和卡门西塔看着蒙丁把脖子上的“蟒蛇”解下来，把蛇的一头朝向他的小妹妹。卡门西塔尖叫起来，跑进屋里。随即我们听到蒙丁的母亲大叫：“艾德蒙多·亚力杭德罗·德拉特尔·罗德里格斯！”这是要惩罚蒙丁的意思。

现在，菲菲没有了她的另一半也不愿在这待下去，她朝屋里走去。“我要去告发你。”她宣称。蒙丁堵住了她的路。他试图用黏土贿赂她。

“这不公平！”我朝他跑过去，把小菲菲推开。他刚刚甚至都不愿意跟我——他最好的伙伴——交换，现在却要把整块黏土送给我妹妹。

“好啦，好啦。”他示意我降低嗓门。他把“蛇”递给我。“跟你换。”

我的心飞了起来。这，我渴望得到的东西，近在咫尺。我不顾一切地说：“你想要什么，我都给你。”

蒙丁考虑了一会儿。一丝诡秘的微笑展现在他的双唇上，像是溅出来的液体弄脏了本不该玷污的东西。他压低声音：“让我瞧瞧你是个女的。”

我愣了一下，环顾四周。我的眼睛落在菲菲身上，她关注着整个交易。“在这里吗？”

他的脑袋猛地一动，示意去宅院后面的老煤棚，外婆的园丁弗洛尔伦蒂诺把工具都放在那里。因为我们家族宅院的这个地方和独裁者的女儿、女婿所住的宫殿连在一起，所以外公不愿意筑一堵高墙，以免被认为怠慢王室。咪咪姨妈鲜红色的生姜树篱笆多少帮我们遮住了那个难看的宫殿，我们也不用被迫在周日下午看独裁者和他那穿着小将军服的孙子一起散步。大人们禁止我们小孩子靠近那个煤棚，因为有一次蒙丁和我放了一只鞭炮，当时“小将军”正好和他的保姆们路过。外公不得不在秘密警署总部待了整整一夜，不停地解释自己七岁的孙子并不是故意的。可能由于这个地方是禁地，所以煤棚成了蒙丁和我最爱的地方，我们喜欢在这里玩侦察印第安人的游戏。有一次我们在一袋肥料后面发现了一本杂志，杂志上有女人的裸体图片，那些光着身子的女人脸上露出诡秘的笑容，就像她们偷指甲油或者把人绑在水塔时被抓住了一样。

我跟着蒙丁走进棚子，不停地瞪着菲菲，因为她也跟在我们后面。在门口，我推了她一下让她走开。

“让她进来吧，”蒙丁主张，“不然她会告发我们的。”

“我会告发的。”菲菲表示赞成。

煤棚里头又黑又潮。一丝微弱的光线穿过脏铁丝网罩着的窗玻璃透了进来。空气中有一股山上的黑土味，这种黑土能够让咪咪姨妈的大蕨类植物长高。在一个角落里，塑料管如同一窝休眠的蛇盘在那里。

菲菲和我靠着远处的一堵墙站立。蒙丁面向我们，紧张之下他把“蟒蛇”搓成了一个圆滚滚的球。“开始吧，”他说，“脱下来。”

菲菲一股脑儿拉下了自己的裤子和内裤，裤子卷在屁股上，露出肚脐，她觉得按要求应该这么做。

但是我年纪比较大，比较清楚一些事情。在宗教教导课上，胡安娜修女告诉过我们，伊甸园里的亚当和伊娃犯下罪过之后，上帝给他们穿上了衣服。“你们的身体是圣灵的神殿。”在家里，舅妈们把年纪大一点的女孩拉到一边，警告我们说不久我们就是小姐了[1]，必须像保护珍宝一样爱护自己的身体，不能让任何人占了便宜。此时此刻，一股强大的压力令我想停止和蒙丁胡闹，加入表姐们年轻淑女的行列，在房间里谈论美容或聊跟男孩有关的话题。

“继续啊。”蒙丁不耐烦地命令道。菲菲继续把裤子和内裤脱到脚踝。我挑衅地看了蒙丁一眼，一边掀起我的牛仔裙，用下巴夹住裙边，猛地脱下内裤。我挺直身体应对着蒙丁不断袭来的目光。不过蒙丁只是失望地耸耸肩。“你们就像洋娃娃一样。”他说着把手里的黏土球平分成两半递给我和菲菲。

我飞快地穿好裤子，冲他发火。“你答应给我黏土的！”我叫

---

1 “小姐”的西班牙语为senorita，在多米尼加女孩子参加过成人仪式后被称为senorita。

道，“你让她一起来，但你没说她也有份。”

“艾德蒙多·亚力杭德罗·德拉特尔·罗德里格斯！”我们听到蒙丁的母亲在房子后面的露台叫唤着。蒙丁试图制止我那生气的叫喊。他走过来拿走菲菲的黏土，但菲菲也叫了起来。“蒙丁·亚力杭德罗！”喊声越来越大，而且肯定是朝我们的方向来了。现在轮到蒙丁的脸上露出担忧的表情了。“求你了，”他请求着，“求你了。我把人体模型给你，好不好？”

我慢条斯理地考虑了一会儿以折磨他，最终点了点头。他跑出煤棚去找那个人体模型。

菲菲边抽噎边把她手上的黏土揉成一个球。她朝我看来，盯着我手上另一半的黏土问：“你得到了多少黏土？”

我看到这个小不点火气就大，就是她毁了我搜罗一整块粉色黏土的机会。我愤怒地看着她。她的裤子还没穿上，仍在脚踝堆成一堆。菲菲的下巴上还沾了一点早餐时吃的鸡蛋，她泪眼婆娑的样子像是刚大哭了一场。我探过身去，把她的裤子拉起来给她穿好。由于我的动作幅度太大，她的身子摇摇晃晃的。“你得到了多少？”菲菲坚持问。她的眼神流露出对物质的兴趣，以前我可没有注意到这点。

我举起黏土给她看。“跟你的一样大，蠢蛋。”

门嘎吱一声开了，我和菲菲都确定是蒙丁带着人体模型回来了。可是两个大人的身体阴森森地逼近我们：瘦骨嶙峋的园丁，黝黑的面庞上方戴着一顶破旧的宽边帽，站在他身旁的是蒙丁的母亲，一个宽肩膀的矮个儿妇女，她在煤棚的黑暗中仔细看着。

“我觉得听到了他们在这里的声音，太太，”园丁弗洛尔伦蒂诺说，“我跟他们说过不要进来。他们会伤到自己的。可他们就是不听我的话！”骗子，我心想。蒙丁和我把找到的杂志拿给他看，他对我们发誓会保密，他还说自己会把“那垃圾”扔掉。但每次他被家里大人召唤时总对我们使个不安的眼色。

舅妈朝我们走来，她宽宽的肩膀令人以为她是个当官的，仿佛她戴着军官的肩章，成了所有父母的代表。“菲菲？”看到家族的一个小宝贝，她惊呼一声。然后，更加确定时，她叫了我的名字。她是我们最喜爱的舅妈，我从来没见过她这么生气。“老天，你们两个女孩子到底在这里做什么？”

菲菲马上哭了起来，因此舅妈的怀疑立马得到了证实：我不顾年幼妹妹的意愿强行把她拉到这个肮脏的地方来。舅妈开始单独责备我：“你在做——”

就在这时，门猛地打开了，表哥走了进来，高举着人体模型，好像那是刚赢来的奖励。表哥脸上的表情转变真是惨不忍睹——他原本嘻嘻哈哈的笑脸现在皱成一团，既害怕又无助。

“艾德蒙多·亚力杭德罗！”卡门舅妈走过去摇晃着他的胳膊。人体模型从他的手上掉了下来，裂开了，里头的内脏撒了一地。舅妈拉着蒙丁的胳膊朝门口走去，一脚踩在内脏的碎片上。“小伙子，你在这里做什么？”她大声喊着。

“我们正在这儿藏身呢。”我尖声帮蒙丁解释，刚才的一些时间让我得以思考。蒙丁的眼睛吃惊地眨着，希望这或许有希望为大家开脱。“卫兵——”我开始说了。我知道在我们家只要一提“卫兵”这个词马上就会引来重视。我肯定在这个紧要关头这么说没错，因为外公外婆刚从纽约回来，独裁者可能会来搜查。

舅妈放下表哥的胳膊。“卫兵？”她小声问道，“卫兵在这里吗？”

我点点头。“所以我们才躲了起来。”

舅妈朝弗洛尔伦蒂诺看。园丁正跪在地上捡人体模型的碎片。他抬头看了看我，眼神直逼我的脸，似乎想弄清楚我要做什么。也许他想起了杂志的事，因为他站到了我们这一边。“那些卫兵们，”他边说边咒骂起来，“他们践踏生姜树篱多少回了，咪咪小姐都不愿理他们了。”

这时候的我需要蒙丁展示骑士精神来帮我圆谎，可他却安静地站在那儿，弱弱地笑着。他母亲很了解自己的儿子，也觉察到我们不会做什么好事，但是卫兵出现在宅院里可不能小视：大家都要回到自己的房子里，把梳妆台收拾干净，把可携带的东西用板条固定住。舅妈领着我们走出煤棚，朝家宅走去。

我们一个接一个地往回走。表哥走在最前头，他母亲跟在他后面，这样就能“盯住他”，接着是菲菲，然后是我，弗洛尔伦蒂诺跟在最后面。他那两只粗糙的大手抓着断成两截的人体模型。舅妈说我们现在没时间在黑暗中找齐所有的碎片了。后来，等弗洛尔伦蒂诺用他的草帽盛来人体模型的碎片时，大多数的“器官”不是被狗咬得不成形了，就是被舅妈踩坏了。我们都分辨不出哪个是蓝色的肾，哪个是肺和心脏，哪个是粉色的大脑叶。而且尽管蒙丁和我试图按图表组装，却再也难以把全部器官都装进这个小小的人体模型里了。

静物

桑迪

每逢周六早上，九点至十二点，查丽朵太太就负责照管我们这些当地的小孩，向我们灌输艺术，如同教化异教徒信奉耶稣一般。查丽朵太太不是多米尼加人，她只是嫁给何塞先生后才来到这个小岛的。她自己是个有文化的人，来自德国的某个地方，而且曾经去过欧洲的大博物馆直面艺术。她对着我们举起手，触摸大理石男孩那冰凉的四肢，她那些粗短的手指迸发出艺术才华。不要和查丽朵太太争论该怎么调色才能画出碧绿的海洋深处朱红色的珊瑚，否则她会一把从你的手中夺走画刷，用刺耳的西班牙语大声授课并向你展示如何画画；她这样做会让你觉得你自己的母语没说好，因为你不能像她那样带着浓重的德国口音讲西班牙语。

查丽朵太太和何塞先生是在马德里参观上流社会的散步场时邂逅的。当时年轻的何塞先生拿着医学院的奖学金出国留学，尽管他从没想过要当医生。每年，政府都会颁发欧洲留学的奖学金，每个人都被指定好将来从事某个亟须的行业，而且如果家境贫穷你获得了奖学金，那么你就得以一天吃上三餐，其中一餐还是热乎乎的。茶余饭后，何塞先生画起了素描而不是学习如何解剖人体，他在散步场的一张椅子上跟一位高更和几位梵高相伴而眠；何塞先生把自己的住宿费都用来买美术工具了。

和向日葵、点点繁星以及塔希提少女[1]共睡了三年的何塞先生成就了在学院培训十年都没能做成的事。何塞先生有了自己的风格。“一种高度洛可可原始主义的教堂雕塑风格。”后来我们岛上的艺术评论者做出这样的评价。棕色天使大雕塑，头戴盛开着的芙蓉花环，从天堂降落，被她们的丰臀巨乳拉到了地面。某个傍晚，何塞先生在散步场遇见了查丽朵太太，当时她正在描摹一个叫格鲁尼沃尔德的殉道者。他为查丽朵那又白又壮的身子心动，仿佛那是一尊未完成的雕像。何塞先生三笔两笔就将她画成身着一层层朴实外衣升上天堂的圣母玛利亚，为此她也动了情。于是两人结了婚，回到了岛上他的老家，可在这岛上，他俩没什么事情可做，查丽朵只能扯着嗓子讲课。

在首都的郊区他们建了一栋两层楼的房子，房子边上有屋檐、小门廊和窗台，和岛上其他的建筑风格很不搭，就像在热带小岛上看到一座阿尔卑斯山一般。他们在那里住了二十多年，基本不参加小岛的社交活动。事实上要不是那栋奇怪的房子，他们本来会被完全忽略的；周日下午到郊区自驾游时，父母会带孩子去看这栋楼房。“那就是童话故事里的房屋。”有时窗帘正好拉开，有个人正透过那数不清的窗子中的一扇往外看，像是一个眼球试图寻找适合的眼洞，孩子们就哭喊着：“巫婆，巫婆，她在那里。”

在这些描述之后，你可以想象我八岁那年的一个周六早晨，

1　梵高和高更都是著名印象派画家；向日葵和星星是梵高作品中的著名意象，塔希提少女的形象则出现在高更的作品中。

被送到那栋楼房门口的台阶时，是多么吃惊。幸好我有十三个表兄妹陪同，我们来这是上第一堂艺术课的。实际上是由于我的缘故，或者说是因为我的画，我们才来到这里的。那个时候我还是德拉托雷家的一个无名小辈，是母亲的第二个女儿，母亲是我外公外婆——埃德蒙多·安东尼奥·德拉特尔先生和约兰达·劳拉·玛利亚·罗切特·德拉特尔太太——的第二个女儿。我也不过是无数德拉托雷家漂亮女孩中的一个，只是有些时候哪个祖母或者是谁会捧着我的脸仔细端详，宣称我的眼睛长得像曾祖母格拉谢拉，嘴巴跟外婆的一模一样！所以你知道，连这些不足以称道的特征也像是盗取而来。不管我自己是怎样的一个人，桑德拉·伊莎贝尔·加西亚·德拉托雷就像坐在手推车上的玩具娃娃一般，背负着德拉托雷这个显赫家族的姓氏参加各种社交宴会。但是接着，某个顿悟，一盒盒蜡笔和一本本白纸簿在孩子之间分发，有人发现某只小而无名的手能够捕捉逼真的眼神和脑袋上拳曲的头发，那头发让你忍不住想伸手去摸。

“谁画了那个婴儿？这是谁画的猫？”大家都感到惊奇。这个艺术家被发现在院子后面画着保姆米拉格罗斯的男孩，她用了一支棕色、一支金色和一支紫色的蜡笔。“天赋”这个词就这样降落在我迄今为止仍然普普通通的肩膀上，仿佛给我穿上了一件五彩大衣。

我的绘画天赋被发现几天后，米拉格罗斯吃晚饭的时候忧心忡忡地看了我一眼。她借口为我切肉，边切边支支吾吾地低声说：“请……桑迪……小姐……一定……来……我家。”饭后，我偷偷溜到宅院禁足的地方，在那里仆人和他们的家人就住在铁皮小棚屋里。米拉格罗斯的儿子躺在毯子上呻吟着。还点上了供神用的蜡烛，烛光在架子上摇曳。米拉格罗斯带儿子去大教堂参加弥撒后用圣水浸透孩子的身体，但他还是发着高烧不停地哭喊，像是临死前的哀叫。

“求你了，求你了，桑迪小姐，你放过他吧。”米拉格罗斯乞求道。她把我的画从墙上取了下来，原来那画就贴在耶稣受难像旁边。

我盯着手里那个用棕色蜡笔画成的脸蛋，把画揉成一团，扔在米拉格罗斯屋里的小火炉上。米拉格罗斯和我看着卷入黄色火焰中的那团纸，就像橘红色的铅笔刨花。

“尘归尘，土归土。”她口中念念有词，双手猛拍自己的胸口。烟使得孩子咳嗽起来。他用清澈有神的目光看着我。隔天早上吃早餐时，米拉格罗斯朝我点了点头。她的孩子被救活了。

我画小猫的时候运气就比较差了。我在我们家雪白的墙壁上画下这些小猫之后，被大人叫去粉刷这堵墙，用了几个小时才刷好，还吃了一顿惩罚性质的晚餐——一小块没涂黄油的白面包，还有掺了蔬菜汁的温牛奶，绿绿的一大玻璃杯。饭后，我被罚去早早地上床睡觉以反思自己的过错。那天晚上，老鼠们猖獗地扫荡了食品储藏室和储物柜。老鼠事件搞定了一切。我的家人决定送我去学画画。

家人打了不少电话。谁知道哪位老师给学生上艺术课？查丽朵太太的名字于是出现了。那位德国女士，就是住在城郊两层楼的那位。何塞先生的太太，那个可怜的女人。大家有好一阵子没看到何塞先生了，也没听说任何关于他的消息。几年前，他被召去为新建的国家大教堂雕刻神像，可是后来的教堂献堂礼却在空空如也的教堂里举行。有不少传言说何塞先生，因为无法完成如此浩大的工程发了疯，而他妻子则不得不靠教学生来支付各种账单。

据我所知，查丽朵起先觉得德拉托雷家的请求对她而言是一种侮辱：她可是位艺术家；她招的是学徒，不是小孩。但我们家是用美金预付学费的，于是她就对我们网开一面。我说我们，用复数表示是因为我们家族流淌着贵族的血液，这表明所有德拉托雷家的女孩都必须有相同的技艺。因此，不管是哪个女孩，只要她能憋几个小时不上厕所并且不总想喝松枝油就可以去上周六的艺术课。

我们一行共十四个孩子去上周六的第一节课。我们走近那栋楼房，试图拽下门把手，看看是不是巧克力杏仁做成的。不过最后我们发现那并不是巧克力而是真正的门把手。米拉格罗斯发现一条绳子摇晃着，她拉了一下，一只小铃铛在我们脑袋上方叮当作响。我们每个人都试了一下。

那只铃铛大概响了有十二次，当我踮起脚尖开始第二轮尝试时，门猛地打开了，铃铛不用拉就刺耳地响了起来。我们跟前站着一个高山一般的女人，她穿着色彩浓烈的夏威夷风格女便服，愈发有居高临下之势。她全身上下都是这样的图案：具有异国情调火焰般的花朵，鸟儿们啄着花蕊；看上去像是没上过艺术课的孩子的涂鸦。

“勿（无）礼，勿（无）礼，”她低声咆哮，“你！”她指着我说，“你是会画花（画）的那一个？”

我点了点头，行了个礼。我们都行了礼。但那更像是当着她的面行宗教礼节的屈膝礼。米拉格罗斯很快地介绍了我们，递给查朵丽太太一张字条，然后飞也似的退到某辆停在车道上的黑色轿车里，三辆停在车道上的车子如同紧张得气喘吁吁的马儿。随着石子的一阵翻滚，车子消失了，我们这些小孩被留下来跟查丽朵太太学“艺术的基本愿（原）理。”

她打开手上的字条，看到字条反复折叠很不耐烦地叹了口气。我们安静地等着她看完字条，等她终于抬头大笑，我们才舒了口气。她的牙齿之间有道缝；这个女人甚至连微笑的时候都没有什么敢挡她的道。“知道了，知道了，”她用平和的口气说，“我是出于好心才这么做的。”她在我们脑袋上方挥了挥手，在我看来，那像是在向全世界宣告什么。

“那么你们当中谁是那个小天才？”查丽朵太太念到一个名字。她重复了几遍，我才小心地举起手。“哈！我本该猜到的。”她微微笑了一下，确切地说，她的嘴角稍稍翘了起来；她像是挤出了一个笑容而不是自然而然地笑出来。

“进来，进来，”她正说着突然又不高兴了，“当然，要先脱鞋。”自然了，我们脱了鞋才进屋去。我希望我的鞋子上有一点泥巴，这会令她对我怒目而视。

我们开始参观整栋房子，与其说是房子，不如说是博物馆更为形象。查丽朵太太收藏的作品挂在墙上，大多数是水罐和用碗盛的水果、小提琴或是吉他，我不大能分辨出来，因为我们那时还没上音乐课。有两三幅画是奔腾的骏马，鬃毛飞扬着，还有就是风暴袭来的海滩。但就这些了，没有毒蜘蛛，没有芒果，没有蜥蜴，没有灵魂，没有活生生的人。

当我们参观完整栋房子，年纪较大的表姐们就说很喜欢这些画，她们在撒谎方面更有经验。其他小孩就点了点头。

“好地（的），好地（的）！”她又笑了。我渴望开始上课，画象牙色的牙齿以及两排牙齿间露出的紫色舌头，那舌头就像被关在她嘴巴里的肥硕野兽。但是，查丽朵太太并不急着给我们上课，她领着我们来到房子中央的一个开放式平台。我们应邀坐了下来，但平台上只有两把椅子，我们没人敢先入席。

一个年纪很大的老妇人——她的脸皱得像一本用过的便笺本——端来一盘温的柠檬水，没有冰块，所有的糖都在杯底，也没有可以搅拌的汤匙。我们边喝边皱着眉头，等着上课。可是查朵丽太太消失在厨房里，我们能听到她对那位老妇人发号施令——我确定她是在说如何招待我们才是最好的。我们几个女孩面面相觑，突然间知道自己的肉体是脆弱的，十四张嘴挤在查朵丽太太的平台上，喝着她的柠檬水。

终于，查丽朵太太带着我们齐步走进她的工作室。这是房子一翼一个宽敞明亮的房间，所有的窗户都大开着，让浓烈的油味和松脂味散发出去。藤椅一排排放着，每张椅子前都支着一个画架，每两张椅子中间有一个柳条箱，里头装了一罐清水，上面搁了几块旧毛巾。（这肯定是合同里头所说的“包括一些画具”。）

“你们自己找个位子。”查丽朵太太命令。大家都抢坐后排的椅子，不过我运气不太好没抢着。进门时我躲在后面，本以为自己很聪明，想看看其他人的表现再进去，结果我的位子就在查朵丽太太又大又深的蓝色鼻孔正下方。

上课以运动的形式开始。“健全的精神寓于健全的身体。”[1]查丽朵太太宣称。“阿门。”我们女孩子不约而同地说，因为这些拉丁词语提示我们应该以宗教的礼仪回应。查丽朵太太皱起了眉头。

“一、二。一、二。一、二。”她喊着口令。我们开始开合跳，触摸自己的脚指头，“为了血液循环”弯曲自己的手指，然后让自己进入体操表演的疯狂状态。

1　此处原文为拉丁文“Mens sana in corpore sano”。

最后，真正的艺术课开始了。查丽朵太太用她的画笔先做示范。“第一步，你们必须检查画笔上的毛，为的是能够精确地画线条。”查丽朵太太把画笔蘸入水中，讲究地洗着画笔，轻轻敲着水罐边缘，好像一个保姆用勺子一口口喂着不乖的婴儿。

我们都顺从地照样做。

她继续用我们几乎听不懂的走了形的西班牙语讲解。“第二步，握画笔的恰当方式。不是这样握，也不是这样握……”她检查我们握笔的姿势，一把椅子一把椅子的检查，然后，嘲笑我们所有孩子都握得不对。

似乎有了太多的仪式，我反而不能画出洋溢在自己心中的那个美妙、葱郁而又狂野的世界。我努力集中精神看查丽朵太太的示范，可是好像有什么东西开始挠着我画画的胳膊。它又在我意志力的门前挠着，我不得不将它放出来。我拿起浸湿的画笔，画起我的金色蛋糕；笔一挥，一只猫就飞跃到我的画纸上，猫的胡须、尾巴，还有喵呜喵呜的叫声。

我觉得呼吸顺畅了些，自己的内心获得猫一般大小的空间。查丽朵太太背对着我。她那夏威夷便服上的知更鸟把剑一般的嘴巴塞进她的两瓣屁股中间。还有作画的时间。

我在水罐里抖动着画笔。液体变成我清晨第一泡尿的颜色。我画了一个紫色的蛋糕、一只淤青色的猫，接着一只棕色的简笔画猫刷地跳了出来。

我画得太过专注，没听到查丽朵太太警告的声音，也没听到她用皮带抽打油地毡的声音，直至她朝我俯冲过来。她那涂了鲜红指甲油的指甲把我的画纸从画板上扯下来，揉成一团。“你，你竟然公然反抗我！”她大叫。她的脸色变成我水罐里的泥泞红。她抓住我的前臂，拽着我冲过房间，出门来到一间黑糊糊的客厅，然后把我重重地甩在硬藤条椅上。

查丽朵太太的绿眼睛如同猫眼一般对我怒目而视。她那绿色的眼睛里带着棕色斑点，宛若什么活的东西被眼球捉住，在虹膜中变成化石。“没有我的批准，你不准动。明白吗？”我屈服地低下头。从眼角我瞥见了那些吓坏了的表姐妹，她们规规矩矩地练习着第一笔。查丽朵太太硕大的身体在门口堵了一会儿，然后砰的一声，门关上了。

我就像周遭挂在墙上的静物画一样一动不动地坐着。在这黑暗、悄无声息又不通风的房间里，我能感到她的存在。她的画刷就悬在我头顶的正上方，令我的脸成了一只装苹果、葡萄、李子、梨和柠檬的盘子。我一动也不敢动。

然而，不一会儿我就开始坐立不安。我能预见这些艺术课不会有意思，我在这世上喜欢的每件事物仿佛最终都变成了错爱。最近我开始上教义课，为我的第一次圣餐仪式做准备。在一所名为“我们永远悲伤的女士”的修道院学校，那些天主教修女们教导我：要像给待洗衣物分类一样把世界整理为错误的和正确的，什么是可原谅的轻微过错，什么罪过——倘若你是在享受的中途死去——会直接送你进地狱。我还没体验过生活，可良心已经把我的生命变得如静物或活人造型。不过，那天早上在查丽朵太太的家里，我还没准备好扮演这世上所谓的模范孩子。

我从那张不舒服的椅子上站起来，摸索着走到门厅，我们的鞋子就在那儿排成整齐的一排，好似因鞋底沾着泥巴，都要被毙掉。就在找到自己的鞋子当口，我听到一个男子的声音，在屋子的后面叫喊着、诅咒着。正常情况下，我会朝相反的方向逃跑，但是他大喊出诅咒就是我压着嗓音低声咒骂查丽朵太太的话。我被吸引住了，想探个究竟。

露台没人打理。天空压得很低，宛如一块阴沉沉的帆布，带着几圈乌黑、预示着暴风雨即将来临的云朵。我从一个没有上栓的门穿过，经过一片高大的芙蓉花篱笆，看见一个泥泞的后院。前方立着一个没有上漆的棚子，棚子上方有个窗户，还有一扇紧闭的门被一个大扣锁锁住。那个男子的叫喊声是从里边传出来的，但吸引我的是另一个声响，嗒——嗒——嗒，就像我的表姐妹寻找舞伴时发出的声音。我想找出查丽朵太太的秘密。以我当时的年龄，我所知道的报复不过如此。某人在床头柜的抽屉里藏了些什么。某人的内裤是什么颜色。某人不雅地蹲在夜壶上是什么样子。然后，当这个人用暴力约束我时，我就可以瞪她一眼以示对抗：我可是知道你的，我可是知道你的。

棚子唯一的窗户比我高出一头。我把一小截木桩滚到窗户底下，爬上木桩，朝里面看。起先，我只看到自己映在窗户玻璃上的脸。我双手握成杯状放在眼前，感觉窗户玻璃像是活过来了一般，和捶打的声音一唱一和。

慢慢地，我分辨出了棚子里的事物。用木头凿成的大件半成品，就像我身后撒满院子的木头。有些凿成了蹄子、爪子、尾巴或者角；有些凿出面部的轮廓，嘴巴、眼睛、带指甲的手。一只羊的羊毛从一块浅色木桩裸露的背面卷了起来，但是这个可怜的家伙没有鼻孔和嘴巴，无法咩咩叫。我摸摸自己的脸确保自己五官齐全。

在地板中间，一个女人的身子倚靠在两把锯上，一把锯架在她的脚边，另一把架在她的脖子上，如同外婆弄伤了自己的背部用绷带和椽架着一般。女人的脑袋冒出尖角，那是处女的光环，虽然也可以被看作一个坏女人的角。她那带着复杂小卷的鬈发盘绕肩头，就像一团蛇。她的脑袋已经凿好，但面部还是一片空白。

嗒——嗒——嗒，声音从她下面传来。木头刨花和锯木屑掉在地板上，在那里她的脚正在成形。就在我的眼前，那些浅黄色的木桩变成脚后跟和脚指头，她脚底下呈S形的鞋子。她本可以站在这些鞋子上，一路走到伯利恒。

当一颗长着棕色头发的脑袋从她的两腿之间出现时，一开始我以为他也是被凿出来的。因为他同样也有亮锃锃红木般的肤色，就像那些半成品雕塑。在他的脖子上拴着一根绳子，绳子连着一条锁链，锁链的一头就扣在大门的铁环上——他就是这副打扮，身上几乎什么也没穿！他是个小个子男人，跟我站在木桩上时差不多高，体态匀称——除了一样东西。繁殖季节我曾经在外公的牧场上见过公牛和母牛交配的情景。有一次，一个粗俗的保姆告诉我，灯熄了之后，风扇转动着，在绣花被底下，我优雅的德拉托雷母亲也是这么怀上我的。这个小男人在处女脚边干活的时候就像牧场上的公牛一般，他那玩意儿变得很大。他完成脚边的活儿就爬到雕塑上方，两腿跨坐在上面，身上的锁链咯咯作响。他抚摸着她空白的面孔，满怀温柔，然后把他的凿子嵌入她的前额，准备继续往下凿。我叫出声来警告他身下的女人。

结果他那精灵般的脑袋猛地抬了起来。他看了看四周，瞄准了我贴着窗户上的脸，朝我的方向冲过来。锁链拉紧了他。不一会儿他够到了窗户，把窗户打开，要把我拽进去，我一下子从站着的木桩摔到地面上。我害怕极了，竟没有感到疼痛，但我倒在地上时听到胳膊上的小骨头发出咔嚓一声响。

他的脸出现在窗户边。他打量着我，双唇咧开，露出一个空洞的笑容。嗒——嗒——嗒，他的手敲着窗玻璃像是要吸引我的注意，以便能够打量得更久一些。没有必要。我的眼睛铆在他的脸上，嘴巴张开发出无声的尖叫。最后，恐惧中的我终于发出声音来了。我不停地尖叫，甚至他的脸从窗户旁消失后还在叫着。

很快所有上艺术课的人都从屋子里跑了出来。查丽朵太太领头，我的表姐妹们穿着袜子，还有那个老妇人跟在后头，大家都朝着脏兮兮的院子跑来。我从未想过有一天自己看到她，竟会这么开心。

"发生什么事了？"查丽朵太太叫喊着，不过她的声音流露出真实的担忧。"你为什么没有看着她？"她责骂老妇人。最后她转向我，骂道："你到底做了些什么？"她朝院子后方焦急地看了一眼。嗒——嗒——嗒，棚子里传来声音。

我举起疼痛难忍的胳膊——肯定是骨折了。她可能看到我满脸泪痕，我的身体就像动物般沾满了泥巴。我小声啜泣着。"我的胳膊折了。"我哭道。不过我知道最好不要坦白说出我在她棚子里的所见所闻。

不能说查丽朵的脸因此柔和了下来，因为她的所有面部表情里根本没有"柔和"。她跪在我身旁，伸手够我的胳膊。但即使是轻轻的触碰也让我疼得直皱眉头。"折——折了？"她盯着我看。现在我知道了，她眼里的那些斑点是骨头碎片，以及这些年来她摔碎的东西。

与此同时，在没人监管的情况下，我的表姐妹们开始在木材上玩平衡木游戏，摔泥巴，享受着假日时光，把衣服和白袜子都弄得脏兮兮的。其中两个拿着木棍如同勘探者般朝棚子走去。查丽朵太太站起来大声警告："注意！马上回到工作室，每一个人！"大伙儿急急忙忙往工作室赶。天开始下雨，大滴大滴的雨点从空中落下，仿佛有人抖动着画刷。

查丽朵太太双手抱起我。我靠在她身上，像是她唯一的孩子。我把脑袋靠在她的心脏上方，能要听到她的心跳声，那像是从海螺里听到的深色的大西洋发出的声音，像是波浪逆风拍打的声音，像是从欧洲中部的辽阔平原传来的声音。她知道这个世界是一片荒野。她带着一支大画刷。她画出漩涡般轮转的星辰，这令许多男人发疯。她可以把我从那个棚子里的疯子手里救出来。我紧紧依靠着她。

但那是我最后一次见到查丽朵太太。好几辆车子在车道上停下；母亲匆匆走进屋里；我开始哭了起来，让她相信我的状况很糟糕。惊吓过后，我确实感到胳膊一阵阵刺痛，似乎有人用凿子凿过我的骨头。在医院里，大家的疑虑得到证实：我的胳膊有三处骨折。

我打了几个月的石膏，后来石膏锯掉后才发现胳膊骨折之处接弯了。除了把骨头再次敲碎、重新接上之外，没有别的办法。这被认为是一次大手术，所以大家都送了我礼物，其中还有一个上了锁的旅行小皮袋，锁的密码是我的生日。在大教堂，大家为我的健康做了弥撒，我也被允许饭前饭后吃冰淇淋，为的是鼓励我勇敢，而且——这是羡慕我的表兄妹们说的——“给她补补钙。”我确定自己快要死了，而这就是大家都对我这么好的原因。

我没有死，而且胳膊骨折处最终也治愈了，几近完美。但是大概有一年的时间，我的胳膊都吊在绷带上。石膏上签了不少表兄妹和舅舅、舅妈的名字，而我像是德拉托雷家族的综合体：吉塞拉·德拉托雷、蒙丁·德拉托雷、卡门西塔·德拉托雷、露辛达·德拉托雷。还有一些留言和诗歌。有些留言自作聪明或是配有骷髅，这代表着表姐妹们的怨恨，我自己倒是不用上艺术课了，可她们还得上。我的艺术生涯就这么戛然而止，但我的表姐妹们周六早上还得去画圆，然后是椭圆，最后这些椭圆才被允许画成苹果。几个月后，她们可以画器皿了——水罐、篮子、小刀。最后的一个作品是把所有的这些物件，以及一小块塑料火腿都画进去。她们苦闷地抱怨：她们讨厌艺术；她们不想上艺术课。但是她们被告知小岛的树上可不长美元。明年还得继续上。

到了圣诞节的时候，艺术课结束了，我的石膏也取了下来。然而，我变了。几个月来受到的精心照顾以及表兄妹们的嘲笑让我变得内向了。现在的我再也画不出洋溢在心中的那个世界了。我闷闷不乐，赖着母亲，心肠软，而且爱发牢骚：艺术家的典型性情，不过如此不良的个性却没能让我展示出什么作品。我再也画不了了。我的手已经失去了艺术细胞。

在那一年的艺术课期间，我确实得意过一回。圣诞节前夕，我和其他德拉托雷家的孩子们一起，被带到国家大教堂参观耶稣诞生盛会，新的耶稣像将在那里揭开面纱。我们从过道正步走上被红布和蜡烛装点着的圣坛，上面是红色、绿色布条做成的帘子。

午夜的钟声响起时，钟乐也开始鸣响。大教堂的边门突然打开了，一队牧师、修女和助手走了出来，他们手上的香炉噼啪作响，散发出没药和乳香的气味，这些香料是三位国王从东方带来的。两个圣坛男童拉开布帘——

出现在我眼前的是我在何塞先生的工作棚看过的巨人！但这些都是神圣的神像，穿着天鹅绒披风以及熠熠发光的袍子，牧羊人的斗篷漂亮地打着补丁。国王、羊群以及嘶叫的马，侍女和乞丐在想象中的夜晚聚集在森林里。上帝向我们展示他是历经种种麻烦才诞生的。起风了。雨水打在大教堂的屋顶上。远处传来狗吠声。

当圣坛的门打开时，信徒们拥上前抚摸小耶稣，祈求来年的好运。然而我的眼睛却被圣母玛利亚的面孔吸引住了。我用手摸了摸自己的脸以确保这张脸是自己的。我的脸颊跟她的一样；我的眉毛像她的一样弯着；我的眼睛像她的一样大睁着，瞪着敲窗玻璃的那个男子。我伸出曾经骨折的胳膊，摸了摸她身上高贵蓝袍的褶边以及配套的布鞋。突然间，我也和身边的信徒们一起沉浸在传入这世上的佳音和欣喜之中。

来自美国的一个惊喜

卡拉

整个早上我和妹妹们都在家里等候，我们的父亲终于走进了家门。我们都朝他跑过去，喊着："爸爸！爸爸！"妈妈把手指放在嘴上。"宝宝。"她提醒我们，但爸爸却忘了妈妈的提醒，每抱起我们当中的一个就欢呼一声，还要转上一圈。司机很耐心地候在门口，手上各提着一只包。"马里奥，放在书房里吧。"爸爸吩咐司机。之后他搓起双手说："我可是有个惊喜给我的姑娘们哦！"

"是什么呀？"我们都叫了起来。"是雪吗？"我猜，因为昨晚祷告的时候妈妈承诺说总有一天我能见到这样的东西。

"闺女们，记住，"妈妈说，起先我还以为她是指别吵醒菲菲宝宝，但她接着补充说，"让爸爸先休息下。"妈妈用英语跟爸爸低声说了几句，爸爸点了点头。"那么等晚餐过后吧，"他说，"我们将看看谁把自己的盘子吃得最干净。"我们的脸色由晴转阴，爸爸为了让我们振作精神说道："哟，哟，哟！是个惊喜哦！"

桑迪和悠悠洋洋得意地交换了一下眼色，一蹦一跳地走了，手牵着手去告诉隔壁的表兄妹们，说爸爸从纽约带回一个神秘的惊喜，在纽约现在可是冬天，雪从天上飘落地面，如同《圣经》中一小片一小片的吗哪面包[1]。

不过我可不想四处走动，因为假设，只是假设而已，假设爸爸喝完水后决定立刻打开他的行李包，那么我就是唯一在场的孩子，不管是什么样的惊喜，我都能第一个挑选。要是他能给我一点点提示就好了！

可父亲没有提示的意思。他四肢伸展着，躺在母亲的身边，胳膊搭在沙发靠背上，似乎正要拥抱所有的一切。他们专注地交谈着，这种声音一般是大人们在讨论出了什么事情时才有的。

“物价飙升啊。”他说。母亲用手抚摸着他的头发，说：“我可怜的，亲爱的。”之后他们就到卧室去了，想在吃晚餐前睡一小会儿。

屋里变得安静而又落寞。我在咖啡桌旁逗留，一口一口地抿着杯里剩下的液体，直到里头的冰块咕噜咕噜地落入我的嘴里——这些咕噜声会让大家知道我把酒给喝光了——我不得不紧闭双眼，爸爸的冰威士忌灼痛了我的喉咙。客厅那边传来银器碰撞发出的叮当声，还有椅子放回原位刮擦的声音。然后，格拉迪斯，新来的厨房女佣，开始唱：

我投了一把勺子，
我投了一把叉子，
我投了一只盘子，
而且我去了纽约。

---

1 《圣经》里描述的古以色列人经过荒野时上帝赐给的食物。

我喜欢听格拉迪斯用高昂而又甜美的嗓音模仿她从收音机里听到的歌。终有一天，她将成为一名著名的女演员，格拉迪斯说。可是母亲说格拉迪斯只是一个乡下姑娘，她只知道在屋里唱流行歌曲，整个星期都用卷发棒卷她的头发，周日做弥撒时把自己的头发梳成杂志女郎的发型，这些都是从妈妈扔掉的美国杂志学来的。

我走进餐厅，格拉迪斯的歌声戛然而止。“咳，卡拉，你这孩子，吓了我一大跳！”她笑了起来。格拉迪斯正在为晚餐准备餐具，她从左手握着的一把银器中拿出汤勺，边摆餐具边跳起舞步，提醒自己说：“汤勺放在右边，妻子坐在切刀的旁边。”妹妹和要好的表兄妹不在身边时，格拉迪斯是很有意思的伴儿。

她站在餐桌后边，歪头看了看，把一张椅子摆好，稍微挪了一下切刀，像是把墙上的画摆正。她朝屋子的后部点了点头。我跟着她穿过厨房，那里晚餐都准备好了：空的浅盘都拿出来了，等着装食物；汤勺就像一家人一般排列着，大的勺子放在最左边，然后是稍小一点的，最后是小勺子。

在过道那里女仆们的房间和整个屋子连在一起，格拉迪斯停了下来，把门打开。“这么说你父亲从纽约回来了！”

我开心地点头，走进女仆的房间。这里又黑又热。大多数窗户都关着以抵挡加勒比海正午日光的暴晒。屋顶上一个打开的窗户洒下一些模糊而又柔和的光线。在一张藤椅上，一台吱吱呀呀的风扇转着头，吹吹这边又吹吹那边。

慢慢地，我的眼睛适应了屋内昏暗的光线，看到塑料雕塑以及圣人的神像凌乱地搁在梳妆台上方。一只旧的蛋黄酱罐子，盖子上有道小裂痕，隐约能看出里面放着铜便士。风扇吹着，信徒蜡烛的火焰摇曳着。三张席子中的两张上躺着人。其中的一张席子上躺的是那位老厨娘娘，舒沙，她睡得正香，胖胖的黑脸看上去好像因为不时吹来的凉风而感到心满意足。另外一张席子上，妮维雅穿着睡裙低头坐着，手里拿着一串玫瑰念珠，口中念念有词，像在找膝盖间晃动的珠子的茬。

门咔嗒一声关上了，舒沙睁开一只眼，又闭上。我希望她再次睡下，因为这位老厨娘喜欢责备人。事实上，老舒沙变得越来越难相处了，所以妈妈决定为她单独准备一个房间。“你知道你母亲不喜欢你来这里。”舒沙开始说话了。我看着格拉迪斯，希望她能为我辩护。

“不会搞破坏的，厨师。”格拉迪斯开心地说。她带着我来到她的席子上，拍了拍身旁的一个位置。“劳拉太太今天不会介意的，因为卡洛斯先生刚刚回来。”

“这么说公鸡啼鸣的时候，母鸡就不啄食了。”舒沙讥讽道。她发出烦躁的叹气声，转身对着墙。风扇吹出来的风挠着她粉红色的脚底。“你们还没出生之前我就给劳拉太太换尿布了！”她吵了起来，“我知道狗怎么咬人，蜜蜂怎么蜇人！”

格拉迪斯朝我转了转眼睛，像是在说：“别管这位厨师。”然后她用缓和的声音说：“你确实在这个家待了很长时间。”

“三十二年了。”舒沙干笑了一声。

“我在想三十二年后我会在哪里呢。”格拉迪斯沉思道。她的脸上露出发呆的表情，然后现出一丝笑意。“纽约。”她迷迷糊糊地说，开始哼收音机里日夜播放的纽约梅伦格舞的流行曲子。

“你就做梦吧。”舒沙说。她笑出声来，身上的赘肉在制服下面抖动着，身子前后扭动。“孩子，你的脑袋上乌云密布呢。当心雷电啊！”

“咳，厨师。”格拉迪斯探着身子，温柔地拍着老妇人的脚。她好像不为舒沙的幸灾乐祸和坏脾气感到气恼。“每天晚上我都做祷告。”她对着临时的圣坛点了点头。格拉迪斯曾经跟我解释，她梳妆台上的每一位圣人都有一个特别之处。圣人克莱拉对视力有帮助。圣人马丁是位财神，能助人发财。我们那受众人敬爱的圣母则什么忙都能帮上。这时，她挑出一张妈妈几天前扔掉的明信片。上面画了一个穿袍子的女人，头戴星星光环，一手高举火炬。在她后面是一座童话般的城市，圣诞节的灯火闪烁着。“这一位是强大的美国圣母，”格拉迪斯把卡片递给我，“她会让我去纽约的，你等着瞧吧。”

“提起纽约——”妮维雅说话了。她赶紧画了一个十字，亲了亲念珠上的耶稣受难像。妮维雅是最近才来的洗衣房女佣，肤色“黑了又黑”：母亲总要把“黑”这个词说两遍，仿佛这样才能把妮维雅的肤色完全地描绘出来。妮维雅是她的别名，是她母亲给她取的，因为过去她母亲总往她脸上抹一种“妮维雅”牌的美国面霜，希望奶白色的面霜能让孩子的皮肤变白。她那正盯着我看的眼球中，眼白是面霜的魔力唯一发挥了作用的地方。“给我们看看你父亲都给你们带了些什么。”

“幸运哦，幸运。”我还没来得及解释，妮维雅就继续说了下去，“这些女孩真是幸运啊。多好的父亲！每次出差都给每个孩子各捎一件宝贝。”格拉迪斯到我们家才干了一个月，所以妮维雅就给格拉迪斯列举卡洛斯大夫给他的女儿们买的所有宝贝：“你可知道，上次他带回来的是那些会跳舞的洋娃娃？”

我点了点头。有件事情你千万不要做：纠正妮维雅。你若是那样做，会被叫做“万事通小姐”。可是那些会跳舞的洋娃娃是爸爸上次的上次出差时买回来的。上一次出差的礼物是可以系鞋带的鞋子，他说这些鞋子对我们的脚有好处，老实说那并不是很好的礼物，但那次是妈妈负责挑选的惊喜。每次父亲出差，他都会问："孩子她妈，姑娘们都需要些什么呢？"有时候，就像这次出差，妈妈回答说："什么都不缺。她们都要上学了。"然后，哦，然后呢，惊喜必定奇妙极了，因为爸爸向妈妈解释："其实我根本没想给她们买东西。我去了施瓦兹玩具店，导购小姐就建议……"接下来就是包装好的会跳舞的洋娃娃、三双溜冰鞋，或者就像今天晚上，三个奇妙的惊喜！

格拉迪斯拿回明信片，对着它微笑。"你父亲给你带了什么？"她问。

"还不知道呢，"我叹了口气，因为不能满足她们的好奇心而感到失望，连舒沙都稍微转了转身要听听惊喜是什么，"我们得先吃晚饭。"

"说起晚饭，"妮维雅说，提醒其他两位，"我们总有干不完的活儿。"然后她补充说："日以继夜，那么我们能得到什么惊喜呢！"她一边把自己的鬈发编成十几条小辫子，一边发着牢骚。她的抱怨和舒沙的不同。妮维雅的抱怨总是愤愤不平，即使是在最愉快的谈话当中，她的怒气也会偷偷地接近你。舒沙的抱怨则是日常的絮叨，有时是对狗大喊一声，有时是责骂不得不擦拭的水壶，有时是对劳拉太太低声咕哝，她曾经为劳拉太太换过尿布，所以她有权利指责劳拉太太的行为。

那天的晚餐是意大利面和肉丸，谢天谢地，有这样的食物才比较容易把盘子里的东西吃得一干二净。我用叉子卷着面条，在盘子里头滚动着两个肉丸，直到厌烦了这么做，才把所有的食物都吃掉。妈妈的心情不错，让保姆米拉格罗斯把宝宝带走。通常情况下，妈妈坚持让宝宝也留下，她在高脚椅上哭着叫着，这样全家人才能一起像“文明人”一样吃顿正式的晚餐。今天晚上全家人得以免去文明的折磨，而且不用被迫吃蔬菜，因为妈妈允许我们自己盛饭吃。我就吃了些豌豆粒，大概能串成一条项链的分量。我和妹妹们都安静地吃着，惊奇地听着父亲讲述关于的士和糟糕的暴风雪的经历（暴风雪怎会是糟糕的呢？），还有街上的圣诞节装饰。我们提前几周就感受到了幸福：就在这个晚上，一个奇妙的惊喜，还有不到二十天窗就是圣诞节了，这是每天晚上祷告时我们跟妈妈一起打开的小窗里的日历所显示的。到时还有更多的惊喜哩！我们都是幸运的女孩，妮维雅说得没错，哦，多么幸运啊！

终于，爸爸转向格拉迪斯，她正推着滚动式推车在桌旁收拾盘子。“呃——”

“格拉迪斯。”妈妈提醒爸爸；毕竟，她是新来的女佣，爸爸还没机会叫她的名字。

“格拉迪斯，”爸爸问，“你能不能帮我把公文包拿来？”

“在书房里，”妈妈指导着，“在吸烟桌旁边的那个桌子上。”

格拉迪斯匆匆离去，她的拖鞋发疯似的啪嗒作响，意味着她对于被派去做这么重要的差事感到高兴；她回来了，像抱着宝宝一样把爸爸的皮包抱在怀里。

“好样的！”爸爸朝格拉迪斯赞许地笑了笑，然后啪的一声打开公文包上的锁。公文包的盖如同魔术盒一般飞跳起来。里头有三个包裹，用白色面巾纸包着簇拥在一起，如此柔软、如此亲密，宛如窝里的三只鸡蛋。爸爸递给我们每人一个包裹，然后从包边缘的口袋里掏出一个小盒子，对着母亲微笑。

“亲爱的。”妈妈拍拍爸爸的手。她打开盒子，拿出一个玩具大小的香水瓶，打开瓶塞，闻了闻。“就是这种！你知道的，我一直找不到那个旧瓶子。可你却记得，你都没看过香水的名字！”她靠过来亲了亲爸爸的脸颊。

周遭是撕包装纸的声音。爸爸为我们欢呼着：“快！快！快！”格拉迪斯停在手推车旁，摆放用过的盘子，慢慢地、整齐地摞成一叠，然后把车推到厨房，妮维雅和舒沙会在那里清洗这些餐具。可是当我们把盒子打开时，我和妹妹们都困惑地看着对方。妈妈靠了过来，从悠悠的盒子里拿出一个铸铁小塑像：一个老人坐在一叶小舟上，朝下看着一条盛气凌人的鲸鱼，鲸鱼的嘴巴大张着。桑迪把她的塑像放在桌子上，努力装出开心的样子：这也是一个铸铁小塑像，是一个小女孩跳着绳，绳子在半空中停住了。我都不想打开我的盒子了。我朝里一看，只见一个女孩穿着蓝白相间的睡裙，抬头盯着蓬松的华盖似的云朵。施瓦兹的导购小姐这一次到底在想些什么呢？

“它们到底是什么呀，孩子她爸？”妈妈问，拿起桑迪的跳绳小女孩，看着上面圈点出来的眼睛。

“猜猜哦……”爸爸羞怯地笑了，然后补充说，“现在这个卖得可火了。施瓦兹的小姐说那天她已经卖了六个了。”

妈妈把塑像倒过来，大声读着里头印的字：“美国制造。”然后，她注意到一个可以用小钥匙打开的钥匙孔。“哎呀，”她抬头看爸爸，“是个储钱罐，对吧？”

父亲眉开眼笑。他把那个跳绳的女孩拿过去，放在桌子上。这个女孩站在她的托台上；一根铁丝弯着跨过她的头顶，绕过她握着的拳头里边的两个小针孔。她穿着波尔卡舞裙，一头金发。“看看这个。”爸爸说着从一堆零钱里拿出一便士。那个硬币正好能从女孩旁边的树林篱笆放进去。爸爸拉了一下底托的一根杆子，那根杆子反弹回去，硬币就掉了下去，叮当一声，然后我们所有人——妹妹们、妈妈、格拉迪斯和我——眨了眨眼睛，因为那个女孩举起绳子，跳了一圈。

屋里全是惊呼声。

“机械储钱罐。”爸爸咧嘴笑着，从零钱堆里又拿出一枚硬币，“那么我的闺女们要开始存钱来照顾我们了，孩子她妈。”——他对妈妈使了个眼色——“当我们变老，头发苍白的时候。”

“试试我的。”悠悠请求道。爸爸把一便士放进老人手上的狭缝里，这硬币就像小舟的轮子一般。当他拉动那根小杆的时候，硬币就滚进了鲸鱼的嘴里。

我和妹妹开怀大笑。“乔纳的储钱罐。”妈妈念着小舟边上写着的字，眼里露出调皮的神情，“哟，洛洛，我在想舅妈、姨妈她们会说些什么？”

爸爸扬起眉毛。“你等着看看这个吧，”他大笑，从盒子里拿出我的储钱罐，“实际上，这些乔纳和玛丽储钱罐是为了鼓励孩子们存献给教堂的奉献金。她们不会反对这个吧？”他把一便士放进云朵上面的狭缝里，拉动底座的小杆。硬币消失了；那个少女头发上画着光环，抬头看着云朵，她的胳膊举了起来。当小杆反弹回去时，她再次落到地面。

“感谢圣母！”格拉迪斯低声说。然后，所有人，包括母亲，都笑了起来，因为我们忘了格拉迪斯还在房间里。而且她的脖子伸得老长，看到这些神奇的东西时，眼睛瞪得像铜币一般圆。

爸爸拿起一枚硬币递给她。“来，格拉迪斯，你也来试试。”但是格拉迪斯直往后退，害羞地看着自己的拖鞋。“试试吧。”

母亲也鼓励她。这一次她走上前来，在围裙上擦了擦手，从父亲手里接过硬币。父亲指导她把硬币放在云朵上方。那枚硬币再次嘎嘎地掉了下去，玛丽又一次升上天，然后回到地面，这样一枚硬币就存了起来。格拉迪斯的脸惊喜地发着光。她惊奇地慢慢画了个十字。

“她们就像孩子一般，”格拉迪斯离开房间时父亲温和地说，“你们看见她的表情没有？似乎看到了活人活物。”

晚餐过后，妈妈喝着咖啡，爸爸抽着烟，两人闲聊着，妹妹们和我失望地对望了一眼。我试图摇一摇我的玛丽，看看是不是能把那些便士取出来，给自己买一盒口香糖。

“不行，不行，不行，卡丽塔[1]！便士要留在里头存起来，”父亲拍拍口袋，“爸爸保管着钥匙。”

这些储钱罐还好不算太令人失望。它们比系鞋带的鞋子强多了，这是肯定的。在学校，储钱罐在孩子们当中引起了轰动。我们班那些最受欢迎的女孩全都肘挨着肘站在我的身旁。她们请我吃圈圈糖，红色口味是我的最爱，所以每次她们都把红色口味的让给我。还有一些女孩把一卷糖果全都撕开来，挑出其中的红色圈圈糖给我吃。修女念了劳拉太太写的字条，解释说这是礼拜奉献金的储钱罐，之后大家都拿了一枚一便士的硬币放进云朵，看着那个小人儿跳起来。然后，修女——她的工作是教导学生从每件有趣的事情中学到什么——告诉全班同学说，我们神圣的圣母没有逝去而是升天了，因为她太好了。全班同学如同置身梦境般凝视着储钱罐，多半是期待着它能在一片烟雾中飞上天花板。

我带着沉甸甸的储钱罐回家。父亲开了锁，里面掉出差不多

1 “卡丽塔”是“卡拉”的全称。

有一百便士，父亲补上零头，给了我一张发亮的美元，它看起来更像珠宝而不仅仅是纸币。不过后来硬币的积攒就没这么快了。偶尔有那么一两次，母亲的牌友说讨厌钱包里的便士，很乐意把这些便士扔进鲸鱼的嘴巴或者云朵里。当然，跳绳的女孩是最招人喜爱的，幸运的桑迪。可是格拉迪斯抗议说最好的储钱罐就是玛丽，她把蛋黄酱罐子里头的所有便士都拿来见证奇迹了。真可惜，储钱罐不能收下两角五分的硬币。

最后，这些储钱罐被搁置在玩具架上，跟其他被我们忽视的玩具放在一起。圣诞节到了！母亲抱怨说她会累死的——有太多事情要忙。我们表演穿的戏服要缝制。隔壁伊萨姨妈需要找人帮忙清理花园和房子，这样今年的圣诞夜聚会才可以在她家举行，原来这是她离婚后过的第一个圣诞节，所以她要让自己忙活起来。还要修剪海边的葡萄树，把它们刷成白色，再挂上银色和金色的球，覆上金箔。多么壮观！特别是到了晚上，当妈妈把所有的灯都关掉，那棵树将灯光闪烁，亮了灭，灭又亮，一闪一闪的。小玻璃瓶，比如那些滴鼻液的瓶子，先要用彩色的水装满，再晾干。

圣诞节就快到了，耶稣降临的日历没剩下多少需要打开的小窗户了，我和妹妹们都兴奋不已，但是大人们好像太忙了，没空管我们。房子都已装扮起来，像是要举办一个派对。院子里高高的猩猩木看起来就像燃烧着的火炬。坚果和水果摆放在桌子中央和餐柜上的银质大浅盘里。一个高雅的士兵把一颗杏仁放进嘴里，帮你嗑开，每次他这么做，母亲就叹着气说："可惜没有国家芭蕾舞团表演给闺女们看。"格拉迪斯比以往更忙，她擦拭着银器，准备着夹小鱼的烤面包，拿着插满马蹄莲、百合和三角梅的花瓶跟着她的女主人在屋里穿梭。格拉迪斯现在不是唱收音机里播放的流行歌曲，而是无休止地唱起圣诞颂歌：

荣—喔—喔—喔—喔—喔—
喔—喔—喔—喔—喔—
耀！

最棒的是，妈妈好像不介意这样的歌唱，而且有一两回，她自己也跟着用女高音唱起：

圣诞老人他喜欢葡萄酒，
圣诞老人他喜欢甘蔗酒……

而且，当然了，圣诞节前夕的表演，所有的孩子们都会唱：

一起来庆祝
最新的喜悦……

我的戏服是一件长袍，还有一顶金箔做成的头冠，我要对夜里照看羊群的可怜牧羊人宣布：

不要害怕
瞧呀，我给你们带来了
天大的喜讯
小耶稣诞生了！

可是眼前的灯光和礼堂里的人山人海让我忐忑不安，我念错台词了，本来应该是“小耶稣诞生了”，我却说成“小洋娃娃诞生了！”妈妈说除了她之外没人注意到这个口误，她知道我是因为想从小耶稣那里得到一个小洋娃娃才说错的。

隔天早上，一个洋娃娃躺在圣诞树下，金色的头发上系着一根丝带，手腕上绑着一只奶瓶。她用嘴巴上的小洞喝过牛奶后就会把尿布尿湿，这时把她放倒，她就会喊“妈妈”。礼物不止这个。整个房间就像藏着宝藏的洞穴，到处是包装好的礼盒。“每个人都有礼物。”爸爸说着笑了起来。他的宝贝闺女们自然有更多的礼物！我们每个人都坐在一堆撕开的包装纸、空盒子和喜气洋溢的彩色玩具堆里。连菲菲宝宝都有不少礼物，虽然她更喜欢爬来爬去，撕包装纸，把纸屑塞进嘴里，可怜的米拉格罗斯跟在她后面跌跌绊绊，念叨着说要是不管这孩子，她肯定会被噎死，我们的救世主诞生的这一天将成为她的死期。所有的仆人都在，马里奥、舒沙、妮维雅以及格拉迪斯，他们小心地打开礼物，这样就不会撕坏色彩明亮的包装纸。他们的脸都亮了起来：是一个皮夹子，放纸币的地方还有一个漂亮的绿色小盖。

那天晚上，虽然我比平常更晚上床，但还是睡不着。我确实努力想睡，紧紧地闭上眼睛，但我还是看见了我的新洋娃娃，这时我的谜语书或彩色图书在视线中变得比实际更大，我不得不开灯看看我的礼物们，确保它们是真实的。妈妈进来了，她刚在隔壁房间参加吵闹的派对。她穿着一件银色的长裙，白皙的胳膊裸露着，挽着蒙多舅舅的手。看见我开着灯，妈妈对我摇了摇手指，但她似乎不是特别在意，舅舅拿起悠悠的左轮手枪对自己开了几枪，妈妈大笑不止。过了一会儿，格拉迪斯回自己的房间前也进来待了一会儿。“已经过午夜了，年轻的小姐！”但她没有把灯关掉，而是坐在我的床边，脱掉拖鞋，开始按摩她累坏的双脚。我们能听到舅舅、舅妈和妈妈爸爸在远处唱颂歌的声音。“隔壁是美好的旧时光。”格拉迪斯说。劳拉太太和卡洛斯先生跳了一支波列罗舞，就像电影里跳得那样好。蒙多先生脱掉衬衫，在餐桌上跳起了工人们常跳的快步舞。发癫的伊萨太太不知是被扔进了游泳池还是自己掉进去的，你都说不清了。

格拉迪斯环顾房间，拿起新玩具爱不释手但还是放回架子上。她的脸上露出一丝希望。格拉迪斯从口袋里掏出她的新钱包，打开，从夹层里取出十张比索。“我跟你买那个储钱罐。”她有点迟疑地说。

那个储钱罐！那个旧玩意儿肯定不值十张崭新的比索。而且那个罐子某天晚上被搁在露台，里头的机械都生锈了，更不值钱了。里头的弹簧多半的时候一动也不动。“噢，格拉迪斯，不要这样。”我劝格拉迪斯。

格拉迪斯的目光黯淡下来。她把纸币放进钱夹子，举起钱包。“整个钱包都给你。”

有一阵子，我不知道该怎么办才好。妈妈总是告诉我这样的规矩：不能把收到的礼物送人。格拉迪斯必须留下她的钱夹子。但那就意味着我必须留下那个旧罐子，可我若是把它送给格拉迪斯，肯定是慷慨的行为。我茫然地抬头看着玩具架。

“送给你好了。”我说。格拉迪斯的嘴巴张大了。这个年轻女仆惊讶的目光肯定了我的怀疑，我肯定做了件会受到惩罚的事，所以我补充说：“不要说出去，格拉迪斯，好吗？”女仆热切地点着头，她离开房间的时候，把那个储钱罐包在她的围裙里，夹在腋下。

但是妈妈总能注意到餐桌上谁的餐具垫上有污渍，哪个小表弟胳膊上有瘀青，或者卧室里哪个玩具架上有空位。元旦过后的几周，全家人都被动员来寻找她的眼镜，其实她把眼镜戴在了自己的头顶上，这时她说："这让我想起来，卡拉，你的玛丽储钱罐呢？"就在那时，格拉迪斯和我交换了一个愧疚的眼神；妈妈发现她的眼镜架就在自己的脑袋上，于是把它滑下来搭在鼻梁上。她好奇地看看我，又看看格拉迪斯。

"我的储钱罐吗？"我问，好像我从来没听说过这样一件东西。

"没错，没错。"母亲说，她再次看了看我，又看了看格拉迪斯。

"啊，那个罐子。"我回答，解释说应该就在附近吧。

妈妈非常耐心、温柔地说："好吧，那么我们把它找出来，好吗？"我们在房间里自然是找不到那个罐子，虽然我假装很仔细很彻底地寻找，甚至查看了鞋子的旁边——妈妈后来也没有坚持找储钱罐。

那个周日，趁着女仆们都去做弥撒，母亲查看了她们的住处，父亲在窗边望风。后来，我听到关着门的书房传来爸爸妈妈焦虑的声音。再后来，门打开了，父亲走到客厅里，后面跟着皱着眉头的母亲，我及时地躲到一张藤条椅后面。之后他们又一脸严肃地走回来，父亲，嘟嘟囔囔的舒沙，还有跟在最后面的母亲。同样的队伍来来回回，一会儿是妮维雅，一会儿是米拉格罗斯，最后是格拉迪斯，她的眼睛又小又圆。门关了。书房里响起了说话声。我注视着灰尘在丝丝微风中翻着跟斗。屋里的角落，一块金箔屑闪烁着节日欢庆的余光。终于，门打开了，格拉迪斯撩起裙角哭泣着，匆匆走到客厅。

我的心沉了下去。这个大房子里正酝酿着麻烦。这麻烦已经降临在格拉迪斯身上，躲也没有用，它迟早也会落在我身上。我站起身来，把洋娃娃放在椅子的靠垫上，不顾它直喊“妈妈”。

我走到书房的门前，停顿了一下，因为我总是会被装满书的书架、墙上的深色木板以及百叶窗所震慑。母亲在房间里来回踱步，似乎没有一个方向是对的，还不停地抽烟。父亲坐在躺椅的边上，手搭在扶手上，垂着头。在小吸烟桌上的烟斗架旁，我看到了那个用围裙包着的机械储钱罐。我一步跨进屋里。但是没人注意到我。“这不过是个礼物。”我脱口而出。母亲停下脚步，心不在焉地看着我。

“是我送给她的。”我坦白道。

父亲抬头看我，和母亲交换了一个眼色。

“下次你父亲给你带礼物——”母亲开始责骂，但爸爸打断了她。

“我们会买到更好的礼物，孩子她妈，”他说着对我眨了眨眼，“我没看见会跳舞的娃娃被放在雨中，它们也没被送给女仆！”

一想到以后还有比先前更大的惊喜，我的心飞了起来。那会是什么呢？我环顾四周找寻灵感，什么都行，什么都行。我的目光落在了储钱罐上。

母亲紧张兮兮地捻灭她的烟。“我想最好跟其他人都解释一下。”她叹了口气，从我身旁擦身而过。门在她后面啪的一声关上了，震得一排烟斗格格作响。一排的百叶窗全都散开了。

在外面的车道上，马里奥把车开到入口。他走进屋里，不一会儿拿着一个纸箱还有几个包裹走了出来。格拉迪斯跟在后面，头上包着一条手帕以防把参加礼拜的发型弄乱了，她用另一条手帕擦着眼睛。她爬上车坐在包裹旁边，只见一道炫目的闪光，汽车在车道上消失了，从大门边的门卫那儿经过，进入外面的世界。

“爸爸，”我喊着，转过身来，“不要让格拉迪斯离开，求你了。”

父亲伸出手来把我拉过去坐在他的大腿上。他目光无神，好像被染成了棕色，还被玷污了。“我们无法信任她——”他说，但他觉得最好这么解释，“是格拉迪斯要求离开的，你知道……她很快就会找到工作的。也许结果是去纽约工作呢。”但是他脸上闷闷不乐的表情无法令我信服。爸爸凝视着窗外。远处汽车引擎的声音逐渐消失了。

爸爸的目光落在小储钱罐上。他微笑着在口袋里摸索，拿出一些便士来。“喂她一枚硬币。”他说。

我没有心情玩这个。可是父亲好像也很伤心，我得让他高兴起来。我从他手上拿了一枚硬币，把硬币放在狭缝上，使劲拉着小杆。硬币哐当一声掉到了罐子里。小杆被塞住了无法滑到树林中去。塑像升了起来，她的胳膊转了一下，停了下来，不上不下的，整个儿困在了半空中。

鼓

约兰达

小妈咪去纽约玩，回来时给我捎了一只鼓，一只很棒的鼓，鼓身漆成鲜红色，金属线交错箍在鼓身上，用金色的圆头钉固定，鼓面和底部都是白色的。还有一根蓝色的宽边带，带子上方有一个软垫，背鼓的时候你可以把这个软垫放在颈后；鼓面是朝上的，因为这是击鼓手的鼓。小妈咪把鼓作为礼物送给我，把鼓带绕过我的头套在脖子上，打开鼓面。“啊！”我惊叹一声：里面放着两根槌。小妈咪把它们拿出来，盖好鼓面，递给我。尽管她用手掌试着拍了下鼓，但她不想夺走我第一次使劲击鼓发出如雷巨响的殊荣。

咚咚隆，咚咚隆，咚咚隆咚隆咚隆！

“啊”——外婆的眼珠子转了转——“又一位贝多芬诞生喽！”

“你应该跟外婆说什么？” 妈妈骄傲地问。

“咚咚咚咚隆。咚隆！咚隆！咚隆！ 咚隆！咚隆！”

“悠悠！”妈妈大喊一声，我的击鼓声也戛然而止，妈妈冲着突然静下来的房间喊：“够了！”

“劳拉！”外婆怒视着自己的女儿，“你干吗冲小孩子大喊大叫？”

“小妈咪，”我礼貌地说，“谢谢您！”

“只说‘谢谢’太勉强了，在我面包上抹黄油[1]。”妈妈厉声说。

“非常感谢您！”我抹了黄油。接着，我激动地猛击着鼓，仿佛世界末日就要来临，或是因这伟大的世界感到欣喜。外婆头后仰着，像少女般哈哈大笑。妈妈把两根手指插入耳朵，像要堵住决堤的大坝；我知道她嘴里就要涌出一大串的责备，赶紧不停地击鼓以堵住她的话，直到她从我手中抢走鼓槌。妈妈说她要没收鼓槌，直到我懂事了，能像大人一样击鼓，再还给我。我一下子把得到鼓之前所许下的改正缺点的承诺全忘了，号啕大哭起来。还我的鼓槌。还我的鼓槌。外婆干预了，于是鼓槌被放回鼓里。我保证在屋内不击鼓，只在院子里敲。

外婆把我拉过去。她曾经是——妈妈是这么说的——多米尼加最美丽的女人。我们叫她Mamita，也就是“小妈咪”，因为她比妈妈个儿小，长着女孩般精致的面孔，褐色的兔子眼，白色的波浪鬈发挽成一个发髻，有时则垂在身后扎成一根辫子。她看起来就像是一个由于突然受到可怕的惊吓，头发全白了的小女孩。

“那个鼓是在一家魔法店买的。”外婆安慰我说。

“哦？”妈妈随便一问，想重新加入谈话，“您在哪里买的？”

“施瓦兹，”小妈咪说，“纽约著名的玩具商店F.A.O.施瓦兹。”她许诺说，不久的一天，那一天将很快来临，如果我表现得很乖，不把鼓击得让妈妈抓狂，又能喝完杯中的牛奶，刷牙的时候能上下仔细刷而不是随便应付，不在偷用口红或香水之后又假

1 这里的意思是对所受到的款待表示诚挚的感谢。

装不是自己做的——我经常这样，浑身散发着巴黎香水的气味穿过屋子，脸上却一副“我什么都不知道”的表情：我不知道那个系有蝴蝶结的小瓶子到底怎么啦——那么她，我最亲爱的外婆，将会带我从小岛搭飞机去美国看施瓦兹玩具店以及那里的雪。听了这话，我还是情不自禁，但只是悄悄打开鼓盖，取出鼓槌，小心翼翼、循规蹈矩地轻轻敲了几下。小妈咪眨了眨眼，妈妈也笑了。她们俩一致认为，在刚刚过去的五分钟里，我确实懂事多了，能负责任地击鼓了。

咚咚隆，咚咚隆，我整天在院子里敲着鼓。妈妈让我拥有一只鼓，却禁止我随意击打，咚咚隆，咚咚隆。至少要有个大人用双手捂住耳朵，不然我怎么能知道鼓的意义呢？如果没有了鼓声，那我又怎么判断自己击鼓的灵感？于是我再次开始全身心投入、忘情地击起鼓来：从我十只弯起来的脚指头，从我那瘦骨嶙峋的腿（总有一天它们会丰满起来的），从我那像妇人般扭动的屁股，往上，往上，直到胸腔，那里面的心脏本身就像一只深红色的鼓，在象牙色的鼓槌之间怦怦直跳，紧接着鼓声犹如长了翅膀，扶摇直上，令我肩膀耸起，胳膊高举，手腕挥舞，鼓槌落下，隆咚隆，隆咚隆，咚隆，隆！

“约兰达·阿尔塔格拉夏！你又忘了，”是妈妈那豌豆泥般的声音，她跟人打招呼时发出的就是类似的声音，“我们有个不错的院子，别人家很多小孩宁可失去右臂也要进来玩。”

于是我就在院子里这样过了一整天。我在芙蓉花前正步走，向三角梅致敬，把鼓敲得连知更鸟在12月隆冬都准备飞往美国。整整一周，尔后的一周接一周，我都在院子里上上下下、里里外外地击着鼓。后来——像鼓这样的玩具总是很倒霉——我把其中一根鼓槌弄丢了。再后来，我们那个疯姨妈，伊萨——她嫁给一个美国人后很不开心，总在闹离婚，所以她从来走路不看路——啪嗒一声踩到了我的另一根鼓槌，它咔嚓一声断成了两半。她用胶水粘这根鼓槌，信誓旦旦地说这种胶水能把房子都粘起来。但我才不信胶水能把断了的鼓槌粘住呢，尽管粘瓷杯、瓷娃娃什么的也许管用——大人们用的这些东西，只要我在场总会被摔碎。就这样，一个月还不到，我有一只鼓，却没了鼓槌。小妈咪、妈妈还有伊萨姨妈不明白鼓只能用鼓槌敲打，她们建议我改用铅笔或者捣面糊做蛋糕用的木勺柄击鼓。我都试了，但声音不一样，鼓击打起来也没劲。现在，我习惯把鼓挎在身上，它就靠在我的髋上，像极了亡命之徒的左轮手枪。

那时候我们家有个不错的院子，别人家的很多小孩宁可失去右臂也要进来玩。房子后面有个洗衣房，再后面是一大片草坪，精心整饬过，非常平坦，地面仿佛本来就是绿色的，而不是因为种了草。院子后面有个小木屋，里面放着煤桶。煤是用来烧水煮白色衣服的。大家都认为这个小木屋闹鬼。那时候走进这间放着煤桶的小屋是一种冒险。朝盛煤砖的大桶里面瞪眼看，呼吸着充斥着煤灰的空气，鼓起勇气，弄翻一只空煤桶，把躲在里面的魔鬼倒出来，然后一路跑到房子的后面，连滚带爬地登上了洗衣房后门的台阶，待在里头的独眼皮拉就会歪歪头问："怎么啦，孩子？是魔鬼在追你吗？"

那位年迈的洗衣女工皮拉是我们家最怪的女仆，她身上能不对劲的地方都不对劲。她的一只眼睛瞎了，左眼？——让我想想——还是右眼？你不可能知道。她的两只眼睛轮流死死地盯着天空。但那眼睛是什么呢？不过是一个小果冻，旁边加上一个一模一样的小果冻。看到她那不可思议的皮肤，谁还会注意她那只看不见东西的眼睛呢？她深棕色的胳膊和大腿上满是粉白色的斑点。脸上倒没有这样，是清一色的棕色，但那种棕色非常平滑，看上去好像是被熨斗熨过一般。唯有眼睛周围熨斗尖都不能熨到的地方有皱纹，一笑就显出来。皮拉是海地人，虽然很明显，是混血儿。浅肤色的多米尼加女仆都怕她，因为一说到海地，大家马上会想到伏都巫术。皮拉是个神秘的人，而我是个好奇的孩子；虽然我心里记得那个看雪的承诺，但对整个世界的好奇时常让我变得浮躁：我不能自已地要碰碰大人们的宝贝瓷杯，或是勒住一个小表妹，或是用力地拍打狗的脑袋，把它吓得像是刚从产道生出来一样。所以，对皮拉，我尤其想暂时抛开礼节的束缚，仔细看看她那满是斑点的胳膊。

我不是说过吗，放煤的那个小木屋闹鬼。这是皮拉干的。皮拉还没来的时候，小木屋也不过是小木屋。但皮拉来了之后，除了她那装了五只纸袋的个人物品，还带来了魔鬼、鬼魂的故事；她时而恍恍惚惚，时而自称鬼魂附体，时而宣称“我看到你头顶上的光轮啦，今天要小心水！”所有这些鬼怪，据她说，都住在小木屋里。在我拥有鼓的那段时间，小木屋正闹鬼。我必须加上一点：也就在那时，皮拉不见了。在我们家住了一两个月后，有一个星期天，她不见了。整个房子陷入加减乘除的混乱之中。亚麻布都被数过了。衣服也被列入清单。女仆们和妈妈一起清点着物品，结果表明我们和一个贼一起住了将近两个月。

“她真可怜，”妈妈说，“有着那样的肤色，她走不了多远。”

的确，第二天皮拉就被警察住了。那时，妈妈因为受过美国教育，认为指控皮拉太残忍了。那个可怜的女人什么都不懂。就让她和那十个购物袋一起走吧。皮拉就这样走了，留下一煤屋的精灵鬼怪。所以，在我丢了鼓槌的时候，如果还敢走进那个屋子，可谓相当的胆大包天。

一天，我没事找事地走进那个小煤屋，腰上挎着鼓，拿两块燕尾榫当鼓槌。皮拉已经离开好几周了。我走进屋，把门往后推，门上的铰链叫了起来——魔鬼的拇指被碾碎啦，他们的尖鼻子被夹掉啦。我在门道站了一会儿，一束光线如同刀刃般切入黑暗，令我目眩。慢慢地，我分辨出了煤桶，八九只立着的，一两只被弄翻了。我踩碎了脚下的煤砖，大胆往前一步，站在亮光的末梢，然后一个脚指头勇敢地迈进了黑暗之中。心怦怦直跳。我靠近眼前一只直立的桶，往里面瞧，心里期望能够直视魔鬼的眼睛。结果除了半桶煤砖，什么也没看到。下一只桶的四分之一被煤砖和煤屑占据。新来的洗衣女工妮维雅没有很好地利用这些煤，弄得乱糟糟的。

最后一只桶被搁在所有的桶后面。我往里面瞧。突然间，传来一阵轻微的蠕动声，还有细小的声响，一张粉红色的小嘴张开打了个哈欠。嘴巴是如此粉红、湿润，它本没有可能出现在一只煤桶里。这张小嘴闭上了，另一张小嘴又张开叫了一声："喵呜。"两张、三张嘴巴像合唱般叫了起来："喵呜，喵呜。"我马上挑中了一只小猫。这只小猫有四只白色的小掌，两只耳朵之间有块白色的斑；这只小猫看上去穿戴整齐，和其他小猫不一样——其他的小猫不是丢了鞋就是没了帽子。这只小猫是个珍品，是命中注定属于我的。

但我没有摸它或是宠它，也没摸其他小猫。那时候，我所懂的也就那么几条规矩，但这些规矩都混在一起，出现什么情况，我知道要做点什么，却不太清楚到底应该怎么做。比如闪电时，我要么就站在树底下，要么站在空地里，觉得这样树倒下时才不会砸到我身上。若是发现了一窝夜莺蛋或一窝小鸡，我不会捣乱，因为如果我那样做了，鸡妈妈就会离开鸡爸爸，小鸡会死掉。

小鸡是这样，那小猫呢？我不太确定。在我模糊的记忆里，我知道有个恐怖故事讲的是一只母猫为何变得凶狠，把威胁它孩子的人的眼球抓了出来。我可不想通过这么痛苦的方式知道能对小猫做什么或不能做什么。所以我得问个大人，他也许什么都知道，在闪电和小鸡的问题之间，我还可以问问小猫的问题。但我能问谁呢？谁知道小猫的事？我能问而又不会怀疑我有秘密的人是哪一个？屋里的妈妈不是合适的人选。小妈咪对户外的事又什么都不懂，她说她对户外过敏，这就是她为什么不得不去纽约购物，她说那里的户外不是真的户外，这个谜终有一天我会自己去解开。也不能去问伊萨姨妈：她会高声大笑，然后急忙赶过去看，偷窥并学猫叫，假装自己是一只小鸡、一只夜莺、一只小猫，直到家族里所有人都知道我想干什么。还有皮拉，她通晓这世间的一切，以及人世之外的一切，可她已不见踪影。皮拉是不见了。

我不太确定该怎么办，但也明白，如果继续待在那里做这艰难的抉择，猫妈妈会回来弄瞎我的眼睛。我离开那间煤屋，在院子里逗留。我茫然无措，只好打开鼓盖，准备拿出那两块燕尾榫，比以往更吵闹地击鼓。这时，我看到一个素未谋面的男子从我们的院子里穿过，朝篱笆外头的野生橘林走去。他身边跟着一只狗。确切地说是那只狗跑在前头，它停了下来，闻闻地面，叫唤一声，追一只蝴蝶，或做其他诸如此类的事，以确保那名男子的安全。那名男子帅气，有魅力，像书里面的人物。他穿着马裤和马靴，蓄着小胡须和山羊胡子，这让我不禁发问，他不会就是那个魔鬼吧？但他对狗充满爱意和幽默的招呼，让我确信他不是。那男子没看见我。走了几米远之后，狗停下来打转儿，抬高鼻子，举起一只爪子。那男子停了下来，抬头看天。就在那时，我注意到他肩上扛着一杆枪，枪管朝上。狗开始叫了起来。

"好啦，好啦，"男子对狗说，"注意你的举止。"然后他转向我。微笑使他的小胡须翘了起来。"早上好，小姑娘。卡斯坦卡没吓到你吧？"

我瞧了瞧那个男人，还有他的枪，他的狗现在就像别的狗一样用鼻子闻着我。凭小孩子的直觉，我知道这男子不是坏人，因为有时我外公在旅行途中结识的陌生人会登门拜访，或者就到我们的宅邸逛逛。但我很不安，因为那只狗没被拴住，而附近的小木屋里有小猫，七只喵喵叫的小猫咪。

那只狗嗅了嗅我的鼓。"我说，"那男子问，"那是你的什么宝贝？"

"这是一只鼓，"我边回答边把鼓从屁股后面拽到前面，"但是我把鼓槌弄没了。"我打开鼓盖，把鼓侧了侧，这样他就能看到里面的两块燕尾榫了。"我不得不用这两块敲，但声音就不一样了。"

"是不可能一样。"那男子赞同道。他在狗身边蹲了下来，马靴嘎吱作响。

"关于鼓槌。"我说。然后，因为确定自己找到了可以问话的人，我急切地问道："你能和一只刚出生的小猫玩吗？猫妈妈会不会因此遗弃它？如果被猫妈妈抓到了，它会不会弄瞎你的眼睛？什么时候才能从猫妈妈身边把小猫带走当宠物呢？"

"哦！"那男子说，友好地打量着我，"关于鼓槌是吗？嗯，就像你的鼓槌应该放在你的鼓里边，而燕尾榫无法取代原先的鼓槌一样，所以小猫应该和它的妈妈待在一起，没人能取代猫妈妈的位置。"

"但是宠物。"我反驳道，瞥了瞥卡斯坦卡。

那男子的手爱怜地摸摸狗的脑袋。"养宠物是另外一回事，这是肯定的。但小动物们必须长到一定程度才能离开自己的母亲，不然它们是存活不了的。”他下了结论，站起身来。

他刚站起来，卡斯坦卡就往前冲。男子拽住狗的项圈，把它拉了回去。狗的前爪在空中猛踩。“鼓槌吗？”那男子越过我的肩膀对着什么笑了起来。我转过身，看见一只大黑猫，它的粉色乳头沉甸甸的。黑猫偷偷地溜进煤屋。卡斯坦卡激动地叫了起来。那只猫急忙跑进屋里。

“卡斯坦卡，注意你的举止！”男子说着猛地拉了一把项圈。狗跟上他，轻轻呜咽着，似在责备主人伤了它的心。“关于鼓槌，”那男子说，一只眼睛眨了很久，让我不禁纳闷那眼睛是不是也是假的，就像皮拉的一样，“当一只小猫还在哺乳期的时候，不能把它从猫妈妈的身边带走当宠物，你现在明白了吗？”

我不得不同意他所说的话。

“把它从猫妈妈身边带走将会……”男子考虑了一下他要说的话，“把它从猫妈妈身边带走将侵犯它生存的自然权利。”男子意识到我听不懂他的话。“那样小猫会活不了。”他直白地说。“所以你必须等等。”他补充说，拍了拍我的头发，卡斯坦卡嫉妒地瞅了我一眼，“你必须等到小猫咪断奶，明白了吗？”

我看看身后的煤屋。

那男子继续说：“我敢说，在一周之内——还有一天、两天，第三天是周日，第七天是周四——到周四，我想，即使是一只今天才出生的小猫，也可以属于你这位带着鼓的好姑娘了。”

我用手指敲了敲鼓：一天、三天、五天，第七天是周四。

“这鼓不错，”男子说，“鼓带也结实。”

就在这时，一群鸟从头顶飞过。狗往空中看，兴奋地叫了一声。“我们走了。”那男子对我说了一声，就走了。我还没数到七，他们就已经越过草坪，到达嘎吱作响的柳条门边。他们穿过大门，走进果园，消失在树木中。

一天、两天、咚隆，第三天是周日。猫妈妈进了煤屋给猫咪们喂奶。咚隆。我看中的是那只穿戴最好的猫咪。我要为她取名叫施瓦兹。不用再掰几根指头就到第七天了，但这个第七天对我而言还是太久了。好像是在确定我的数数，我听到远处那男子雷鸣般的枪声。煤屋里发出碰撞的声响，猫妈妈听到枪声冲了出去，穿过院子。

既然现在没有什么危险，我决定再进入煤屋一次，告诉施瓦兹我们下周四的计划。我走到屋里，从煤桶的边上往里瞧。施瓦兹吓得喵呜叫了起来。“好啦，好啦。”我安慰它。但还不够。我把它抱了起来，在它那两只可爱的贝壳状小耳朵边低语道：“好啦，好啦。”我把它放在我的肩膀上，轻轻地抚摸它的背部，然后把它放在我的臂弯里，挠它的肚子，又用手指头往它的胳肢窝戳了戳，它喵呜叫着，好像说：真好玩，再来一次吧。好啦，好啦，我再来一次。

今天是周五，不用再等七天就到周四了。我本想把猫咪放回去。但那时，你可以说是巧合吧，或是谋划好的，远处那男子的枪声又响了。我意识到他原来是在橘园打猎。打猎！他瞄准的那些鸟说不定正好是给小鸟们带回虫子的鸟妈妈呢。那时我还不知道用什么词形容这种说一套做另一套的行为，但我知道许多大人都这样；一个自己都破坏规矩的人告诉我的道德规定，我才不想被骗了呢。我现在就要这只好看的小猫。

我把施瓦兹搭在肩上大步走出煤屋。我们穿过院子的时候，它喵呜地叫着，仿佛在跟它的兄弟姐妹说再见。突然，我停了下来。前方那只胖胖的大黑猫妈妈正蹲着晒太阳，它舔着一只爪子，好像那上头有蛋糕屑似的。猫妈妈没看到我，但我知道，不一会儿施瓦兹的喵呜声就会传到它耳中。就在那一瞬间，模糊的记忆一下子清晰起来：只见一只猫悄悄向前；只见它蹲下来准备往前冲；只见它跳了起来，落在一个女人的脸上；只见它的爪子抓出一只眼球；只见浆状物向外喷溅——我突然记起皮拉的描述，关于她自己是怎么失去一只眼睛的，那画面清晰得令人震惊！

慢慢地，我左手拍着施瓦兹让它不叫，右手打开鼓盖。施瓦兹的妈妈放下一只爪子，又抬起另一只开始舔。我抱起施瓦兹，麻利地把它塞进空空的鼓内，然后抓起我的鼓槌，合上鼓盖，把鼓挪到身前。就在这时，猫妈妈猛地跳了起来，它看了看我，又看了看我的鼓。鼓里头，喵呜声叫得正响，我使劲击打着鼓，掩盖猫咪的叫声：

咚隆、咚隆、咚隆、隆、隆！（喵！）
咚隆、隆！（喵！喵！）隆！
隆！
隆！
（喵！）

我径直朝屋子走去，像领队一般抬高膝盖正步走。那只困惑的猫妈妈不确定地看着我，小心地保持距离跟了我一阵，喵呜地叫着。鼓里头的猫咪也喵呜地回应着。我一个劲地击打着鼓，心也扑通直跳。然后，就在猫妈妈准备向我冲过来之际，我撒腿疯也似的跑了起来，连滚带爬地上了台阶，关上洗衣房通往房间的后门。满满一槽泡洗的衣服表明新来的洗衣女工刚出去一会儿。

我背靠着墙，偷偷往窗外看。猫妈妈在门口寻觅着，停了下来，闻了闻地面。

“施瓦兹！”它喵呜呼唤着。

施瓦兹在鼓里头着急地叫着。猫妈妈四处寻找，门口，天空，但它找不到声音是从哪里传来的。

“施瓦兹！你在哪里？”猫妈妈呼唤着。

“砰，砰！”枪声如雷鸣般响起。猫妈妈飞也般地跑掉了。

我把那只叫唤着的小猫咪从鼓里头取出来。它的脸由于不停地叫唤皱成了一团。我讨厌这指责般的喵呜声。我想把小猫浸入水槽，让这无休止的喵呜声停下来。我没这么做，我打开纱窗，把这一团喵呜的绒球从窗户扔了出去。我听到它落在地上发出砰的一声。过了一会儿，小猫从房屋的阴影中摇摇晃晃地爬了出来，喵呜叫着，跌跌撞撞向前走。猫妈妈却毫无踪影。

那天早上，我肯定无数次地走到窗前，看着那受伤的小猫走走停停地穿过草坪。我很想出去，把它放在煤屋门口，但妈妈命令不准走出屋子：有个发狂的小子在橘林里非法开枪，已经打电话报警了。快吃午饭时，枪声停了。我从洗衣房的窗户往外看，小猫不见了。

那天晚上，我被一个噩梦吓醒，梦的内容我记不清了。那时候，我们睡觉都挂着蚊帐，蚊帐系在床角的四根柱子上。黑暗中，透过白色的蚊帐，所有事物看上去都像幽灵：幽灵般的梳妆台，幽灵般的玩具盒，幽灵般的窗帘。那天晚上，那只黑猫妈妈坐在我的床尾，它的脸伸了进来，被薄纱般的蚊帐裹住，宛如一副可怕的死人面具。我吓呆了。黑猫妈妈两眼发光，怒视着我。它发出轻轻的、痛苦的喵呜声。我闭上眼睛又睁开。可它就坐在那里，哀鸣到天亮。然后，我看见它站了起来跃了一步，砰的一声落在地板上，然后穿过大厅，朝楼梯跑去。第二天早上，我泪流满面地告诉妈妈，那只黑猫整个晚上都在我跟前。“这不可能。”妈妈说。为了证实她的话，我们穿过屋子，检查门闩和窗户。“那有可能了。”妈妈说，因为我们发现洗衣房有一个窗户是开着的。新来的洗衣女工，妮维雅，几乎和以前的那个一样糟糕，妈妈抱怨着。

第二天晚上也就不可能发生这样的事了，因为所有的窗户都锁上了，房子就像军火库一样安全，但那只母猫还是出现在我的床边。以后的每天夜里它都出现在那。有时候它叫唤着。有时候它只是盯着我看。我时常大哭大喊把屋子里所有的人都吵醒。“这是一个阶段，”妈妈担忧地说，“完全正常的做噩梦阶段。”这个阶段持续了很久。我把鼓送给一个小表弟，想借此把那只鬼魂一般的猫甩开。但是那只母猫却一直回来，断断续续地坚持了好些年头。

直到我们去了美国。那只猫再也没出现过。我见到了雪。我也解开了关于纽约户外的谜——户外大都是钢筋水泥。外婆老得连自己是谁都不记得了。我上学去了。我也读书。你可明白，一直以来，我的感情不断崩溃，只能以故事填补内心的空白？我开始创作，写下了皮拉的故事、外婆的故事。我再也没见过施瓦兹。那个带着卡斯坦卡、蓄着山羊胡子的男子也仿佛从这个世界消失了。我长大了，变成了一个好奇的女子，一个讲鬼故事的女子，一个经常做噩梦、经常失眠的女子。有时候，我仍旧会在凌晨三点醒来，凝视周遭的黑暗。就在那样的时刻，在那样的孤独中，我听见它，一只黑色皮毛的母猫，躲在我生命的角落，它那张红色的嘴张开哀号着，控诉我带走了它的宝贝儿，指责我侵犯了它的权利。侵犯，成了我创作的主题。

我的英语

过去，爸爸妈妈一有不能让我们小孩知道的秘密，就用英语交谈。那时我们还住在多米尼加共和国，全家族的人在家里只说西班牙语，直到姐姐和我开始到卡罗尔·摩根学校念书，我们才成了双语之家。西班牙语也有不同的方言。来自西班牙的胡金神父讲的是卡斯蒂利亚语[1]—— 我们都爱模仿他的咬舌音。我父母的族人在学校学的是标准西班牙语[2]—— 姨妈和舅舅们总是纠正我们小孩的发音，因为我们一天大部分时间都跟女仆们待在一起，学会了她们"不规范的西班牙语"。那是一种抑扬顿挫的乡下话[3]，"s"音被吞掉，尾音也被砍掉，短语之间滑稽地转换着。这样的乡音才是我真正的母语，不是卡尔德隆·德·拉·巴尔卡[4]或塞万提斯讲的西班牙语，也不是聂努达讲的西班牙语，而是舒沙、

1 原文为西班牙语：Castellano。西班牙还没有统一之前有好几个城邦，卡斯蒂利亚是其中的一个城邦，现代西班牙语即是以卡斯蒂利亚的方言为基础形成的。

2 原文为西班牙语：espanol。

3 原文为西班牙语：campuno。

4 西班牙诗人和戏剧家，西班牙文学黄金时期的重要作家，代表作为《人生如梦》。

露米娜达、葛莱蒂丝、鲁苏丽娜说的方言，她们分别来自洪卡力托、莱塞、波卡尤姆、圣胡安的玛瓜那[1]。这些妇女边做饭边喋喋不休：她们讲故事、说闲话、祷告、唱歌—— boleros, merengues, mangulinas,mariachis, salves[2]。她们的声音是属于雨、属于风和小星星的声音，甚至一个小孩都能用大拇指将其抹杀。

除了这些版本的西班牙语，偶尔还有另外一种奇怪的语言从爸爸的口中或者妈妈的唇边冒出。我首先意识到的不是一门语言，而是一种语调，严肃、紧迫，有什么重要、绝密的事情说了出来，哪个舅舅遇到了麻烦，某某离婚了，某某过世了。*用英语说这些事，这样孩子们就听不懂*。我常常听着，费劲地想要理解，觉得这并不是一门新的语言，而是西班牙语另一个费解的版本。*用英语说这些事，这样孩子们就听不懂*。从一开始，英语便是担心和秘密的声音，一种被隔离出来的声音。

我不明白这种让人费解的西班牙语，只好通过其他途径了解正在发生的事。我心里牢记妈妈的面孔：眼角皱起，说明她被逗乐了；鼻孔张大，咬住嘴唇，表明她竭力不让自己笑得太夸张；低头，眼睛上瞟，说明她正在思考我是否撒了谎。每次妈妈说令人费解的英语时，我就通过她那西语式的面部表情翻译出说话的大致内容。

不久，我在卡罗尔·摩根学校学到了更多的英语。那也是我停止呆看的时候。老师和一些美国人的孩子，他们的肤色非常奇怪：浅色的头发、浅色的眼睛、浅色的皮肤，似乎被鲁苏丽娜浸在漂白剂里太长时间了，一点颜色都没有了。[3]我确实也有一些金发的表

---

1 这里所列举的地点皆为多米尼加乡村名。

2 这些未译的词皆为西班牙语，是西班牙和拉美音乐、舞蹈的不同表达方式。

3 原文为西班牙语：to'detenio。

妹，但她们的皮肤都晒得很黑，而且等她们更大一些的时候，头发的颜色也变深了，所以早年的浅色像是她们获得正常颜色前的一个必经阶段。同样奇怪的是我课本里的那个小女孩，她有一只猫和一只狗，它们看上去就像un gatito y un perrito[1]。她叫妈妈"母亲"，叫爸爸"父亲"。为什么上学读书要学一门新的语言，而会讲这门语言的老师所教的词汇比你真正需要的多一倍？

*奶油、奶油、奶油、奶油。*一整天，某个特别吸引我的英语单词都在我嘴里转啊转，跟我头脑里所有的西班牙语编织在一起，到这天结束时，这个词听起来就会像另外一个西班牙语词汇。因此当我说"妈妈，请把奶油递给我[2]"，妈妈就会皱起眉头用英语说："对不起，我听不懂。你是不是需要一些奶油涂面包？"

父母为什么没让我们先去多米尼加小学学母语，我不得而知。大概是妈妈的娘家有送男孩去美国念寄宿学校和大学的传统，妈妈是第一批被允许和哥哥们一起去念书的女孩。艾波特学院，这所学校的校歌曾经是我们婴儿时期的摇篮曲。（"尽管哥伦布和卡伯特从未听说过艾波特，这里正是适合你我的地方。"）妈妈变得非常美国化。她一直对我们说学会英语非常重要。她总是用所有格：你们的英语，一种我们要继承而且必须智慧运用的遗产。不幸的是，我将我的英语和我们的西班牙语混杂在了一起。

混杂在一起的语言，或是现在所说的西语式英语，就是我们多年来一直在讲的语言。没有一个句子不夹杂一两个英语单词。在学校，一个西语词会突然间滑进我的英语中，犹如有人插队。

1　一只小猫和一只小狗。作者意思是，她虽然读的是英语读物，但看到英语单词时，总会想到对应的西班牙语词汇。

2　原文中，"我"是用西班牙语和英语夹杂说出这句话的。

布坎南太太，我正学会读懂她面孔的细微变化，就像看懂妈妈的面孔那样。她会皱眉，但嘴角不会挂上微笑。苍白的肤色令她奇怪的面部表情变得费解，所以我常常误以为自己做错事而不用受罚。我每次说错话，老师就会慢慢地摇着头说："在英语里，Jew—lee—ah[1]，没有'columpio'[2]这样的词。你是指"一架秋千"吗？"

我会尴尬地垂下头来，因为身边那些美国孩子的微笑或嘲笑而感到羞辱。西班牙语开始令我感到不安。和英语一样，我的母语说得也不是特别好，"columpio"这样的词就像非法移民试图跨越边境，渴望成为另一种语言。但是布坎南太太就像边境巡查员，她那双精通语法和词汇的敏锐耳朵一下子就能辨别出来，把这些"非法移民"遣送回去。

不久我开始大胆地讲英语，像是掀起一场英语风暴。"你是不是吃了一只会讲英语的鹦鹉？"某个礼拜天外公问我。我刚刚又让另一个比较耐心的仆人听我用飞快的语速背诵绕口令："如果彼特·派帕挑了一配克的泡椒，那么彼特·派帕挑的这一配克泡椒在哪儿呢？[3]"。"嗯？"我用英语没礼貌地问，让外公回到自己的位置。你无话可说啦？没啥大不了，我会说俏皮话。就是这样！*圣托莱多！*（布南坎太太最喜爱的"诅咒用词"。）*真的哑口无言*。*天哪*。*哎呀*。老师呆板地标出俚语、小把戏、陈腔滥调、俗话、热门词汇，解释说这些是习语。谜语，玩笑，双关语，难题，小小交易。*什么是黄色的还能咔嗒响？小鸡为何穿过马路？再见，鳄鱼*。叫某人鳄鱼却不会被责怪没礼貌，太妙了。事实上，他们应该回应说，

---

1 老师拖音念作者的名字。

2 西班牙语词汇，意为"秋千"。

3 原文为英语绕口令。

一会儿见，鳄鱼[1]。

还有一个小把戏，我想在会讲英语的大人身上试试它。我是从伊丽莎白那里学会这个小把戏的。她是我念四年级时的朋友，自作聪明。我有时崇拜她，有时讨厌她。我问她一个需要解释的问题，她就会回答说："因为……""伊丽莎白，你为什么没去伊莎贝尔的生日会？""因为……""你为什么没在课本上写名字？""因为……"如此就能不用回答别人的问题，我觉得这样很酷。于是，我开始悄声练习，打算有一天能够把这招用在一个讲英语且不会起疑心的大人身上。

一个星期天，我们全家族聚餐，外公坐在孩子们这一桌跟我们聊天。事实上，他很受欢迎，因为他会像对待大人一样和孩子们聊天。他经常用英语和我们交谈，于是我们在课堂之外也能练习说英语。他曾是康奈尔大学的学生，一个周游世界的人，是我们国家在联合国的代表。他用英语演讲。用母亲的话形容，完美的英语。那个星期天，外公问了我一个问题。我都不记得是什么问题了，因为我没专心听而是等着自己的机会。"因为……"我以伊丽莎白的方式回答他。外公等着我说出句子其余的部分，接着他给我上了一小节语法课："'因为'这个词后面应该加上一个从句。"

"为什么？"我问，困惑不已。

"因为，"外公眨了眨眼，"它是'因为'的缘故。"

作为一个初级的文字工匠，我还有很多要学，有时挺令人沮丧的。某个周末聚餐时，家族的知识分子盖斯舅舅在外公外婆的大餐桌上放了一点盐巴。他说："想象一下这张桌子是人的大脑。那么这一小粒盐巴就是我们所运用的智力！"他列举着诸如爱因

---

1 两处鳄鱼的原文分别是英语词汇alligator 和crocodile。

斯坦、米开朗基罗、达·芬奇、贝多芬这样的天才，说他们也许用了两粒或三粒；这时他的脸变得越来越红，声音也越来越大。当盖斯舅舅的哥哥叫他不要再夸张时，他争辩说："这是科学证明的。"我们这些小孩都相信他。这是我们赖以成长的奇迹，它证明了外面的世界与我们头脑中的世界并没有太过戏剧化的区别。

迟些时候，回到我们家里，妈妈对爸爸说曼纽埃尔没错，他们的弟弟盖斯总爱夸张。妈妈下结论说："你得把他说的一切跟一粒盐巴混在一起[1]。"我以为她仍然在说盖斯舅舅的理论，所以感到困惑。最后，我问她到底是什么意思。"把某人所说的话跟一粒盐巴混在一起，这是英语习语。"妈妈解释道。这纯粹是巫术嘛——后来我知道诗歌也可以如此。一粒盐巴可以象征人的大脑，也可以是人们胡说八道的调味品。也可以是该词的本义：为一盘无味的美国食物调味。

我十岁时，我们移民到了纽约。太令人吃惊了，一个人人都讲英语的国家！我想这些人肯定都比我们聪明。女仆，服务员，出租车司机，看门人，街上的无业游民，所有人都会讲这门难懂的语言。过了一段时间，我才明白美国人不一定就是更聪明、更高级的族群。他们自然习得母语，就像多米尼加的婴儿学西班牙语一样。母亲解释说，母语是和"母乳"一道的，有一阵子我还以为母语之所以成为母语就是因为你是在母亲哺乳时习得它的，跟蛋白质和维生素一样。

不久，大家不再说西班牙语，都改说英语了，这也不足为奇。我学会不把这门语言当成英语而是当成一种感觉。我不再需要费尽心思去理解，因为我懂得了这门语言。在这门外语里，我放松

1　原文为英语习语"take ... with a grain of salt"，意为"对……半信半疑或完全不可信"，此处根据上下文直译。

下来。只有当电影里有人用很重的南方口音或者英国口音说话时，或者在教堂牧师用低沉而又单调的语气布道时，我才突然有点焦虑。我担心自己听不懂，无法“跟上”说这门外语的声音。我像在宗教课上学的《圣经》里的那些人，他们站在一座犹如我周围那些摩天大楼一样的巨塔之下。那些人因为骄傲而受到惩罚，尽管他们说的是同一门语言，但却有细微差别，他们再也听不懂彼此的话。

但是在纽约的这些摩天大楼下面，我开始懂得更多而不是更少的英语。我很幸运，遇到了几位非常优秀的英语教师。六年级的时候，我遇到了他们之中的第一位。这位老师教导我热爱语言；我自小就喜爱语言，喜欢聆听每个词。伯纳黛特修女没有让我们在课堂上没完没了地图解练习册上的句子或语法规则。相反，她让我们写下小故事，想象自己是雪花、鸟儿、钢琴、人行道上的石子、天上的星星。把自己当成一朵植根于地下的花朵，会是什么感觉？倘若云会说话，它们会说些什么？伯纳黛特修女那表情丰富、梦幻般的面孔在头巾下显得尤为突出。假设，只要假设……我的心飞了起来，翱翔于各种可能之中，有根的花朵，天上的星星，饱含忧伤之泪的云朵，每次背部被敲打就会哭喊的钢琴，只有我们才能耳闻的音乐。

伯纳黛特修女站在黑板前。她的粉笔总是断成两截，因为她书写非常用力，她习惯晃动整只臂膀，在黑板上写啊写。“这是一个简单句：下雪了。”伯纳黛特修女用粉笔指着，扬起眉毛，头巾翘了起来。有时我看到一缕缕银灰色的头发从她的头巾下面掉了下来。“但是请注意，如果我们在句子前面加一个副词，在句子后面加一个介词词组，会怎样：轻轻地，雪落在了光秃秃的小山上。”我心里想着雪。我看到了它是如何落在小山上，轻扣光秃秃的树枝。轻轻地，雪落在冷冰冰的空地上，落在被孩子们冷落的玩具上，落在汽车上，落在小鸟的身上，落在走在街上的夜行人身上。伯纳黛特修女在黑板上填满了雪一般的印迹，她写啊写啊，操控着、塑造着、移动着这门语言，直至整个黑板都写满，直到英语，那些犹如小砖块般的词语，那些固定的词组，变成一团充满情感的液体，掀起惊涛骇浪裹挟着我向前翻滚，将我安置在唯一家园的海岸之上。我不再是一个没有立足之地的外国人。我在语言上着了陆。

我走进了我的英语。